Mary Balogh

Après avoir passé toute son enfance au pays de Galles, elle a émigré au Canada, où elle vit actuellement. Professeure, elle publie son premier livre en 1985, aussitôt couronné par le prix Romantic Times. Spécialiste des romances historiques Régence, elle figure toujours sur les listes des best-sellers du *New York Times* et a reçu de nombreuses récompenses.

Une partie de campagne

Aux Éditions J'ai lu

Duel d'espions
N° 4373
Le banni
N° 4944
Passion secrète
N° 6011
Une nuit pour s'aimer
N° 10159
Le bel été de Lauren
N° 10169
La maîtresse cachée
N° 10924
Stratagème amoureux
N° 11298
Un bijou si précieux
N° 11762
La perle cachée
N° 11788
La magie de Noël
N° 12807
Le petit défaut de lady Rotherham
N° 13222

CES DEMOISELLES DE BATH

1 – Inoubliable Francesca
N° 8599
2 – Inoubliable amour
N° 8755
3 – Un instant de pure magie
N° 9185
4 – Au mépris des convenances
N° 9276

LA FAMILLE HUXTABLE

1 – Le temps du mariage
N° 9311
2 – Le temps de la séduction
N° 9389
3 – Le temps de l'amour
N° 9423
4 – Le temps du désir
N° 9530
5 – Le temps du secret
N° 9632

LA SAGA DES BEDWYN

1 – Un mariage en blanc
N° 10428
2 – Rêve éveillé
N° 10603
3 – Fausses fiançailles
N° 10620
4 – L'amour ou la guerre
N° 10778
5 – L'inconnu de la forêt
N° 10878
6 – Le mystérieux duc de Bewcastle
N° 10875

LE CLUB DES SURVIVANTS

1 – Une demande en mariage
N° 11019
2 – Un mariage surprise
N° 11152
3 – L'échappée belle
N° 11196
4 – Rien qu'un enchantement
N° 11310
5 – Rien qu'une promesse
N° 11482
6 – Rien qu'un baiser
N° 11565
7 – Rien que l'amour
N° 11675

LA SAGA DES WESTCOTT

1 – Celui qui m'aimera
N° 12315
2 – Celui qui m'embrassa
N° 12430
3 – Celui qui m'épousera
N° 12717
4 – Celui qui me désirera
N° 13001
5 – La valse de Noël
N° 13100
6 – Celui qui me respectera
N° 13158

MARY
BALOGH

Une partie de campagne

Traduit de l'anglais (États-Unis)
par Léonie Speer

J'AI LU

Si vous souhaitez être informée en avant-première
de nos parutions et tout savoir sur vos auteures préférées,
retrouvez-nous ici :

www.jailu.com

Abonnez-vous à notre newsletter
et rejoignez-nous sur Facebook !

Titre original
THE TEMPORARY WIFE

Éditeur original
By arrangement with Maria Carvainis Agency, Inc.
First published in the United States by Signet.

Qu'est-ce que la « régence anglaise » ?

La régence est une période de l'histoire anglaise très prisée des auteures de romances historiques. Sauf que, pour la plupart d'entre nous, la régence anglaise est une notion très vague. La régence, au sens strict, ne dure que de 1811 à 1820. Elle correspond à la fin du règne de George III atteint de folie. Pendant ces quelques années, la régence est assurée par son fils, le prince régent, le futur George IV. Parfois, le terme de « régence anglaise » désigne une période plus étendue, de 1795 à 1837, jusqu'au règne de la reine Victoria.

Personnalité excentrique, George IV est réputé pour ses débauches, ses dépenses extravagantes, son mode de vie dépravé. Intelligent, cultivé, il est doté d'un goût très sûr. Architecture, arts décoratifs, mode, il favorise l'émergence de ce qu'on appellera le « style Regency ». Tandis que l'aristocratie, à son image, se distingue par son faste et ses outrances en tout genre, les arts et les lettres rayonnent, de Jane Austen à Mary Shelley en passant par les poètes John Keats et Byron. Toutefois, les idées nouvelles issues de la Révolution française commencent à se diffuser.

On s'interroge sur la place des femmes, l'esclavage, les fondations de la monarchie et la condition ouvrière.

À sa façon, la régence arrime solidement la société britannique à la modernité industrielle du XIXe siècle.

1

Recruter une épouse par une petite annonce dans la presse londonienne aurait été inconvenant. Aussi, Anthony Earheart, marquis de Staunton, fils aîné et héritier du duc de Withingsby, fit-il savoir qu'il recherchait une gouvernante.

Il fit paraître l'annonce sous son propre nom, en omettant son titre et ses relations, au grand amusement de ses amis et de ses connaissances, qui saisirent l'occasion pour faire assaut d'esprit.

— Rappelez-moi combien d'enfants vous avez, Staunton, lui lança Harold Price au White, le matin où l'annonce parut. Ne serait-il pas plus avisé d'engager une institutrice ? Une personne capable de s'occuper d'une classe entière ?

— Vous devriez même en engager plusieurs, Staunton, renchérit Cuthbert Pyne. Fonder une école, je veux dire. Il ne faudrait pas mettre en péril l'éducation de ces enfants en les entassant en trop grand nombre dans une classe unique.

— Leurs mères viendront-elles toutes les chercher à la fin de l'après-midi, Anthony ? s'enquit lord Rowling, avant d'inhaler une pincée de tabac à priser sur le dos de sa main. Votre salon est-il suffisamment vaste pour accueillir toutes ces dames pendant qu'elles attendront ? Vous pensez qu'elles se montreront aimables les unes avec les autres ?

— Staunton, vous souhaitez vraiment éduquer tous ces enfants ? s'enquit le colonel Forsythe. Possédez-vous suffisamment de domaines exigeant des intendants et des régisseurs ? Y a-t-il même assez de domaines dans toute l'Angleterre ?

— Vous oubliez le pays de Galles, Forsythe, intervint M. Pyne. Ainsi que l'Écosse.

— Mais il ne semble pas très juste pour les bâtards des autres que toutes les places soient occupées par ceux de Staunton, rétorqua le colonel d'un ton exagérément chagrin.

— Moi, je ne crois pas à cette histoire de gouvernante, déclara sir Bernard Shields. En fait, c'est une nouvelle maîtresse que cherche notre ami. Anthony, j'ai entendu dire que vous aviez congédié la délectable Anna pas plus tard que la semaine dernière, lestée de quelques rubis. Vous avez décidé de chercher sa remplaçante ailleurs que dans le foyer des artistes ? Qu'elle soit capable de vous distraire par sa conversation pendant que vous serez... disons, à l'œuvre ?

— Ou qu'elle soit susceptible de vous instruire, hasarda lord Rowling. On n'est jamais trop cultivé pour cesser d'apprendre, vous savez. Et qui, mieux qu'une gouvernante, peut vous seconder dans cette tâche ? Et dans une salle de classe, avec toutes ces tables et tous ces pupitres sur lesquels mettre les leçons en pratique... Ça laisse rêveur !

Le très jeune et très sérieux lord Callaghan se mêla alors à la conversation.

— Personnellement, je pense que Staunton recherche une gouvernante pour une ou plusieurs de ses nièces, et que nous le calomnions en imaginant autre chose.

Le marquis de Staunton ne réagissait à ces propos que par un haussement de sourcils ou un pincement des lèvres occasionnel. Son expression était celle d'un observateur à peine intéressé. Pour autant qu'il sache, il n'avait pas d'enfants. Il ne possédait pas de domaines – du moins, pas encore. Il s'était fatigué d'Anna au bout de seulement six semaines et il n'était pas pressé de lui trouver une remplaçante. Les maîtresses, avait-il constaté, étaient de moins en moins capables de satisfaire ses sens blasés. Il connaissait tous leurs trucs, il s'en était lassé et, contrairement à ce qu'affirmait Rowling, il n'avait plus rien à apprendre dans ce domaine. Et il n'entretenait aucune relation avec ses nièces. Ni avec ses neveux, d'ailleurs.

Non, il n'était pas en quête d'une gouvernante ou d'une maîtresse, mais d'une épouse. Ce qu'il exposa de la manière la plus claire à lord Rowling lorsque tous deux quittèrent le club un peu plus tard.

— Cela ne se fait-il pas d'ordinaire à l'Almack's, dans une salle de bal, ou dans un salon ? s'esclaffa lord Rowling, comme si toute l'histoire ne visait qu'à l'amuser. Et sans qu'il soit nécessaire de publier une petite annonce ? Anthony, vous vous appelez Staunton, et un jour ou l'autre, vous serez Withingsby. Vous êtes riche comme Crésus, et seriez-vous sans fortune que votre physique suffirait à faire tourner n'importe quelle tête féminine. Et pourtant vous passez une annonce pour trouver une épouse en prétextant rechercher une gouvernante ? J'ai dû manquer un chapitre. Vous voulez bien m'éclairer ?

Lord Rowling fit un moulinet avec sa canne et porta la main à son chapeau pour saluer une dame qu'ils croisaient.

— Je ne peux pas trouver ce que je recherche à l'Almack's, répliqua le marquis sans afficher le moindre amusement.

Il eut toutefois la bonne grâce de poursuivre quand son ami l'y incita d'un haussement de sourcils.

— Elle doit être de bonne famille. Je ne descendrai pas plus bas que cela, voyez-vous. Il faut aussi qu'elle soit désargentée, simple, très ordinaire, réservée, peut-être même guindée. Bref, qu'elle ait autant de personnalité qu'une... petite souris grise.

— Mon Dieu, murmura lord Rowling. Une petite souris grise ? Pour vous, Anthony ? Vous éprouvez donc un tel besoin de dominer la femme que vous prendrez pour épouse ?

— Le duc de Withingsby m'a sommé de rentrer, expliqua le marquis. Il prétend être souffrant. Il me rappelle que lady Marie Lucas, fille du comte de Tillden, a maintenant dix-sept ans. Autrement dit qu'elle est assez âgée pour que l'union arrangée par nos parents à sa naissance puisse donner lieu à des fiançailles officielles. Il m'informe que durant mes huit années d'absence, j'ai eu amplement le temps de jeter ma gourme.

Lord Rowling fit la grimace.

— Votre père manque de clairvoyance. Vous avez amassé une fortune considérable durant ces huit années, Anthony... Et vous avez aussi acquis la réputation, méritée, d'être l'un des pires débauchés de la capitale, ajouta-t-il avec un grand sourire. Vous avez l'intention d'épouser votre souris grise uniquement pour ennuyer Sa Grâce, en ce cas ?

— Précisément, répondit le marquis sans hésiter. J'ai bien sûr envisagé d'ignorer cette convocation, Perry. Ou d'y répondre, et de refuser d'épouser la gamine si soigneusement choisie et élevée pour être la prochaine duchesse de Withingsby. Mais mon idée est infiniment meilleure. S'il est faux que le duc soit malade, il ne tardera pas à l'être. Et s'il n'a pas encore compris après ces huit années d'absence, voilà qui enfoncera le clou. Oui, croyez-moi, je vais choisir très soigneusement ma future épouse. Je pense que les candidates ne manqueront pas.

L'expression de lord Rowling se fit perplexe. Peut-être parce qu'il comprit soudain que son ami était on ne peut plus sérieux.

— Enfin, Anthony, vous ne pouvez pas aller jusqu'à épouser la créature la plus quelconque que vous puissiez trouver simplement pour contrarier votre père.

— Pourquoi pas ?

— Pourquoi pas ? répéta son ami en renouvelant ses moulinets avec sa canne. Le mariage, c'est une condamnation à vie, mon vieux. Vous serez coincé avec cette femme jusqu'à la fin de vos jours. La situation vous paraîtra intolérable.

— Je n'ai pas l'intention de passer le reste de mon existence avec elle, rétorqua le marquis. Une fois qu'elle aura rempli sa mission, je la renverrai avec une pension confortable. Une gouvernante peut difficilement aspirer à un sort meilleur, non ?

— Elle peut vivre jusqu'à quatre-vingt-dix ans. Anthony. Et vous désirerez des héritiers. Si vous en avez avec elle, elle souhaitera, et cela paraît normal, les élever. Il lui faudra vivre sous votre toit pour s'acquitter de son rôle de mère.

— J'ai déjà un héritier, Perry, rétorqua le marquis. Mon frère William. Et il a des fils, m'a appris ma sœur Marianne. Reste à espérer qu'ils soient solides et en bonne santé.

— Mais un homme aspire à avoir des héritiers de sa propre chair, insista lord Rowling.

— Vraiment ? s'étonna le marquis. Eh bien, cet homme-là n'y aspire pas, par Jupiter ! Si nous changions de sujet ? Celui-là commence à devenir ennuyeux. Vous comptez aller chez Tattersall demain ? J'ai repéré deux pur-sang gris qui semblent prometteurs.

Lord Rowling aurait aimé poursuivre cette conversation, histoire d'essayer de faire entendre raison à son ami, pourtant il se retrouva à parler chevaux. Il connaissait le marquis de Staunton depuis suffisamment longtemps pour savoir que celui-ci possédait une volonté d'airain. Et qu'il disait et faisait exactement ce qu'il souhaitait dire et faire sans se préoccuper de l'opinion des autres ou des règles édictées par la bonne société. S'il avait décidé de chercher une femme de manière aussi peu conventionnelle, pour des raisons aussi cyniques, non seulement il le ferait, mais il l'épouserait.

Tout en parlant avec enthousiasme de chevaux et de courses hippiques, le marquis de Staunton songeait, non sans satisfaction, à son retour à Enfield Park, dans le Wiltshire, et à l'effet qu'aurait ce retour sur le duc de Withingsby. Ce serait le pied de nez final à l'homme qui l'avait engendré et qui avait fait de sa vie un enfer durant les vingt années ayant suivi sa naissance.

Depuis son départ de la maison familiale, après cette scène terrible huit ans auparavant, Anthony avait refusé le moindre soutien financier de la part de son père. Il s'était constitué sa propre fortune, d'abord par le jeu, puis par des investissements audacieux, et enfin, par des placements plus prudents dans un certain nombre d'affaires.

Son père n'avait manifestement pas compris la leçon. Cela n'allait toutefois pas tarder. Le duc allait devoir admettre qu'il n'avait plus aucun pouvoir ni aucune influence sur son fils aîné. Oui, conclure un mariage inconsidéré – un euphémisme s'agissant de l'union de l'héritier du duc de Withingsby avec une femme réduite à gagner sa vie comme gouvernante – était le moyen le plus radical. Il avait hâte de voir la tête de son père lorsqu'il amènerait sa femme à Enfield.

Anthony attendit donc les réponses à son annonce. Réponses qui commencèrent à arriver dès le lendemain de la parution dans les journaux, et qui affluèrent les jours suivants, plus nombreuses qu'il ne s'y attendait. Il rejeta d'emblée certaines candidatures : les femmes de moins de vingt ans, celles de plus de trente, celles qui avaient des recommandations particulièrement impressionnantes, et une jeune personne si désireuse de lui prouver sa connaissance du latin qu'elle avait rédigé sa lettre dans cette langue.

Il reçut cinq postulantes, et la sixième fut sa petite souris grise. On avait fait attendre Mlle Charity Duncan dans un salon du rez-de-chaussée, et elle se tenait dans la partie de la pièce la moins éclairée. Lorsqu'il ouvrit la porte et pénétra dans le salon, Anthony crut un instant qu'elle avait changé d'avis et s'était enfuic. Puis il l'aperçut, et songea que son choix même de se tenir à cet endroit était significatif. Vêtue de marron de la tête aux pieds, le maintien austère, elle paraissait effacée au dernier degré. C'était la gouvernante incarnée, le genre d'employée que même la plus jalouse des épouses accueillerait sans réticence dans son foyer.

— Mademoiselle Duncan ? demanda-t-il.

— Oui, monsieur, répondit-elle d'une voix calme, un peu sourde.

Elle le salua d'une révérence, en gardant les yeux rivés sur le tapis. Elle n'était pas très grande et très mince, voire maigre, même si sa cape ne permettait pas à Anthony d'en être certain. Son visage lui parut pâle et banal. Les cheveux bruns qui l'encadraient se fondaient si complètement dans le brun de sa capote qu'il était difficile de savoir où finissaient les uns et où commençait l'autre. Si ses vêtements, ternes et convenables, n'étaient pas râpés, ils le seraient bientôt.

Elle était parfaite. Son père serait hors de lui.

— Asseyez-vous, je vous prie, dit-il en indiquant un fauteuil proche de l'endroit où elle se tenait.

Comme il s'y attendait, elle se tint très droite, sans que son dos touche le dossier. Après avoir croisé ses mains gantées sur ses genoux, elle garda les yeux modestement baissés.

C'était l'image même de la distinction tombée dans la pauvreté, mais conservant sa dignité. Oui, elle était parfaite ! Anthony décida sur-le-champ qu'elle ferait l'affaire, que sa recherche était terminée, et qu'il avait devant lui sa future femme.

Charity Duncan était assise près de la fenêtre afin de profiter des dernières lueurs du jour. Elle préférait ne pas allumer la bougie tant que ce n'était pas absolument indispensable. Les bougies étaient si coûteuses.

Elle ravaudait une chemise de son frère. Alors qu'elle reprenait une couture qui avait cédé sous le bras, elle remarqua que la toile de coton autour de la déchirure était très élimée. Elle soupira. La couture tiendrait un moment, puis se trouerait de nouveau et ce serait difficile à repriser.

Elle mit plus de temps que d'ordinaire à effectuer cette tâche. Son regard – comme ses pensées – ne cessait de revenir au journal ouvert sur la table. Acheter le journal tous les jours était sa seule extravagance. Pour dire la vérité, ce n'était pas entièrement égoïste puisque Philip aimait le lire lorsqu'il rentrait du travail. Mais la raison principale de cet achat, c'était qu'elle devait trouver en emploi au plus vite. Depuis près d'un mois, elle épluchait les annonces, envoyait des candidatures et, trop rarement, était convoquée pour un entretien. Elle avait même postulé pour quelques emplois plus subalternes que celui de gouvernante ou de dame de compagnie.

Personne ne voulait d'elle. Elle était trop jeune ou trop âgée, trop banale ou trop jolie, trop bien née ou trop bien éduquée, ou… ou ses employeurs potentiels finissaient par lui poser des questions un peu trop précises à son goût.

Pour autant, Charity ne voulait pas renoncer et abandonner ses recherches. Hormis Philip, qui vivait à Londres avec elle, elle avait laissé à la maison une sœur de trois ans sa cadette ainsi que leurs trois frères et sœur considérablement plus jeunes. Et leur famille était pauvre. Pire que pauvre. Elle était profondément endettée, ce qu'ils avaient ignoré jusqu'au décès de leur père, un peu plus d'un an auparavant. Résultat, au lieu de mener la vie d'un gentleman, Philip était obligé de travailler pour subvenir aux besoins des siens. Charity avait insisté pour travailler elle aussi, même si une femme gagnait souvent trop peu pour partager avec ses proches ou pour rembourser des dettes.

Si seulement il existait un moyen de faire rapidement fortune ! Elle était allée jusqu'à envisager un cambriolage spectaculaire – pas sérieusement, bien sûr.

Elle ne devrait toutefois pas se plaindre, songea-t-elle en achevant sa reprise. Ils n'étaient pas dans la misère. Pas tout à fait du moins, même s'ils n'en étaient pas loin. Et même s'il ne lui semblait pas apercevoir beaucoup de lumière à l'extrémité du tunnel proverbial.

Mais Philip était de retour et elle se leva pour l'accueillir avec un sourire et l'embrasser sur la joue. Elle lui servit son dîner, puis l'interrogea sur sa journée avant d'évoquer la seule petite annonce dans le journal du jour qui lui paraissait intéressante.

— Ce monsieur ne précise pas le nombre d'enfants, leur âge et leur sexe, dit-elle, les sourcils froncés. Ni si la famille habite à Londres, dans les Nouvelles-Hébrides ou en Cornouailles. Ce qui est sûr, c'est qu'il propose une place.

— Tu n'as pas besoin de travailler, Charity, assura son frère.

Il ne cessait de le lui répéter, car il était convaincu qu'il lui revenait, et à lui seul, de subvenir aux besoins de sa famille.

— Oh que si ! répliqua Charity. Et c'est le seul emploi convenable que j'ai trouvé dans le journal d'aujourd'hui. Et il n'y avait rien au bureau de placement hier, ni ce matin. Je dois au moins essayer.

— Tu pourrais retourner à la maison et me laisser m'occuper de vous. Cette responsabilité m'incombe, et on a besoin de toi là-bas.

— Tu sais très bien que je n'en ferai rien, rétorqua Charity. Tu ne peux pas nous entretenir tous. Et puis, il faut que tu aies une vie à toi. Agnès…

— Agnès attendra, la coupa-t-il. Ou elle se fatiguera d'attendre et épousera quelqu'un d'autre. Quoi qu'il en soit, il n'est pas convenable que ma sœur soit obligée de prendre un emploi.

— Je veux faire quelque chose, moi aussi. Je trouverai injuste de rester à la maison, à broder ou à cueillir des fleurs, simplement parce que je suis une femme. Et, après tout, je suis l'aînée. Je vais répondre à cette annonce, ajouta-t-elle. Si c'est un échec, j'envisagerai peut-être de retourner à la campagne. Je commence à croire que je suis inapte au travail.

— Rentre à la maison, Charity, insista Philip. Je suis un simple employé pour le moment, mais je finirai par obtenir un meilleur poste et par gagner davantage. Peut-être même qu'un jour, je serai riche. Et puis, tu as raison, tu n'es pas faite pour être au service de quelqu'un. L'esprit de soumission te fait défaut. Rappelle-toi, tu as perdu ton dernier emploi parce que tu n'as pas su garder ta langue dans ta poche.

— C'est vrai, reconnut Charity avec une grimace. J'étais d'avis que le père des enfants n'avait pas à faire pression sur la plus jolie des femmes de chambre pour obtenir ses faveurs, et je le lui ai dit. Ainsi qu'à la mère des enfants. C'était un homme vraiment horrible, Philip. Tu l'aurais détesté, j'en suis sûre.

— Je n'en doute pas. Pour autant, son comportement à l'égard d'une autre domestique ne te regardait pas, Charity. Cette fille avait une langue pour défendre sa cause si je ne m'abuse.

— Elle n'osait pas s'en servir de crainte de perdre sa place.

Son frère se contenta de lui jeter un regard entendu, et elle se mit à rire.

— De toute façon, je n'avais pas envie de rester dans cette maison. Cela dit, j'aimerais que trouver un emploi ne soit pas si difficile. J'ai passé six entretiens le mois dernier, sans succès. Je devrais peut-être prier pour que Mme Earheart et ses enfants vivent bel et bien dans les Nouvelles-Hébrides, et que personne à part moi ne soit suffisamment intrépide pour proposer ses services.

Elle soupira avant d'enchaîner :

— Ou indiquer dans ma lettre de candidature que je suis volontaire pour partir au bout du monde. D'autant que les gages devraient être plus élevés pour compenser l'éloignement.

— Charity, j'aimerais vraiment que tu retournes à la maison. Les enfants se languissent de toi. Penny le dit dans toutes ses lettres. Tu as été comme une mère pour eux depuis la mort de maman.

— Finalement, je ne dirai pas que je suis volontaire pour partir au bout du monde, se ravisa Charity, ignorant son frère. J'aurais l'air trop empressée ou trop servile. Et je vais tenter cette dernière candidature. Si cela se trouve, je ne recevrai même pas de réponse et tes vœux seront alors comblés. Sache cependant que je me sentirai humiliée et inutile.

Son frère se contenta de soupirer à son tour.

Charity se trompait, sur un point en tout cas. Cinq jours après avoir envoyé sa lettre de candidature à M. Earheart, elle reçut une réponse l'invitant à se présenter pour un entretien le lendemain matin. À cette pensée, son cœur battit un peu plus vite. C'était un véritable supplice d'être interrogée comme si l'on n'était qu'une simple fonction et non pas une personne en chair et en os. Hélas, il fallait en passer par là.

Si décrocher un entretien était une petite victoire, le goût n'en demeurait pas moins amer. C'était toujours cruel d'être si près du but et de risquer de voir ses espoirs anéantis une fois de plus.

— Ce sera le septième entretien, dit-elle à Philip lorsqu'il rentra du travail. Tu crois que ce sera le bon ?

— Si tu veux vraiment ce poste, Charity, tu dois accepter les règles du jeu. Rappelle-toi que les gouvernantes, comme les autres domestiques, doivent être vues mais pas entendues.

Charity ne put s'empêcher de se mordre la lèvre. Non pas qu'elle fût exubérante ou vulgaire, c'est juste qu'elle était une dame de qualité, et qu'elle était accoutumée à se considérer comme l'égale des dames de qualité. Elle avait du mal à admettre qu'il existait une classe méprisée : celle des personnes bien nées connaissant des revers de fortune. Elle en faisait partie, du moins tant qu'elle serait en quête d'un emploi.

— Je dois donc me montrer humble et effacée, c'est cela ? Ne pas émettre d'opinion ni risquer une observation ?

— Oui, répondit son frère d'un ton brusque.

Elle comprit alors, non sans un pincement au cœur, que lui-même avait dû apprendre cette dure leçon.

— Tu dois convaincre cet homme, continua-t-il, et sa femme si elle est présente, que s'ils te prennent à leur service, tu te confondras facilement avec les meubles.

— C'est humiliant !

À peine ces paroles sorties, elle les regretta.

Son frère s'inclina au-dessus de la table qui les séparait et lui prit la main.

— Charity, n'accepte pas cette place si elle t'est offerte par un... un homme jeune. Non pas que sa jeunesse soit en cause, mais s'il est...

— Lubrique ? suggéra-t-elle.

Philip rougit.

— Si tu le soupçonnes de l'être, dit-il.

— Je suis capable de veiller sur moi-même. Lorsque mon précédent employeur m'a regardée de cette manière le premier jour, je l'ai fixé froidement, droit dans les yeux, en pinçant les lèvres. Comme ceci...

Elle répéta la mimique, et son frère sourit malgré lui.

— Sois prudente, Charity.

— Je le serai, promit-elle. Et réservée. Une véritable petite souris ! Je serai si effacée qu'il ne s'apercevra même pas que je suis dans la pièce avec lui. Je serai...

Son frère riait à présent. Charity contourna la table pour se placer derrière sa chaise et lui entoura les épaules de ses bras.

— Oh, c'est si rare de te voir rire ces derniers temps ! Tu verras, Philip, tout se passera bien. Nous deviendrons riches, tu épouseras Agnès et vous vivrez heureux à jamais.

— Et toi ? demanda-t-il en lui tapotant le bras.

— Je vivrai heureuse à jamais, moi aussi. Penny pourra se marier, et je resterai avec les enfants jusqu'à ce qu'ils soient grands et installés. Et alors, je deviendrai une vieille fille excentrique tout à fait satisfaite de son sort.

Philip riait de nouveau quand elle se pencha pour déposer un baiser sur le haut de son crâne.

Il n'empêche que Charity était nerveuse le lendemain matin, lorsqu'elle arriva à Upper Grosvenor Street, où devait se dérouler l'entretien. Le hall était élégant quoique sans ostentation, de même que le domestique qui l'introduisit dans la maison. Et de même que le salon dans lequel on la fit entrer. D'instinct, elle se tint dans la partie de la pièce la plus éloignée des fenêtres. Elle avait du mal à contrôler les battements erratiques de son cœur. Si elle n'obtenait pas cet emploi, elle commencerait à perdre confiance en elle. N'avait-elle pas plus ou moins promis à Philip de retourner à la campagne en cas d'échec ? Elle…

La porte s'ouvrit soudain, mettant un terme à ses réflexions.

M. Earheart était jeune, oui. Pas plus de trente ans. Et beau, bien que d'une beauté austère. D'une taille supérieure à la moyenne, il était élancé et bien découplé. Ses yeux et ses cheveux étaient très sombres, ses traits ciselés, son visage mince et aristocratique. Les rayons du soleil l'éclairèrent de plein fouet lorsqu'il s'arrêta un instant sur le seuil, donnant à son regard froidement cynique une lueur presque démoniaque. Ses vêtements élégants, manifestement coûteux, semblaient avoir été cousus sur lui – preuve indubitable d'un gentleman soucieux de sa mise.

Son expression n'avait rien d'aimable. Il semblait homme à dévorer les servantes plutôt qu'à les séduire. Charity s'interdit toutefois de le juger dans la mesure où il n'avait pas prononcé un mot.

Seule dans la maison d'un gentleman, sans chaperon ni femme de chambre, elle se sentit de nouveau humiliée. À présent, elle était elle-même une domestique, et une domestique sans emploi de surcroît. Elle baissa les yeux avant même que l'homme ne l'ait repérée dans l'ombre où elle se tenait. Il lui fallait se concentrer pour adopter l'attitude caractéristique d'une gouvernante.

— Mademoiselle Duncan ?

Quoique hautaine et indifférente, comme elle s'y attendait, la voix de l'homme possédait une sonorité plaisante.

— Oui, monsieur, répondit-elle en s'efforçant de paraître digne, quoique pas outrageusement fière.

— Asseyez-vous, je vous prie.

Il lui indiqua un fauteuil proche, à l'écart de la lumière du jour, ce dont elle se félicita. Elle avait beau avoir une certaine expérience désormais, les entretiens ne lui étaient pas plus faciles.

Elle s'assit donc, le dos droit, les yeux toujours baissés. Elle avait prévu de répondre de manière honnête et concise, et priait pour qu'il évite les questions trop embarrassantes.

Après s'être assis en face d'elle, M. Earheart posa une cheville sur le genou de l'autre jambe. Ses hautes bottes de cuir reluisaient. Il émanait de toute sa personne une impression de richesse, d'assurance et de pouvoir.

Dans le silence qui suivit, l'anxiété de Charity ne fit que s'accroître.

2

Comment menait-on un entretien pour le recrutement d'une future épouse ? se demanda Anthony.

— La lettre de recommandation rédigée par le pasteur de votre ancienne paroisse est impressionnante, mademoiselle Duncan, commença-t-il.

— Merci, monsieur.

— Elle a cependant été écrite il y a un an environ. Avez-vous occupé un emploi depuis ?

Les yeux fixés sur ses genoux, la jeune femme parut réfléchir à sa réponse, puis :

— Oui, monsieur.

— Et quel était-il, mademoiselle Duncan ?

— Durant huit mois, j'ai été gouvernante dans une famille de trois enfants.

— Durant huit mois...

Anthony laissa sa phrase en suspens. Elle ne parut pas saisir le sous-entendu, aussi demanda-t-il :

— Pourquoi n'occupez-vous plus cet emploi ?

— J'ai été renvoyée, répondit-elle après une brève hésitation.

— Vraiment ? Pour quel motif ?

Avait-elle été incapable de maîtriser les enfants ? Il n'en aurait pas été étonné tant elle semblait dénuée de caractère.

— Mon… mon employeur m'a accusée de mensonge.

Bien. Au moins, elle était franche. Anthony fut surpris non seulement par sa réponse, mais aussi par le fait qu'elle ne tente pas aussitôt de se justifier.

— Était-ce le cas ? Je veux dire, avez-vous menti ?

— Non, monsieur.

Il savait ce que c'était que d'être faussement accusé. Il se souvenait parfaitement du sentiment qu'on éprouvait.

— Est-ce votre première tentative pour trouver un nouvel emploi ?

— Non, monsieur. La septième. Enfin, c'est le septième entretien que l'on m'accorde.

Il ne fut pas étonné qu'elle ait essuyé des échecs successifs. Qui voudrait employer une créature aussi terne et effacée pour éduquer ses enfants ?

— Pourquoi n'avez-vous pas réussi ? s'enquit-il néanmoins.

— Je pense, monsieur, que c'est parce que tout le monde m'a posé la question que vous venez de me poser.

Oui, bien sûr. Son aveu devait sans aucun doute mettre un terme à tout entretien.

— Et vous n'avez jamais songé, justement, à mentir ? À prétendre que vous aviez quitté votre emploi de votre plein gré ?

— Si, j'y ai pensé, monsieur, admit-elle. Mais je ne l'ai pas fait.

La petite souris était donc dotée de principes moraux. On lui avait appris que mentir était un péché, aussi ne mentait-elle jamais. Même pas dans son propre intérêt, et quitte à ce que cela la condamne à rester sans emploi. Une femme vertueuse jusqu'au puritanisme… Son père allait être consterné !

— Une telle honnêteté est fort louable, mademoiselle Duncan. Il se peut que je puisse vous proposer quelque chose.

Pour la première fois, elle leva les yeux. Ce fut bref. Deux prunelles claires, d'un bleu intense, entre de longs cils noirs. Non pas de ce gris qui prend parfois des nuances de bleu, mais d'un bleu pur et sans mélange. Puis elle baissa de nouveau les paupières. L'espace d'un instant, Anthony eut la sensation dérangeante qu'il était sur le point de commettre une erreur épouvantable.

— Je vous remercie, monsieur, dit-elle d'une voix qui lui sembla un peu oppressée. Combien d'enfants y a-t-il ? Vivent-ils ici avec vous ?

— Il n'y a pas d'enfants.

Anthony attendit. Le regard qu'elle gardait fixé sur ses genoux se déplaça sur ceux d'Anthony, monta vers sa poitrine, peut-être même jusqu'à son menton.

— Pas d'enfants ? répéta-t-elle en fronçant les sourcils. En ce cas, mes élèves sont… sont…

— Il n'y a pas d'élèves. Je ne suis pas en quête d'une gouvernante, mademoiselle Duncan. C'est une tout autre situation que j'ai à vous offrir.

La petite souris supposa manifestement que le grand et vilain matou s'apprêtait à bondir. Elle se leva abruptement et pivota en direction de la porte.

Anthony resta assis.

— Mademoiselle Duncan, ce que je m'apprête à vous proposer n'a rien d'inconvenant. En vérité, je suis à la recherche d'une épouse. Et je vous offre cet emploi.

Elle se retourna à demi, sans toutefois le regarder directement.

— Une épouse ?

— Oui, une épouse. Je cherche celle qui sera Mme Earheart. Du moins provisoirement. Le mariage, en revanche, sera à vie, puisqu'il n'y a pratiquement que la mort de l'un des deux conjoints qui puisse dissoudre une union officielle. Si vous caressez l'espoir romantique d'un mariage d'amour suivi d'une éternelle félicité, je vais vous souhaiter une bonne matinée et recevoir la candidate suivante. J'espère que ce n'est pas le cas. Sinon, il vous faut prendre conscience qu'un tel rêve est irréaliste pour quelqu'un dans votre situation.

Elle gardait le corps tourné vers la porte et la tête à demi tournée vers lui. Anthony devina qu'elle haussait les sourcils. Elle ne le contredit toutefois pas.

— Le mariage sera permanent, insista-t-il, mais nous ne vivrons ensemble que temporairement. Quelques semaines tout au plus, je pense. Après quoi, vous serez de nouveau libre, avec pour seul inconvénient d'être Mme Earheart au lieu de Mlle Duncan. Et vous serez assurée de vivre confortablement jusqu'à la fin de vos jours.

Si elle fronçait toujours les sourcils, elle ne faisait pas mine de vouloir quitter la pièce. Manifestement, elle était tentée. Et il aurait été surprenant qu'elle ne le soit pas.

— Vous ne voulez pas vous rasseoir ? suggéra-t-il.

Elle s'exécuta, croisa de nouveau les mains sur ses genoux et ne les quitta plus des yeux. Anthony n'excluait pas que son visage ait une forme de cœur. En même temps, une telle description aurait sous-entendu une séduction qu'elle ne possédait pas.

— Je ne comprends pas, dit-elle.

— C'est assez simple. J'ai besoin d'une épouse durant une courte période. J'avais envisagé d'employer quelqu'un pour jouer ce rôle. Après réflexion cependant, il m'a semblé que la chose serait beaucoup plus... convaincante si j'avais une véritable femme, unie à moi pour la vie.

Après s'être humecté les lèvres, elle demanda :

— Et lorsque la courte période sera terminée ?

— En plus d'une rente annuelle de cinq mille livres, je vous procurerai une maison, une voiture et des serviteurs, et je prendrai à ma charge l'ensemble de vos dépenses domestiques.

Mlle Duncan demeura un long moment silencieuse. Elle devait à coup sûr penser à la rente de cinq mille livres, à la maison et à la voiture qui seraient siennes, et à la perspective de n'avoir plus jamais à solliciter une place de gouvernante.

— Comment puis-je être sûre que vous dites la vérité ? demanda-t-elle finalement.

Sapristi ! Anthony haussa les sourcils et lui décocha un regard glacial, la main droite crispée sur le manche de son face-à-main. En pure perte puisqu'elle gardait les yeux baissés. Il remarqua néanmoins que ses mains étaient crispées. Pour une femme comme elle, il était sans doute tout à fait plausible qu'il s'agisse d'une blague cruelle.

— Il y aura évidemment un contrat écrit, dit-il. Il sera rédigé cet après-midi même, en présence de mon avoué, mademoiselle Duncan. À 15 heures, cela vous conviendrait-il ? Si vous le souhaitez, vous pourrez passer un peu de temps seule avec lui, et l'interroger sur ma capacité à tenir mes engagements. Acceptez-vous mon offre ?

Silence, de nouveau. Elle ouvrit la bouche à plusieurs reprises, comme pour parler, puis se ravisa. Après s'être mordu la lèvre, elle tira doucement sur chaque doigt du gant de sa main droite. Toutefois, au lieu de l'enlever, elle le réenfila d'un geste brusque en tirant sur le poignet.

Enfin, elle déclara :

— Sept mille livres.

— Je vous demande pardon ?

Elle avait eu beau s'exprimer clairement, Anthony n'était pas certain d'avoir bien entendu.

— Sept mille livres par an, dit-elle d'une voix plus assurée. En plus de tout ce que vous avez mentionné.

Une petite souris, certes, mais qui savait défendre son bout de fromage. Il pouvait difficilement le lui reprocher.

— Nous tomberons d'accord pour six mille, répliqua-t-il, les yeux étrécis. Vous acceptez donc ma proposition, mademoiselle Duncan ? Je peux annuler les entretiens qui devaient succéder au vôtre ?

— Ou... oui. Oui, monsieur, déclara-t-elle d'un ton ferme.

— Parfait. Je vous attends donc à 15 heures. Nous nous marierons demain matin.

Il se leva et lui tendit la main. Elle se leva à son tour et la prit. Lorsqu'elle leva enfin les yeux, son regard bleu était si intense qu'Anthony faillit reculer. Elle devait certainement regarder l'arête de son nez, car elle paraissait le fixer entre les deux yeux.

— Que se passera-t-il lorsque vous rencontrerez la femme avec laquelle vous souhaiterez vous marier et passer votre vie ? s'enquit-elle.

Il ne put retenir un sourire ironique.

— La femme avec laquelle j'envisagerais de passer ne serait-ce qu'une année de ma vie n'existe pas.

Elle crut qu'elle allait répliquer, mais elle se détourna sans mot dire.

« Tout s'est bien passé », se félicita Anthony quelques minutes plus tard, après que la jeune femme l'eut quitté. Il s'était attendu à être assailli de questions, notamment sur ce qu'elle était censée faire avant de pouvoir jouir de sa liberté, et de ce qui, à ses yeux, devait être une fortune considérable, or, Mlle Charity Duncan n'avait rien demandé. Anthony s'était aussi préparé à être accablé de toutes sortes de confidences, mais il n'en savait pas plus sur elle que ce qu'il avait appris à la lecture de sa lettre de candidature. Elle avait vingt-trois ans, était fille de gentleman, savait lire, écrire, compter et dessiner, parlait français, jouait du pianoforte, avait une certaine expérience des soins et de l'éducation à apporter aux enfants, qu'elle aimait beaucoup.

Il savait aussi qu'elle était terne, réservée, ni jolie ni laide. Et rusée. Car la seule chose qui l'avait surpris, c'était qu'elle négocie pour obtenir davantage d'argent. Non, faux. Il y avait eu autre chose : ses yeux. Ils ne s'accordaient pas au reste de sa personne. Cela dit, même la plus banale des femmes, la plus effacée, pouvait prétendre à sa part de beauté.

Demain donc, elle serait sa femme. Anthony pinça les lèvres, pensif. Oui, elle conviendrait. Elle conviendrait tout à fait.

De nouveau, Charity se tenait près de la fenêtre, occupée à repriser le talon d'un bas de Philip. Il n'était que 18 heures, pourtant la lumière déclinait déjà. Un phénomène encore accentué par l'étroitesse de la rue et la hauteur des bâtiments qui se dressaient face à leur logement. Dieu que la campagne lui manquait, parfois ! Enfin, pour être honnête, ce n'était pas seulement parfois, c'était très souvent. Elle soupira.

Qu'allait-elle dire à Philip, alors même qu'elle n'arrivait pas encore à croire à la réalité des événements de la journée ? Elle s'était rendue à Upper Grosvenor Street ce matin en espérant de toutes ses forces obtenir la place de gouvernante. Cependant, durant le trajet, elle s'était autorisée à rêver : elle trouvait dans le caniveau un collier d'une valeur inestimable, ou une fortune lui tombait du ciel par un chemin tout aussi tortueux.

C'est alors qu'au lieu de lui offrir la place de gouvernante M. Earheart – homme séduisant, élégant et froid – lui avait proposé de l'épouser. Elle avait l'impression de vivre une espèce de conte de fées étrange. Sauf que dans un vrai conte de fées, l'homme serait tombé amoureux d'elle instantanément et désespérément. Si M. Earheart ne voulait d'une femme que temporairement, il avait l'intention de l'entretenir tout à fait convenablement le reste de sa vie. Charity avait veillé à ce que cette disposition figure dans le document qu'ils avaient signé. En outre, s'il venait à décéder avant elle, la rente continuerait de lui être versée. Elle jouirait donc de six mille livres par an, en sus des autres choses auxquelles il avait fait allusion lors de leur entretien.

Avec six mille livres annuelles, Penny, les enfants et elle-même pourraient vivre très confortablement tout en remboursant les dettes de leur père. Philip serait certes fâché de ne pas être celui qui les sauverait de la pauvreté, mais il finirait par faire contre mauvaise fortune bon cœur. Et il pourrait épouser Agnès.

En fait, elle savait ce qu'elle allait lui dire. Elle avait eu quelques heures devant elle pour peaufiner son histoire. Il n'était toutefois pas dans sa nature de mentir aussi craignait-elle de ne pas y parvenir. Pourtant, elle n'avait pas le choix. Impossible de dire la vérité à son frère sous peine d'être jugée bonne à enfermer.

Elle s'aperçut, consternée, que l'endroit qu'elle reprisait avait déjà été ravaudé. Pauvre Philip, qui ne dépensait rien pour lui et tout pour ses frères et sœurs. Non sans impatience, elle essuya du dos de la main une larme qu'elle n'avait pas vu venir.

De nouveau, la panique qui l'avait assaillie à intervalles réguliers depuis qu'elle avait signé les documents la submergea. Demain, elle allait épouser un inconnu – plutôt intimidant, de surcroît – uniquement pour de l'argent. Cela fait, il n'y aurait pas de retour en arrière possible. Elle n'aurait jamais de véritable mari, ni de véritable vie conjugale. Certes, elle n'avait jamais caressé ce rêve, il n'empêche, il y avait quelque chose d'effrayant à avoir la certitude que…

Elle fut tirée de ses pensées par le retour de son frère. Lui adressant un sourire chaleureux, elle posa son ouvrage et se leva pour servir le dîner.

— Tu as l'air fatigué, fit-elle remarquer.

— On est censé être fatigué le soir, répliqua-t-il. Mmm, ça sent bon, Charity.

Il se laissa tomber sur sa chaise, l'air las. Elle remplit son assiette de soupe, lui coupa un morceau de pain, puis s'assit en face de lui, le coude posé sur la table, le menton dans la main. Ne sachant par où commencer, elle attendit qu'il lance la conversation.

Il lui demanda d'abord s'il y avait eu une lettre de la maison. Quand elle secoua la tête, il admit qu'il était un peu tôt vu qu'ils avaient eu des nouvelles à la fin de la semaine précédente.

— Au fait, tu avais un entretien, ce matin, dit-il enfin. Pardonne-moi de ne pas t'avoir interrogée plus tôt. Comment s'est-il passé ?

— On m'a proposé le poste, répondit-elle avec un sourire.

— Ah bon ? murmura-t-il, sa cuillère à mi-chemin de sa bouche. Eh bien, c'est une bonne nouvelle. Ils ont l'air gentils ? Où habitent-ils ? Il y a combien d'enfants ?

— Très gentils, assura-t-elle. Ils vivent dans le Wiltshire et ont trois enfants. Et, oui, c'est une bonne nouvelle, conclut-elle avec une conviction forcée.

Il ne lui échappa pas que son frère s'efforçait de paraître heureux pour elle.

— C'est M. Earheart qui t'a reçue ? As-tu rencontré sa femme ?

— Oui, bien sûr. Ainsi que les enfants. Ils sont tous absolument charmants, Philip. Ils te plairaient. Ils partent pour la campagne demain et je les accompagne.

— Demain ? Si vite ?

— Oui, dit-elle avec un sourire qui se voulait rassurant. Je t'ai fait assez de soupe pour trois jours, ainsi qu'une fournée de ces gâteaux aux raisins secs que tu aimes tant. Une terrible extravagance, je sais, mais je voulais te faire plaisir.

— Je pourrais peut-être obtenir une permission d'une heure pour t'accompagner et m'assurer par moi-même que tes nouveaux employeurs sont dignes de toi. À quelle heure es-tu censée partir ?

— Non, Philip, ce ne sera pas nécessaire, dit-elle en tendant la main pour la poser sur la sienne. Je ne me vois pas te dire au revoir et, aussitôt après, être gaie pour les enfants. Je préférerais de beaucoup que tu ne viennes pas.

Son frère lui tapota la main.

— Comme tu veux, Charity. Souviens-toi juste que le Wiltshire n'est pas si loin, et que rien n'est irrévocable. Si jamais tu ne te plais pas là-bas, tu peux partir à n'importe quel moment et rentrer à la maison. Penny en sera ravie et les enfants seront fous de bonheur.

— Je compte bien faire mon possible pour que tout se passe au mieux. Pourquoi devrais-tu être seul à nous entretenir tous ?

— Parce que je suis l'homme de la famille.

— Pfff !

Charity se leva, prit l'assiette vide de son frère et la remplit sans même lui demander s'il voulait encore de la soupe. Il allait être très fâché contre elle, pour ne pas dire absolument furieux. Toutefois, d'ici quelques heures, il ne pourrait plus rien faire. Une tristesse mêlée d'appréhension l'envahit à l'idée d'affronter seule son mariage. Elle refusa toutefois de s'apitoyer sur elle-même. De quoi aurait-elle pu se plaindre ? Elle allait devenir une femme riche. Quel sort pitoyable, vraiment !

La soirée ne se prolongea pas. Non seulement Philip était fatigué et se levait tôt, mais ils évitaient de brûler trop de bougies une fois la nuit tombée. En outre, les séparations étaient toujours difficiles. Durant les dernières heures passées ensemble, on semblait n'avoir rien à se dire – peut-être parce qu'il y avait trop à dire. Cette fois, c'était encore pire, car le peu de paroles que Charity échangea avec son frère furent des mensonges. Quand il l'interrogea sur ses futurs élèves, elle fut obligée de leur inventer un âge et un sexe.

Elle détestait mentir, mais comment faire autrement ? Le temps viendrait où elle pourrait avouer la vérité. Quand elle serait enfin à même de subvenir aux besoins des siens, et quand il serait trop tard pour que ses frères et sœurs poussent de hauts cris en découvrant ce qu'elle avait fait. Oui, le temps viendrait. Plus tard.

Elle se leva tôt le lendemain, comme tous les jours depuis qu'elle avait rejoint son frère à Londres. Après lui avoir préparé son petit déjeuner, elle enveloppa dans du papier les deux tranches de pain et le morceau de fromage racorni qui constitueraient son repas de midi. En guise de gâterie exceptionnelle, elle y joignit un gâteau aux raisins secs.

Lorsqu'il fut prêt à partir, elle l'étreignit avec force sans mot dire.

— Prends soin de toi, lui recommanda-t-il en lui rendant son étreinte. Je suis vraiment désolé que tu te sentes obligée de faire cela, Charity. Un jour, tu seras libre de mener de nouveau une vie digne de toi, je te le promets.

— Je t'aime, murmura-t-elle.

Si tu savais, Philip... Dans quelques heures, je serai la femme d'un homme très riche. Je serai une femme très riche. Oh, Philip, Philip...

— Voilà que je pleure ! s'exclama-t-elle avec un petit rire en s'essuyant les joues. Comme je suis sotte !

Dès qu'il fut parti, la pièce encore plongée dans une semi-pénombre apparut vide, froide. Elle allait se marier. Quand elles étaient enfants, Penny et elle jouaient parfois au mariage. Elles imaginaient des fêtes somptueuses et très gaies. Aujourd'hui, en revanche, il s'agissait d'un vrai mariage. Charity battit des paupières pour chasser les larmes qui lui montaient de nouveau aux yeux.

— Vous êtes complètement fou, Anthony ! s'exclama lord Rowling lors du bal hebdomadaire donné à l'Almack's. Vous n'allez quand même pas commettre une telle extravagance !

Anthony abaissa le face-à-main derrière lequel il passait en revue les femmes qui dansaient.

— Si, dit-il dans un soupir.

D'un geste, il désigna la salle de bal.

— Contemplez cette grande foire au mariage, Perry : l'Almack's lors de la saison mondaine. Toutes les marchandises commercialisables sont présentées ici même, et tous les acheteurs potentiels les examinent. Or, je suis un acheteur, non ? Je suis l'héritier d'un duché, et on dit le duc malade. À vingt-huit ans, je ne rajeunis pas. J'ai simplement choisi d'acheter sur un marché un peu différent.

Lord Rowling secoua la tête.

— Vous avez passé une petite annonce pour recruter une gouvernante. Et vous avez choisi une épouse après un bref entretien avec une parfaite inconnue. Vous ne savez rien d'elle !

— Au contraire, rétorqua Anthony, dont le regard s'attarda sur une jeune fille. Elle est chaleureusement recommandée par le pasteur de la paroisse dans laquelle elle a grandi. Elle a été renvoyée de sa dernière place au bout de huit mois, accusée de mensonge. Ce qu'elle nie. C'est une petite souris simple, discrète, dotée d'un sens moral. Et figurez-vous qu'elle a marchandé avec moi ! Elle m'a soutiré davantage d'argent que je ne lui en proposais. Elle fera admirablement l'affaire. Perry, vous ne trouvez pas que la fille de March a grossi depuis le début de la saison ? Celui qui la prendra se retrouvera avec une épouse grassouillette dans cinq ans. Mais bon, il y a des hommes qui aiment les femmes grassouillettes.

— Anthony ! s'exclama son ami, l'air exaspéré. Je ne connais personne de plus cynique que vous. Cette histoire de mariage dépasse l'entendement.

— Pourquoi ? Si je m'adressais au père de l'une de ces jeunes filles, il m'agréerait sur-le-champ, sans se soucier de ma réputation d'indécrottable débauché. Et la jeune fille aussi, car je passe pour un excellent parti. Pour autant, elle ne connaîtrait rien de moi hormis quelques détails superficiels, et je ne connaîtrais rien d'elle. Nous serions des étrangers l'un pour l'autre. Y a-t-il beaucoup de différence entre épouser l'une de ces jeunes filles et épouser une gouvernante qui salivait presque à la perspective d'approcher ma fortune ? La seule différence significative, c'est qu'il sera plus facile de renvoyer la petite souris lorsqu'elle aura rempli son rôle.

Lord Rowling tira sa tabatière de sa poche, sans toutefois l'ouvrir. Il dévisagea Anthony.

— Vous commettez une erreur, dit-il d'un ton de reproche. Une erreur terrible et irrévocable. Et si cette femme refuse d'être renvoyée ?

Anthony ne dissimula pas son impatience.

— Comme n'importe quelle mariée, Perry, elle me promettra obéissance dès demain matin. Je crois que je vais inviter Mlle Henshaw à danser. On l'a mise en garde contre ma réputation et elle rougit de la plus charmante façon en détournant le regard chaque fois qu'elle croise le mien par accident – ce qui lui arrive souvent.

Anthony s'éloigna, satisfait d'avoir mené à bien la mission fixée pour la soirée : Rowling avait accepté d'être témoin à son mariage. Il se rendait rarement à l'Almack's ou dans toute autre salle de bal renommée. Ce soir, toutefois, il avait décidé de s'amuser. Après tout, c'était sa dernière soirée de célibataire. Il y réfléchit tandis qu'il dansait avec la rougissante Mlle Henshaw, et s'aperçut que cette pensée ne le troublait pas le moins du monde.

Demain serait le jour de son mariage. Un jour comme les autres.

3

Fidèle à sa promesse, lord Rowling se présenta à Upper Grosvenor Street suffisamment à l'avance pour accompagner le futur marié à l'église, où les attendait l'avoué d'Anthony, qui serait son second témoin. Non sans une certaine fascination, il constata que le marquis de Staunton était aussi froidement détaché, et aussi impeccablement vêtu, que s'il s'en allait déambuler dans Bond Street.

— Vous êtes vraiment sûr de vous ? lui demanda lord Rowling alors qu'ils se préparaient à quitter la maison. Il n'y a rien que je puisse dire pour vous persuader de changer d'avis, Anthony ?

— Bonté divine, non, répliqua le marquis, qui coiffa son chapeau et, d'un haussement de sourcil, indiqua à son domestique qu'il était prêt à sortir.

L'église n'était pas l'une des plus prestigieuses de Londres. Lord Rowling la trouva triste, et tristes aussi la rue dans laquelle elle était située ainsi que le ciel gris au-dessus. Le futur marié, lui, ne paraissait pas triste. Ni joyeux d'ailleurs. Après avoir salué son avoué d'un signe de tête, il se dirigea sans hésiter vers la porte de l'église. Après avoir échangé un regard, ses deux compagnons lui emboîtèrent le pas.

La future mariée était assise dans l'ombre, au fond de l'église. Anthony nota qu'elle était vêtue comme la veille. Elle n'avait rien fait pour améliorer sa toilette, ne serait-ce qu'avec les quelques colifichets que les mariées portaient d'ordinaire. Il réalisa, un peu tard, qu'il n'avait pas pensé à lui donner de quoi s'offrir de nouveaux vêtements – une robe neuve pour l'occasion, et quelques effets à emporter ensuite. Et comme ils partaient pour la campagne peu après la cérémonie, ils n'auraient pas le temps de faire des achats. De toute façon, mieux valait l'emmener exactement comme elle était.

— Vous êtes prête, mademoiselle Duncan ? dit-il en s'inclinant à demi avant de lui présenter son bras.

— Oui, monsieur.

Elle se leva, jeta un bref coup d'œil à Anthony, puis regarda son bras. Elle parut hésiter entre poser la main dessus ou au creux de son coude. Il lui prit la main d'autorité et la posa sur son poignet. Impatient, il omit de lui présenter lord Rowling.

— Le pasteur nous attend, dit-il.

— Oui, monsieur, murmura-t-elle en reportant les yeux vers le chœur.

À sa grande surprise, Anthony réalisa qu'il avait la bouche sèche et que son cœur s'était mis à battre plus vite. Une parfaite inconnue allait devenir sa femme. Pour la vie… La pensée lui traversa fugitivement l'esprit qu'il regretterait ce jour. Il s'empressa de la chasser, comme il l'avait fait lorsqu'il s'était réveillé à l'aube puis, de nouveau, durant le petit déjeuner. Il méprisait les hésitations de dernière minute.

Dénuée de la pompe et de la solennité qui présidaient aux mariages de la haute société auxquels il avait assisté, la cérémonie lui parut courte et quelconque. Le pasteur parla, il parla, la mariée parla, il glissa à son doigt l'alliance que lui tendait Rowling, et il fut trop tard pour qu'il s'interroge sur d'éventuels regrets. Mlle Charity Duncan n'existait plus sous ce nom. Elle était sa femme. Le soulagement fut le premier sentiment qu'il éprouva. Inclinant la tête, il effleura de ses lèvres fermées la commissure des siennes. Elle avait la peau froide.

Il restait encore à signer le registre.

Le pasteur les félicita avec jovialité, l'avoué d'Anthony s'efforça de paraître joyeux, et Rowling s'apprêta manifestement à faire assaut de charme.

— Toutes mes félicitations, lady Staunton, déclara-t-il avec un sourire chaleureux en s'emparant de la main de la mariée.

— Que... Pardon ?

— Vous n'avez pas encore l'habitude d'être appelée par votre nouveau nom, dit-il en portant sa main à ses lèvres. Je vous présente tous mes vœux de bonheur.

— Vous êtes Charity Earheart, marquise de Staunton, expliqua Anthony.

Cette fois, elle le regarda droit dans les yeux, l'air stupéfaite. Et cette fois, Anthony fit vraiment un pas en arrière.

— Vous êtes... marquis ?

— Staunton, pour vous servir, madame.

Il regrettait soudain de n'avoir pas prêté davantage d'attention à ses yeux. Mais il était trop tard à présent.

— Puis-je vous présenter lord Rowling ?

Lorsqu'ils sortirent de l'église, un crachin glacial les accueillit.

— Un bon présage, assura Rowling en riant. « Mariage pluvieux, mariage heureux », dit toujours ma grand-mère. Je crois qu'elle a épousé mon grand-père durant un orage, et ils ont passé quarante heureuses années ensemble.

Personne ne semblait désireux de partager son optimisme. Anthony entraîna son épouse silencieuse vers la voiture. Après avoir déjeuné avec les deux témoins, ils iraient chercher la malle de la jeune femme chez elle, puis ils se mettraient en route. Il avait écrit à son père qu'il arriverait le lendemain, sans préciser toutefois qu'il serait accompagné de son épouse.

Après s'être assis à côté d'elle dans la voiture, il lui prit la main, la posa de nouveau sur son poignet, et il l'y maintint de son autre main. Les deux témoins prirent place sur la banquette opposée. Anthony se sentait presque désolé pour elle, ce qui était étrange puisqu'il venait tout juste de lui assurer un avenir infiniment préférable à celui qui l'attendait en tant que gouvernante. En outre, il n'avait pas l'habitude d'éprouver de la compassion pour quiconque. Il s'étonna soudain que personne n'ait assisté à son mariage. N'avait-elle donc pas de famille ni d'amis ?

Il remarqua qu'à l'intérieur du pouce, le cuir de son gant était aussi fin que du papier de soie. Il n'allait pas tarder à se trouer.

Il était un homme marié désormais. L'inconnue dont la main reposait légèrement sur son poignet était la marquise de Staunton, sa femme. L'instant lui parut curieusement irréel. Mais aussi implacablement réel.

Elle était une femme mariée. Elle était entrée dans cette église lugubre sous le nom de Charity Duncan. Lorsqu'elle en était ressortie, une demi-heure plus tard, elle était une personne différente, avec un nom différent. Tout avait changé, définitivement. Elle était à présent Charity Earheart, la...

Elle tourna la tête pour regarder l'homme taciturne assis à côté d'elle. Il avait le nez aquilin, les lèvres plutôt minces. Une mèche de ses cheveux très sombres retombait sur son front, au-dessus de son œil droit, et formait comme un point d'interrogation à l'envers. M. Earheart n'avait pas prononcé un mot depuis que son valet de pied avait sorti la petite malle de Charity de l'appartement de Philip – la voiture semblait occuper toute la rue et avait attiré une attention considérable – et qu'il lui avait demandé, avec une surprise évidente, s'il n'y avait rien d'autre à emporter.

Elle était donc... Charity se trouva stupide. D'autant qu'il avait dû sentir son regard peser sur lui car il tourna la tête vers elle. Il avait des yeux très sombres, presque noirs. Et opaques. Elle eut l'impression singulière qu'un lourd rideau, peut-être même un panneau d'acier, avait été placé juste derrière ses yeux afin que personne ne voie son âme.

— Je suis... qui ? lui demanda-t-elle, incapable de se le rappeler. Vous êtes le marquis de... de quoi ?

— Staunton. Je suis le fils aîné du duc de Withingsby. Son héritier. Nous nous rendons à Enfield Park, le domaine familial situé dans le Wiltshire, afin que vous lui soyez présentée.

Lord Rowling ne l'avait pas taquinée. Elle avait épousé un marquis, et non pas un simple M. Earheart. Fils et héritier d'un duc, il serait lui-même, un jour, duc de Withingsby. Elle serait alors... Non. Non, pas vraiment.

— Pourquoi vous marier sans en avertir votre père ? reprit-elle. Et pourquoi avec moi ? Je suis la fille d'un gentleman, certes, mais on s'attendrait qu'un futur duc exige une ascendance plus prestigieuse chez son épouse.

Elle trouva son sourire déplaisant, même si celui-ci révéla des dents très blanches. Il était mécanique, forcé, et n'atteignait pas ses yeux.

— Peut-être, madame, que c'est justement là le point crucial.

Il s'était marié avec elle pour ennuyer quelqu'un ? Son père ?

— Vous êtes-vous querellés, votre père et vous ?

— Disons, si vous le voulez bien, que plus Sa Grâce montrera de déplaisir, plus je m'estimerai satisfait, répondit-il en affichant le même sourire froid.

Seule une imbécile n'aurait pas compris. Charity rétorqua :

— Je suis donc un simple pion dans un jeu qui vous oppose à lui.

Le sourire du marquis s'effaça. Il étrécit les yeux.

— Un pion très bien payé, madame. Et qui possédera un titre pour le restant de ses jours.

Charity se félicita de n'avoir à passer avec lui que quelques semaines – le temps pour elle de s'attirer le mépris et l'inimitié du duc de Withingsby, sans doute. Il n'empêche qu'en une aussi peu agréable compagnie, ces quelques semaines allaient lui paraître bien longues. Quel genre d'homme épouserait une parfaite inconnue dans l'unique but d'irriter son père ?

Cela dit, elle était mal placée pour s'offusquer au nom de la morale. Elle avait accepté son offre sans exiger de savoir quoi que ce soit de lui, hormis qu'il avait les moyens de tenir ses promesses. Elle était donc le genre de femme capable d'épouser un parfait inconnu pour de l'argent. Un fait douloureux à reconnaître, et surtout à s'avouer.

Ils auraient beau passer plusieurs semaines ensemble, comme il l'avait évoqué, il demeurerait certainement un étranger. Il suffisait de voir son regard impénétrable. C'était celui d'un homme qui refuse de se dévoiler, et qui se moque de l'opinion qu'on peut avoir de lui. Charity trouvait ses yeux presque effrayants.

— N'était-il pas un peu excessif de vous marier très en dessous de votre rang uniquement pour marquer un point dans un jeu ? répliqua-t-elle. Est-ce que la querelle ne se serait pas résorbée d'elle-même au bout d'un certain temps, comme la plupart des querelles ?

Elle était bien placée pour le savoir, ayant grandi avec cinq frères et sœurs.

— Mon père et moi aurions dû nous réconcilier et nous embrasser ? Ce genre de remarque creuse, vous pouvez la garder pour vos élèves, madame. Encore que, bien sûr, vous n'aurez plus d'élèves.

Creuse ? Charity fut blessée. En tant qu'aînée, elle avait appris de bonne heure à comprendre les autres, à se mettre à leur place, à jouer les médiatrices, à maintenir la paix. Dieu que cet homme, qui s'adressait avec un tel mépris à une femme, était déplaisant ! Dire qu'il s'agissait de son mari, et qu'elle lui avait juré obéissance quelques heures plus tôt. Durant le reste de son existence, même lorsque ces quelques semaines seraient écoulées et qu'elle serait de retour chez elle, elle ne serait pas réellement libre. À n'importe quel moment, il pourrait exiger d'elle ce qu'il voulait. Non, se raisonna-t-elle, cette inquiétude était stupide et infondée. Comme elle-même, il ne serait que trop heureux de couper tous les liens entre eux, hormis le lien indissoluble du mariage.

— J'aurais cru qu'un homme censé être duc un jour aurait souhaité engendrer des héritiers.

Charity se serait giflée. Elle sentit ses joues s'embraser. Alors qu'elle essayait d'élucider ses raisons de l'épouser, elle avait, hélas, pensé tout haut.

— Vraiment, madame ?

Sa voix bien timbrée ne s'accordait pas avec son physique ténébreux. À cet instant, elle était presque douce, quoique d'une froideur extrême.

— Êtes-vous en train d'offrir vos services ? ajouta-t-il.

En désespoir de cause, Charity fixa délibérément le regard sur le nœud compliqué de sa cravate – était-ce l'œuvre de son valet de chambre, ou l'avait-il fait lui-même ? La nuit passée, elle était restée éveillée en se demandant, entre autres choses, si… Les dernières paroles du marquis semblaient indiquer qu'il n'avait pas prévu d'inclure *cela* dans les devoirs qui lui incomberaient.

— Après tout, vous êtes ma femme…

Quoique toujours douce et plaisante, sa voix semblait taillée dans la banquise du pôle Nord.

— Oui, monsieur.

Il était évident que son valet de chambre avait dû l'aider à enfiler sa redingote. Il n'aurait pas pu s'en charger seul. Elle le moulait et mettait admirablement en valeur la largeur de ses épaules. Qui sait, peut-être avait-il pour tailleur le célèbre et très onéreux Weston.

À cet instant, il détourna les yeux vers la fenêtre et fronça les sourcils.

— Nous allons devoir nous arrêter, annonça-t-il. Il pleut de nouveau, et pas qu'un peu.

Charity fut soulagée qu'il change de conversation. Elle aurait dû soulever la question du devoir conjugal, ainsi qu'une centaine d'autres, avant d'accepter quoi que ce soit. Et surtout, avant de signer les documents officiels. Mais elle n'y avait pensé que beaucoup plus tard, alors qu'elle était en train de repriser les bas de Philip. Elle s'imaginait toutefois mal demander : « Avez-vous l'intention de coucher avec moi, monsieur ? » La simple pensée d'aborder un tel sujet lui donnait alternativement chaud et froid.

Le marquis était beau, et même dangereusement séduisant. Il était également désagréable, et aussi peu attirant comme… amant que comme mari.

Évidemment, si rien ne se produisait – et Dieu merci, ce serait le cas, semblait-il –, elle ne saurait jamais ce que c'était que d'être une épouse à part entière. Elle n'aurait jamais d'enfants, ce dont elle avait pourtant rêvé, même après le décès de leur père et la découverte de leur pauvreté. Qu'il n'y ait plus aucun doute, désormais, plus aucun espoir, rendait la chose encore plus déprimante. Elle aurait aimé connaître... Elle pensait savoir comment se passait l'acte conjugal. Pour autant, savoir quelque chose et l'expérimenter dans sa chair était grandement différent. Du moins le supposait-elle.

Le cours que prenaient ses pensées l'affligea. Ce n'était pas digne d'une femme convenable.

La pluie se mit à tomber plus dru encore, puis devint franchement torrentielle. La route ne tarda pas à se transformer en bourbier, et on ne distinguait pratiquement plus rien par les fenêtres. Après avoir roulé très lentement durant une quinzaine de minutes, ce qui n'empêcha pas un dérapage alarmant, la voiture finit par entrer dans la cour pavée d'une auberge. Ce n'était certainement pas le genre d'établissement que le marquis de Staunton, héritier d'un duché, avait coutume de fréquenter à en juger par son expression dédaigneuse tandis qu'ils attendaient qu'on ouvre la portière et qu'on déplie le marchepied.

Qu'avait dit lord Rowling à propos des mariages pluvieux ? S'il ne se trompait pas, leur mariage serait le plus heureux de tout l'univers. Cette pensée la fit sourire, quoique tristement.

Abritée sous le grand parapluie noir que le marquis tenait au-dessus de sa tête, Charity courut jusqu'à la salle commune de l'auberge. Pendant qu'elle secouait le bas de ses vêtements sur le seuil de la pièce sombre, basse de plafond, il s'entretint avec l'aubergiste, un homme imposant qui paraissait plus mécontent que ravi d'accueillir une clientèle inattendue.

Le marquis finit par se tourner vers elle et lui indiqua le raide escalier de bois dans lequel l'aubergiste s'engageait.

— Apparemment, le mauvais temps a amené beaucoup de monde. Nous avons de la chance, il reste une dernière chambre de libre.

La chambre en question était une petite pièce mansardée dont la moitié du plafond formait une pente raide. Une lucarne ouvrait sur la cour de l'auberge. Elle était meublée d'une table de toilette, d'une table et d'une chaise, et d'un grand lit.

— Vous pouvez nous laisser, dit le marquis à l'aubergiste, lequel se retira sans un mot. Eh bien, madame, enchaîna-t-il, nous allons devoir nous contenter de cela en lieu et place de la suite que j'avais réservée dans un relais de poste, à vingt miles d'ici. Il nous faudra dîner dans la salle commune. J'espère que la nourriture sera tolérable.

Charity ressentait la présence du lit comme celle d'une personne supplémentaire, silencieuse et impossible à ignorer.

Elle y jeta son chapeau et ses gants avec une désinvolture qu'elle espéra convaincante.

— Je suis sûre que ce sera le cas, monsieur.

— Vous voudrez sans doute vous rafraîchir. Peut-être même vous allonger un moment avant le dîner. Je vais vous laisser, madame. Je reviendrai vous chercher pour vous accompagner à la salle à manger.

Où comptait-il aller en attendant ? Dans la salle commune, probablement, pour y boire une bière médiocre que son palais blasé trouverait infâme. À vrai dire, Charity s'en moquait un peu. Elle était heureuse d'être enfin seule dans cette chambre qui la mettait horriblement mal à l'aise. Jamais un lit ne lui était apparu comme une chose presque animée. Jusqu'ici, un lit n'avait été qu'un simple meuble conçu pour dormir. Il est vrai qu'elle ne s'était jamais trouvée dans une chambre à coucher en compagnie d'un homme autre que son père ou ses frères. Et qu'elle n'avait jamais affronté la perspective de passer la nuit non seulement dans la même chambre, mais dans le même lit qu'un gentleman.

Elle était certes mariée avec ce gentleman, n'est-ce pas ?

Après avoir enlevé ses chaussures et ses épingles à cheveux, elle s'allongea sur le lit, dur et quelque peu défoncé, et cependant relativement propre.

Philip allait penser à elle, l'imaginant en train de faire connaissance avec M. et Mme Earheart, ses nouveaux employeurs, et leurs trois enfants ; il espérerait qu'ils continuaient à se montrer aimables avec elle, et que les enfants n'épuisaient pas sa patience et ses forces durant le voyage ; il regarderait avec inquiétude la pluie qui martelait la fenêtre ; il attendrait sa première lettre…

Que penserait-il s'il savait qu'elle s'était mariée ce matin, qu'elle était désormais Charity Earheart, marquise de Staunton, et qu'elle serait un jour duchesse de Withingsby ? Que durant les semaines à venir, elle allait jouer le rôle d'un pion dans une querelle opposant le marquis à son père, le duc ? Qu'elle serait ensuite une femme aisée, possédant une rente annuelle de six mille livres, une maison, une voiture et des domestiques ?

Leur père n'avait jamais eu de véhicule personnel. Et ils n'avaient jamais eu d'autre servante que Polly, laquelle était restée auprès d'eux ces dix dernières années uniquement parce qu'elle se considérait comme un membre de la famille, et qu'elle n'avait nulle part où aller.

« Oh, Philip ! » songea-t-elle en fermant les yeux. Il allait pouvoir rentrer à la maison, épouser Agnès, et fonder sa propre famille. Sans le fardeau des dettes de leur père et la nécessité de pourvoir aux besoins de tous les enfants, il mènerait enfin la vie d'un gentilhomme campagnard à laquelle il était destiné.

Et Penny, comment se débrouillait-elle sans son aide et sans celle de Philip ? Leur sœur avait vingt ans tout juste, elle était gracieuse et jolie, et elle aurait dû rêver de galants et de mariage. Les petits se portaient-ils bien ? Avaient-ils assez à manger ? Des vêtements en quantité suffisante ? Leur manquait-elle autant qu'ils lui manquaient ?

Bientôt, elle les retrouverait. Tout redeviendrait comme avant. Ils ne seraient plus jamais pauvres et personne ne les séparerait.

Oui, elle avait pris la bonne décision. Comment aurait-elle pu décliner une offre aussi inattendue et irrésistible ? C'était un don du ciel. Malgré la froideur et le regard insondable du marquis de Staunton, elle refusait d'envisager que cela puisse ne pas être le cas.

Oui, elle avait pris la bonne décision, bien sûr. De toute manière, il était maintenant trop tard pour les doutes.

Vers minuit, la pluie cessa. Anthony se tenait sur le seuil de la salle commune, l'épaule appuyée au chambranle de la porte ouverte, les yeux rivés sur les pavés mouillés de la cour. L'humidité lui arracha un frisson. Le sol était évidemment trop détrempé et l'heure trop tardive pour repartir.

Il était le dernier des clients à s'attarder en bas. Dans son dos, l'aubergiste finissait de ranger la salle avec des gestes volontairement bruyants. Une manière de lui signifier qu'il était temps d'aller se coucher.

— Le soleil brillera demain matin, monsieur, dit-il.

— Mmm... oui, acquiesça Anthony.

Ils arriveraient à Enfield Park sous le soleil. N'était-ce pas merveilleux ?

Il pinça les lèvres en songeant, hélas trop tard, qu'il aurait dû se contenter d'ignorer la convocation de son père. Ne pas répondre du tout. Ou, mieux, répondre brièvement, avec courtoisie, qu'il était trop occupé par ses affaires pour profiter de l'hospitalité généreusement offerte par Sa Grâce. En quoi cela le regardait-il que le duc soit malade ? Celui-ci s'était-il manifesté lorsque lui-même s'était cassé la jambe et pratiquement rompu le cou lors de cette course en cabriolet à Brighton, six ans auparavant ? Absolument pas.

Il n'avait plus la moindre relation avec son père depuis huit ans. Il était indépendant. Rien ne l'obligeait à répondre à cette lettre lorsqu'elle était arrivée. Pourquoi diable s'était-il laissé ainsi rattraper par le passé, comme si celui-ci n'était pas tout à fait mort ? Comme si les liens n'avaient pas été correctement tranchés ?

Il aurait dû ne pas tenir compte de ce courrier et chercher le moyen de renoncer à son héritage. William pourrait devenir duc après leur père, et Claudia duchesse. À cette pensée, il ne put réprimer un sourire sarcastique. Claudia, duchesse de Withingsby !

Claudia…

L'aubergiste se racla la gorge.

— Autre chose pour votre service ce soir, monsieur ? s'enquit-il.

Anthony rentra dans la salle et ferma la porte.

— Non. Je vais me coucher. Bonne nuit.

Consommer le mariage n'avait pas fait partie de son plan. Quel plaisir y aurait-il à coucher avec une innocente souris grise ? À affronter l'appréhension, la douleur, les larmes ? Sans oublier le sang. De toute façon, il ne s'était pas marié pour le plaisir.

Même s'il n'avait toujours pas l'intention de consommer leur mariage, les dispositions que la pluie l'avait contraint à prendre pour la nuit, dans cette auberge médiocre, l'irritaient considérablement. En temps normal il avait un sommeil agité et n'aimait pas partager son lit. Cela ne lui arrivait que le temps des ébats sexuels, jamais plus. En outre, la simple idée de se livrer à la plus personnelle des activités – dormir – en compagnie de quelqu'un offensait son sens de l'intimité.

Ce soir plus que jamais, il éprouvait le besoin d'être seul. Or il était condamné à passer la nuit non seulement dans la même chambre que sa femme, mais dans le même lit.

Lorsqu'il pénétra dans la pièce mansardée, une lanterne suspendue à la porte des écuries, dans la cour, lui procura assez de lumière pour lui éviter d'allumer une bougie. Après s'être déshabillé dans la pénombre, il se glissa sous les couvertures, du côté le plus proche de la porte. Sa femme dormait paisiblement à l'extrémité opposée du lit.

Sa femme. De nouveau, Anthony s'interrogea. Elle n'avait donc pas de famille ? Personne ne l'avait accompagnée à l'église, et personne non plus n'était sorti de chez elle lorsqu'ils s'étaient arrêtés pour récupérer sa malle. Était-elle seule au monde ? N'avait-elle aucun ami ? S'agissant de ces derniers, elle ne tarderait pas à en avoir des quantités, songea-t-il avec cynisme. Il était très facile de trouver des amis lorsque l'on possédait six mille livres de rente par an. Où était le reste de ses affaires ? Était-il possible de vivre avec si peu ?

Anthony se refusait toutefois à éprouver de la curiosité à son égard. Il ne voulait rien savoir qu'il ne connaissait déjà. Et il ne souhaitait pas s'apitoyer, évidemment. Elle n'était en rien à plaindre vu le marché conclu la veille. Cette femme allait lui rendre service et elle en serait amplement dédommagée, comme toutes celles qui lui étaient utiles. Le service qu'il demandait à celle-ci n'était pas habituel, certes, mais elle serait néanmoins récompensée pour sa peine. Il n'avait donc aucune raison de s'interroger quant à une éventuelle responsabilité vis-à-vis d'elle.

Parvenu à cette conclusion, Anthony s'ordonna de dormir.

4

Il eut beau faire, Anthony fut incapable de s'endormir. Le sommeil le fuyait. Peu à peu, il prit conscience d'une chose. De deux choses, plutôt. Le long de son flanc droit, il sentait la chaleur qui émanait de la jeune femme. Pourtant, ils ne se touchaient pas. Et il percevait aussi son immobilité et entendait à peine sa respiration. Elle était bien trop immobile et bien trop silencieuse pour être endormie, réalisa-t-il. Mais on pouvait raisonnablement supposer que trouver le sommeil était aussi difficile pour elle que pour lui.

— Vous devriez dormir, dit-il. Demain sera une rude journée.

Malgré lui, le fait qu'elle reste éveillée l'irritait. Il avait l'impression qu'elle empiétait encore davantage sur son intimité que par sa simple présence physique dans la chambre.

— J'ai compté tous les moutons d'Angleterre, répliqua-t-elle. Je venais de commencer ceux du pays de Galles lorsque vous avez parlé. Maintenant, je dois tout recommencer depuis le début.

Anthony s'était attendu à un timide « bien, monsieur ». Il se rappela alors les yeux de la jeune femme, qu'il s'était surpris à éviter à plusieurs reprises durant le dîner. Il trouvait son regard menaçant. Il aurait toutefois été bien en peine d'expliquer ce qu'il entendait par là, ou pourquoi son cerveau avait choisi ce mot précis pour décrire l'effet que son regard avait sur lui. La réponse inattendue qu'elle venait de lui faire suggérait un certain sens de l'humour. Il ne voulait pas qu'elle ait le sens de l'humour, ni un regard singulier. Il la voulait quelconque, aussi dépourvue de caractère que de personnalité.

— Et c'est le lit le plus défoncé sur lequel j'aie jamais eu la malchance de m'allonger, ajouta-t-elle.

— Toutes mes excuses, rétorqua Anthony. Ce n'est pas l'endroit que j'avais choisi pour passer la nuit.

Elle garda le silence. Malgré tout, il avait une conscience aiguë de cette présence dans sa chambre, dans son lit. D'un geste nerveux, il se tourna sur le côté, face à elle. Ses yeux s'étant accoutumés à la pénombre, il découvrit que ses cheveux n'étaient pas décemment cachés sous un bonnet de nuit, mais étalés sur son oreiller. Ils étaient longs, légèrement ondulés, et paraissaient épais. De nouveau, il fut irrité. Il avait concédé qu'elle avait de beaux yeux, ce qui était bien assez de beauté pour sa femme. Ne l'avait-il pas choisie surtout pour son physique banal ?

Bien qu'agacé par sa propre curiosité, il ne put s'empêcher de s'interroger. Que ressentait une jeune femme innocente ? Dans le domaine sexuel, c'était une chose, peut-être la seule, qu'il ignorait. Il n'avait pas d'expérience en la matière.

Elle était allongée sur le dos, les yeux fermés. Il sentait l'odeur de ses cheveux. Une odeur de savon. Anthony n'avait jamais considéré l'odeur du savon comme érotique. D'ailleurs, elle ne l'était pas ! songea-t-il en fronçant les sourcils.

Le silence se prolongea, inconfortable. Soudain, elle tourna la tête et ouvrit les yeux.

— Mille trois cent soixante-quatre, annonça-t-elle d'une voix un peu tendue.

Anthony devina que l'humour était chez elle une manière de se défendre. Après tout, elle était au lit avec un homme pour la première fois de sa vie. Ce devait être une source d'inquiétude pour elle.

— Il existe un autre moyen, déclara-t-il.

L'écho des mots qu'il venait de prononcer sans réfléchir le troubla. Il précisa néanmoins :

— De provoquer le sommeil, je veux dire.

— En se persuadant que l'on pourra dormir toute la journée du lendemain si on le veut ? rétorqua-t-elle un peu trop vite. C'est quelquefois efficace. Je vais essayer.

Anthony se redressa sur le coude, et appuya la tête sur sa main.

— Vous êtes ma femme…

Il se rendit compte qu'il s'enfonçait dans des eaux profondes, lui qui n'avait pas eu l'intention de se mouiller les orteils.

— Oui.

Il l'avait réduite à s'exprimer par monosyllabe. Elle le fixait, les yeux ronds. Dans la pénombre, ils étaient toutefois moins impressionnants qu'en plein jour.

— Je ne souhaite nullement exercer de force mes droits conjugaux, reprit-il. Toutefois, si les moutons n'ont pas rempli leur mission et si le lit ne vous a pas bercée, je veux bien vous offrir mes services.

Il avait rapproché sa tête de la sienne. Était-il fou ? Mais il n'y avait plus moyen de reculer à présent, sauf si elle disait non. Il la somma silencieusement de dire non.

— Oh...

Ce fut sa seule réaction. Le frémissement de son souffle lui assura cependant qu'elle avait très bien compris.

— Uniquement dans la mesure où vous souhaitez essayer.

Il constata avec surprise, et non sans dépit, que son corps se rebellait contre sa volonté et que son sexe durcissait déjà. Alors même qu'il ne la considérait pas comme une femme désirable.

— Dans le cas contraire, continua-t-il, nous courtiserons de nouveau le sommeil. Peut-être que compter les pattes des moutons serait encore plus ennuyeux, et donc plus efficace.

Elle continuait de le regarder, le visage à quelques pouces seulement du sien. Cette fois, il ne lui avait pas laissé le choix de répondre par un monosyllabe. Il ne lui était pour autant plus possible de retirer la question implicite. Et son corps la sommait maintenant de dire oui.

— Souhaitez-vous essayer ?

— Oui, chuchota-t-elle.

Un refus ne l'aurait pas surpris.

La veille encore, elle était une jeune femme de bonne famille tombée dans le dénuement, obligée de gagner sa vie comme gouvernante, contrainte de supporter les insultes ou les humiliations de ses employeurs – une accusation de mensonge pour les derniers. Ce matin, elle avait acquis la respectabilité d'une femme mariée, avec la perspective d'une existence très confortable après seulement quelques semaines de vie commune. Elle aurait pu facilement se soustraire à un aspect du mariage qui, pour autant qu'il sache, répugnait souvent aux femmes convenables. Anthony ne l'imaginait pas sensuelle ou passionnée. Au contraire. Mais, après tout, il lui avait donné le choix. Combien d'hommes offraient un tel choix à leur femme le soir de leurs noces ? Et elle avait dit oui.

Il en serait donc ainsi.

Charity s'attendait qu'il l'embrasse. La bouche du marquis n'était qu'à quelques pouces de la sienne. Elle percevait l'odeur du cognac qu'il avait bu. S'il l'avait embrassée, elle aurait pu fermer les yeux et se concentrer sur la sensation de sa bouche sur la sienne. Son baiser à l'église lui avait paru d'une intimité bouleversante, alors même qu'il n'avait fait que lui effleurer la commissure des lèvres. Et s'il l'avait embrassée, elle aurait pu dissimuler ce qu'elle ressentait derrière ses paupières closes pendant que se produisait l'autre chose.

Elle ne comprenait pas pourquoi elle avait accepté, sinon qu'elle peinait à trouver le sommeil et s'en irritait, qu'elle était curieusement troublée par la chaleur qui émanait du corps allongé près du sien, qu'elle savait que ce serait probablement sa seule et unique chance de connaître cette intimité absolue. Et puis, la simple odeur du cognac l'enivrait.

Il ne l'embrassa pas. Il ne détourna pas non plus la tête. À demi penché sur elle, il continuait de la dévisager. Ses prunelles paraissaient presque noires. Il avait les cheveux en désordre.

Il posa sur elle son autre main, celle qui ne soutenait pas sa tête. Charity eut aussitôt l'impression d'avoir été touchée par une torche ardente. De son épaule, sa main descendit sur son sein, se glissa dessous et le souleva. Elle cessa de respirer, et crut qu'elle n'y parviendrait plus. Son embarras était à son comble. Ses seins étaient assez opulents. Du moins, trop à son goût.

Il emprisonna alors son mamelon entre son pouce et l'extrémité de son index et serra, comme s'il ne faisait pas cas de sa présence. Charity en éprouva une douleur fulgurante, qui ne ressemblait à aucune autre. C'était une douleur, indubitablement, mais qui, après lui être montée à la gorge, traversa son autre sein et se propagea dans son ventre et au creux de ses cuisses, où elle se mua en une exigence inconnue. Malgré elle, elle laissa échapper un gémissement étouffé.

Elle s'en inquiéta. Si seulement elle avait dit non ! Était-il trop tard ? En même temps, elle était dévorée de curiosité. Elle aurait voulu qu'il l'embrasse. Cet instant n'était-il pas censé être romantique ? Ne disait-on pas faire… l'amour ? Elle se reprocha aussitôt l'absurdité d'une conception aussi juvénile. Il ne s'agissait pas d'amour. C'était cependant, et à n'en pas douter, très excitant.

Sans qu'elle y ait pris garde, les boutons de sa chemise de nuit avaient été défaits, et il administrait une caresse identique à son autre sein, à présent exposé.

Cette fois encore, la sensation lui coupa le souffle.

Par l'ouverture de sa chemise de nuit, il faisait maintenant descendre sa main vers la source de cette exigence que la douleur avait créée. Charity écarta légèrement les jambes et creusa les reins afin de faciliter la progression de sa main avant même que son cerveau ne comprenne à quel endroit était celle-ci et ce qu'elle y faisait. La gêne, doublée d'un désir inconnu, intense, qui réclamait d'être satisfait la submergea. Quand, du bout des doigts, il écarta les replis intimes, palpa, caressa, elle perçut comme des froissements humides. Elle serait sûrement morte d'embarras si elle en avait eu le pouvoir.

Elle rouvrit brusquement les yeux. Toujours appuyé sur son coude, il la regardait. Retirant sa main d'entre ses cuisses, il saisit le bas de sa chemise de nuit… qu'il retroussa jusqu'à sa taille. À partir de là, Charity savait à quoi s'attendre. Elle prit une profonde inspiration et la retint. Elle ne regrettait pas d'avoir dit oui. Cet homme était un inconnu et elle doutait de l'aimer un jour – en partie parce qu'elle jugeait impensable de le connaître un jour. Mais il était aussi son mari, et il était indéniablement séduisant. Elle était plutôt heureuse à l'idée de vivre cette expérience au moins une fois dans son existence.

— Relâchez votre souffle, lui conseilla-t-il. Vous ne pourrez pas le retenir assez longtemps. Respirez normalement.

C'était facile à dire pour lui, songea-t-elle, alors qu'il s'allongeait sur elle, l'écrasait d'un poids qui lui parut considérable. Elle le sentit glisser les mains sous ses fesses, qu'il empoigna fermement. Il lui avait écarté les cuisses pour s'insinuer entre elles, et il sembla à Charity qu'il n'était que muscles durs et inflexibles. Elle eut l'horrible impression d'être absolument sans défense. Mais il lui avait donné le choix, elle avait accepté, et s'il avait renouvelé sa question, elle aurait accepté de nouveau. Le mélange de curiosité, de peur et d'excitation qu'elle ressentait était grisant.

Tout d'abord, son sexe lui parut effrayant. Hormis la conviction qu'il n'entrerait jamais en elle, qu'il n'y avait de place ni en largeur, ni en profondeur, elle avait peur, peur d'être empalée ou désarticulée par la pression qu'il exerçait sur elle. Puis ce fut une certitude, atroce : elle était effectivement trop étroite et il allait la déchirer. Puis soudain, il fut en elle, et constater que, finalement, il y avait la place et qu'elle survivrait fut une surprise totale. Si la sensation était étrange, elle était aussi excitante, et même plutôt agréable.

Elle ne s'était pas trompée, cependant. Savoir et expérimenter étaient deux choses différentes. Jamais elle n'aurait imaginé que cela se révèle aussi sensuel.

Elle découvrait, non sans stupéfaction, qu'en vérité, elle ne savait rien du tout, hormis ce qui concernait le simple fait de la pénétration. Elle avait totalement ignoré que celle-ci n'était que le début d'une relation charnelle.

Il commença à aller et venir en elle, et la douleur troublante qu'il avait initiée en lui caressant les seins devint insupportable. Cette « douleur » n'en était pas une, mais aucun mot dans le vocabulaire de Charity ne paraissait convenir. À chacun de ses coups de reins, ce mal délicieux devenait plus intenable.

Elle finit par plaquer les mains sur ses fesses pour tenter de le maintenir immobile, au plus profond d'elle, là où des muscles intimes dont elle ne soupçonnait pas l'existence se serraient convulsivement.

— Oh..., gémit-elle, à la fois inquiète et stupéfaite. Oh...

Il répondit à sa supplication muette en s'enfonçant plus profondément. Puis il ne bougea plus.

— Charity, murmura-t-il contre son oreille. Charity !

Quelque chose qui aurait pu être la mort lui faisait signe, et elle s'abandonna sans lutter. L'obscurité la foudroya, exquise au-delà de toute description, puis ce fut le néant – un néant total et bienheureux.

Elle eut vaguement conscience qu'il bougeait de nouveau, plus vite, plus durement, puis qu'un flot de chaleur se répandait en elle. Il poussa un soupir tremblé, se figea un instant, puis se laissa retomber sur elle. Finalement, la mort n'était pas à redouter, songea-t-elle confusément, et très sottement. La mort était l'accomplissement de tout ce qui était le plus désirable.

Charity s'endormit. Elle grommela à peine lorsque la chaleur et le poids merveilleux qui la pressaient contre le matelas se soulevèrent et furent remplacés par des couvertures plus légères. Oui, pensa-t-elle avant de perdre totalement conscience, il existait une méthode très supérieure au décompte des moutons.

Et l'amour n'était pas toujours doux et gentil. Et l'amour n'était pas toujours l'amour.

Le lendemain matin, la route avait suffisamment séché pour qu'ils puissent repartir. L'aubergiste ne s'était pas trompé. Le soleil brillait à présent dans un ciel semé de jolis petits nuages vaporeux. Les champs et les haies resplendissaient dans la clarté matinale, comme lavés par la pluie.

Un jour parfait pour un retour à la maison.

D'humeur maussade, Anthony regardait sans le voir le paysage défiler par la fenêtre de la voiture. « Enfer et damnation ! » jura-t-il en silence, quoique avec une force venimeuse.

Lorsqu'elle l'avait rejoint dans la salle à manger pour le petit déjeuner, sa femme était rougissante. Une véritable jeune mariée au lendemain de sa nuit de noces. Elle lui avait paru presque jolie. À vrai dire, il l'avait à peine regardée et s'était concentré sur son assiette sans savoir ce qu'il mangeait hormis que c'était très gras.

Que diable lui avait-il pris cette nuit ? Entre le moment où il l'avait aperçue dans un coin sombre du salon jusqu'à celui où elle avait commencé à parler de moutons, du pays de Galles et de matelas défoncé, il n'avait pas ressenti pour cette femme la moindre étincelle d'intérêt sexuel. Pas même l'ombre d'une étincelle !

Et pourtant, non seulement il avait consommé leur union dès leur première nuit de mariage, mais il l'avait fait avec enthousiasme et en avait retiré une satisfaction inhabituelle. Il s'était endormi pratiquement sur-le-champ et ne s'était pas réveillé avant l'aube.

Et si un enfant en était la conséquence ? Ç'avait été sa première pensée lorsqu'il avait ouvert les yeux. Enfin, presque. La toute première, qu'il avait rejetée, avait été de réveiller la jeune femme et de recommencer. Une grossesse compliquerait singulièrement la situation. En outre, engendrer des enfants était bien la dernière chose qu'il souhaitait. La simple idée de féconder une femme lui arrachait un frisson. Il avait toujours pris soin de choisir des compagnes de lit sachant se protéger. Jusqu'à la nuit dernière.

Il avait le sentiment embarrassant qu'au moins, il aurait pu être déçu par sa femme. Certes, elle s'était montrée innocente, ignorante, maladroite… vierge, pour tout dire. Mais aussi, vibrante d'une passion qui ne demandait qu'à s'embraser. Anthony avait fourni l'étincelle, et il s'était ensuite inconsidérément répandu en elle.

Elle lui avait prouvé son erreur, à lui qui croyait tout connaître des pratiques sexuelles hormis le dépucelage d'une vierge. Une erreur énorme. Il avait toujours supposé que toutes les femmes connaissaient l'orgasme, puisque ses maîtresses ne manquaient jamais de l'atteindre. Or, la nuit passée, il avait eu l'humiliante révélation que ces femmes mimaient peut-être la jouissance, de même que leur plaisir à être caressées. Elles savaient que les hommes étaient si vaniteux qu'en plus de tenir à prendre du plaisir au lit, ils voulaient se convaincre qu'ils en donnaient aussi. Ainsi, de nombreuses femmes gagnaient leur pain quotidien en veillant à ce que leurs partenaires se sentent fringants et fougueusement virils.

Charity Earheart, marquise de Staunton, lui avait donné une belle leçon, involontairement bien sûr. Le naturel et la spontanéité éclatante de ses réactions avaient mis en lumière, par contraste, ce que les femmes qu'il avait connues avant avaient de factices. Son épouse l'avait rendu stupidement fier de sa performance, et lui avait donné envie de recommencer. Au point qu'il y avait pensé dès qu'il avait ouvert les yeux.

Il était furieux, d'autant plus, peut-être, qu'il ne savait pas sur quel objet concentrer sa fureur. Sur elle ? Elle avait simplement réagi à ses caresses.

Anthony pinça les lèvres. Était-il donc incapable de se trouver seul avec une femme, même avec une femme comme celle qu'il avait épousée, sans se conduire comme un idiot ?

Ce fut elle qui mit fin au silence prolongé.

— Cette campagne est très belle.

— En effet.

Elle avait tenté à plusieurs reprises d'engager la conversation, mais il avait contrecarré ses efforts en répondant avec d'un ton aussi bref que morose. Il n'avait pas envie de discuter, et surtout pas de sujets aussi stimulants pour l'esprit que la beauté de la campagne.

Il en prit la résolution solennelle : cela ne se reproduirait pas. À Enfield, ils occuperaient des chambres séparées, bien sûr. Et on attendrait d'eux qu'ils restent chacun dans la leur, hormis pour les quelques discrètes rencontres imposées par le devoir conjugal. Il allait en outre veiller à maintenir soigneusement fermée la porte de communication entre leurs deux chambres. Et il était décidé à ne plus approcher sa femme à moins de dix pas.

— À quoi ressemble Enfield Park ? demanda-t-elle alors.

Anthony haussa les épaules.

— C'est grand.

Une réponse aussi brève ne relevait plus de la mauvaise humeur, mais confinait à la grossièreté. Après tout, Charity n'avait rien fait de mal, à part dire « oui » la nuit précédente. Et c'était lui qui avait posé la question.

Aussi ajouta-t-il :

— La maison est de style palladien. Elle est vaste, entourée de grandes pelouses, de massifs de fleurs et d'arbres vénérables. D'un côté, le terrain descend vers un lac, de l'autre il monte vers les bois, où l'on trouve des sentiers de promenade et plusieurs points de vue. Il y a un village, des fermes, quelques vieilles ruines… Bref, dit-il avec un nouveau haussement d'épaules, tout ce que compte habituellement un vaste domaine. Enfield Park est extrêmement prospère. Votre mari sera sans doute un homme très riche, madame. Encore plus riche qu'il ne l'est déjà et, en conséquence, tout à fait apte à vous assurer une vie confortable jusqu'à la fin de vos jours.

— Votre mère est-elle en vie ? Avez-vous des frères et des sœurs ?

— Ma mère est morte peu après avoir mis au monde son treizième enfant. Cinq ont survécu.

Anthony ne voulait pas parler de sa mère, ni de ses grossesses fréquentes, ni de la naissance presque aussi fréquente d'enfants mort-nés. Le nombre treize n'incluait même pas ses quatre fausses couches. Bonté divine, pourvu qu'il n'ait pas fécondé sa femme !

— Il me reste deux frères et deux sœurs, précisa-t-il.

Bien qu'il gardât les yeux fixés sur le paysage, Anthony sentit qu'elle tournait la tête vers lui.

— Ils vivent toujours dans la maison ?

— Pas tous. Mais la plupart, je crois.

Marianne lui écrivait de temps à autre. C'était la seule. Six ans plus tôt, elle avait épousé le comte de Twynham, et ils avaient trois enfants. Leur frère Charles devait avoir vingt ans à présent, et Augusta huit, c'est-à-dire vingt ans de moins qu'Anthony. En vingt ans, sa mère avait connu dix-sept grossesses… Non, il ne voulait pas penser à elle.

— Vous devez être heureux, dans ce cas, de rentrer chez vous, dit-elle. Ils ont dû beaucoup vous manquer.

Anthony avait presque oublié sa présence. Quand elle posa la main sur son bras, il tourna brusquement la tête, regarda ostensiblement sa main, puis releva les yeux.

— C'est la première fois en huit ans, madame, répliqua-t-il, conscient de la froideur de sa voix. Et mon absence était tout à fait délibérée. Si je rentre maintenant, c'est uniquement parce que le duc de Withingsby est souffrant et qu'il m'a convoqué. Sans doute pour me rebattre les oreilles d'abord de mes défauts, puis de la liste des responsabilités qui m'incombent. Être l'aîné de cinq enfants vivants, et l'héritier d'un duché et de ses domaines vastes et prospères peut être un fardeau.

La jeune femme avait écarquillé ses yeux si bleus. Ils étaient vraiment remarquables, et ajoutaient une certaine beauté à ses traits. Anthony lui en voulait de les avoir gardés baissés presque tout le temps de leur première rencontre. Ils étaient en profonde contradiction avec cette image de souris grise qu'elle donnait. Si elle avait soutenu son regard d'emblée, il l'aurait congédiée sans même lui proposer de s'asseoir.

Et le doute n'était plus permis, son visage avait bien la forme d'un cœur.

— Vous n'avez pas vu votre famille pendant huit ans ? murmura-t-elle d'une voix empreinte de compassion. La querelle entre vous devait être terrible.

— C'est un sujet dont vous n'avez aucunement besoin de vous préoccuper, madame, rétorqua-t-il, glacial.

Le regard qu'il lui adressa, censé la réduire au silence, était tout aussi froid. Selon l'expérience d'Anthony, rares étaient les personnes capables de soutenir son regard lorsqu'il souhaitait qu'elles s'en s'abstiennent.

Charity, elle, ne détourna pas les yeux, au contraire.

— Je pense que vous avez dû être profondément blessé…

Anthony fit claquer sa langue, eut un geste impatient de la main et se tourna de nouveau vers la fenêtre.

— Épargnez-moi votre analyse superficielle d'un fait dont vous ignorez tout et des sentiments d'une personne que vous ne connaissez pas.

— … et que vous vous êtes protégé en vous enfermant en vous-même, comme dans une forteresse. Vous devez être très malheureux.

En proie à une fureur proche de la violence, Anthony prit une brusque inspiration. Sauf qu'il n'avait jamais été du genre à exprimer sa colère ou sa frustration par la violence. Il sentit se déployer en lui ce froid glacial qu'entraînait toujours un effort démesuré pour se contrôler. De nouveau, il se tourna vers elle.

— Madame, vous seriez bien avisée de vous taire, articula-t-il posément.

Quelque chose passa brièvement dans son regard, de la crainte, peut-être. Elle inclina la tête de côté, fronça brièvement les sourcils… et soutint son regard. Elle obéit toutefois et ne dit plus un mot.

Anthony appuya la tête contre le dossier capitonné de la banquette et ferma les yeux. Il les garda clos un long moment, laissant sa colère refluer tout en admettant qu'elle n'était pas fondée. Cette femme était son épouse et il la conduisait dans le fief familial à la rencontre des siens. Rien d'étonnant qu'elle éprouve une certaine curiosité, quand bien même leur arrangement relevait davantage de l'emploi que du mariage. Après tout, il ne pouvait pas lui demander de se conduire comme un objet inanimé.

Sans rouvrir les paupières, il finit par dire :

— Vous n'avez pas à vous préoccuper de ce qui se passera à Enfield. Ne vous souciez pas non plus de faire bonne impression, ni même une impression quelconque. Je parlerai à votre place. Si vous le souhaitez, vous pouvez vous imaginer être mon ombre. Et vous conduire de la même manière qu'il y a deux jours, lors de notre entretien.

— Pourquoi ?

Il n'y avait pas de défi dans sa question, juste de la curiosité.

— Le duc de Withingsby est terriblement imbu de lui-même. Il a un sens démesuré de sa propre importance et de celle de toute sa famille. Même si son héritier s'est employé pendant huit ans à faire les quatre cents coups et à acquérir une réputation de débauché – vous saviez cela au sujet de votre mari, madame ? –, Sa Grâce attendra de lui qu'il accomplisse désormais de grandes choses. Par exemple, qu'il conclue un mariage avisé et prestigieux.

— Votre mariage avec moi sera considéré comme un désastre, je suppose.

— Sans aucun doute. J'ai épousé une gouvernante, une jeune fille de bonne famille tombée dans le dénuement. Au moins ai-je épargné au duc une coquette du demi-monde.

— Et vous souhaitez que votre femme vous soit non seulement inférieure par la naissance et par la fortune, mais manque aussi de charme, d'éducation et de conversation. Une ombre.

— Inutile de vous inquiéter. Personne ne vous insultera. Celui ou celle qui s'y risquerait aurait affaire à moi.

— Et qui me protégera de vos insultes, monsieur ? demanda-t-elle de sa voix basse et bien modulée.

Anthony rouvrit brusquement les yeux.

— Je vous rappelle, madame, que vous êtes extrêmement bien payée pour me seconder.

— Certes, admit-elle en lui rendant son regard. C'est vrai.

Son ton, de même que son expression, n'avait rien de rebelle. Alors, pourquoi Anthony eut-il la nette impression que la guerre venait d'être déclarée ?

Il referma les yeux.

5

Enfield Park était d'une majesté confondante. À l'instant où cette pensée lui vint à l'esprit, Charity la qualifia d'euphémisme grossier.

Elle avait passé la plus grande partie de sa vie dans un manoir qui s'enorgueillissait de compter huit chambres à coucher et était entouré d'un parc de plusieurs hectares. Et elle se rendait fréquemment à Willowbourne, la demeure de sir Humphrey Loring, car sa fille Cassandra, de huit mois sa cadette, était son amie intime. Elle avait toujours trouvé ce domaine imposant. Pourtant, on aurait pu loger ces deux propriétés dans un coin d'Enfield Park sans que quiconque s'en aperçoive.

Après que la voiture eut franchi le portail soutenu par deux énormes piliers et gardé par une loge en pierre, Charity avait commencé par confondre la résidence de la douairière, située à droite de l'allée, avec la maison principale. Elle s'était sentie d'autant plus idiote de sa méprise qu'elle avait été impressionnée par la taille du bâtiment et la perfection classique de son architecture. Et il s'agissait simplement de la maison de la douairière ? Heureusement, elle n'avait pas dit son admiration avant que le marquis marmonne : « La résidence de la douairière », alors que la voiture passait devant.

La grande allée serpentait entre des haies fleuries derrière lesquelles s'étendaient de grands bois touffus. Charity eut l'impression qu'ils avaient pénétré dans un monde plus protégé, plus silencieux, malgré le martèlement des sabots des chevaux et le grincement des roues de la voiture. Ils franchirent un magnifique pont palladien couvert au-dessus d'une rivière. L'allée montait ensuite en pente douce entre des pelouses bordées de massifs de fleurs et ponctuées de quelques vieux arbres au tronc noueux. Des collines boisées s'élevaient sur la droite, mais c'est à peine si Charity les remarqua car son attention fut entièrement requise par la maison.

Appeler cela une maison était risible. C'était en fait une vaste demeure de conception classique, un château si majestueux qu'il aurait pu convenir au roi en personne. Sauf qu'il s'agissait du domicile du duc de Withingsby, son beau-père. Un jour, son mari serait duc et entrerait en possession de ces richesses. Et dire que la veille Charity avait cru épouser un simple M. Earheart !

Elle déglutit avec peine. Son mari était silencieux, comme il l'avait été durant la plus grande partie de la journée. Et la veille. Elle avait tenté d'entamer la conversation avec des sujets qui, elle le reconnaissait, n'étaient pas d'une grande originalité. Naïvement, elle s'était attendue que les échanges soient plus faciles avec lui. Certes, pas un instant, elle n'avait attribué ce qui s'était passé cette nuit à l'amour, ni pensé que cela changerait d'un iota les plans du marquis pour l'avenir. Elle avait voulu toutefois croire que leurs relations seraient plus faciles et plus chaleureuses.

Quelle erreur ! C'était le contraire. Qu'ils aient eu des relations conjugales semblait n'avoir aucune importance pour lui. Alors que, malheureusement, Charity en éprouvait un sentiment de gêne assez pénible. Elle ne cessait de se rappeler où et comment cet homme l'avait touchée, et elle s'efforçait de ne pas regarder ses mains – de grandes mains à la fois masculines et élégantes. Il était entré en elle, et ses va-et-vient lui avaient procuré un plaisir d'une intensité indescriptible.

C'était avec cet inconnu impeccablement vêtu, au beau visage sévère, que cela s'était passé. Même en l'absence d'amour, cet acte n'aurait-il pas dû les rapprocher ? Comment continuer à se conduire en étrangers alors que leurs corps s'étaient mêlés si intimement ? Apparemment, elle avait encore beaucoup à apprendre.

Un peu plus tôt, le marquis lui avait appris qu'il avait une réputation de débauché. Ce qui signifiait que les activités de la nuit passée n'avaient rien de nouveau pour lui. Charity n'était qu'une femme parmi une kyrielle d'autres, et certainement la plus maladroite de toutes. Une pensée d'autant plus déconcertante que, pour elle, cette expérience avait été extraordinaire. Elle ne savait pas encore si elle était heureuse de l'avoir vécue ou si, vu l'avenir qui l'attendait, il aurait mieux valu qu'elle reste ignorante.

La voiture s'approchait rapidement de la maison, ou plutôt du château, et le malaise qu'elle avait éprouvé toute la journée décupla. Même si elle était arrivée ici en tant que simple gouvernante, elle aurait tremblé d'appréhension. Or, c'était en tant qu'épouse de l'héritier du duc qu'elle se présentait. D'épouse temporaire, et inattendue. Elle lissa les plis de sa cape marron d'une main nerveuse, et se réjouit que ses gants, pourtant élimés, n'aient pas de trous. Pas encore.

— Ah, on a annoncé mon arrivée ! murmura son mari en laissant échapper un rire sec.

Au sommet des marches, les grandes portes s'étaient ouvertes et deux personnes, un homme et une femme, s'avancèrent. L'espace d'un instant, Charity oublia que la duchesse était décédée. À ses yeux, des personnages aussi dignes, aussi élégamment vêtus de noir, ne pouvaient être que le duc et la duchesse. Elle se traita d'idiote en comprenant qu'il s'agissait de simples domestiques – sans doute la gouvernante et le majordome.

— Chaque événement important doit être empreint de la solennité la plus extrême selon sa Grâce. Le retour du fils prodigue est un événement important, souligna le marquis avec un rire sans joie.

La nervosité de Charity n'eut pas le temps d'augmenter que déjà des valets de pied en livrée se précipitaient vers la voiture. Ils ouvrirent la portière et abaissèrent le marchepied avant même qu'elle soit complètement à l'arrêt. Charity se retrouva face aux énormes colonnes qui flanquaient le perron. Elle se sentit minuscule, écrasée par les circonstances. Le marquis accepta avec une courtoisie dépourvue de chaleur l'hommage des domestiques. Quand ils se détournèrent pour les précéder dans la maison, il offrit son bras à Charity.

Il avait le visage fermé, le regard indéchiffrable. Il avait aussi le teint très pâle. Elle éprouva un brusque élan de compassion pour cet homme qui portait un masque si rigide que rien ne transparaissait de son être réel. Même pas par le regard, en général le point faible des masques. Il allait retrouver ses proches après huit années d'absence. L'accueil que lui réserverait sa propre famille dans quelques semaines s'annonçait certes entièrement différent !

Dès qu'ils eurent franchi le seuil de la demeure, il lui déroba son bras et la précéda. Sans doute était-ce le moment où elle était censée devenir son ombre. Loin de s'offusquer de son geste, Charity se réjouit de pouvoir profiter de son insignifiance.

En pénétrant dans le hall, elle fut frappée par son immensité et sa somptuosité – encore des colonnes, du marbre partout, de nombreux bustes, le tout coiffé d'un dôme imposant. Le lieu aurait été intimidant en n'importe quelle circonstance. Sauf que ce n'était précisément pas n'importe quelle circonstance. Deux rangées de domestiques, les femmes à gauche, les hommes à droite, étaient alignés de chaque côté du grand escalier qui devait sans doute conduire au salon de réception.

Devant celui-ci, disposé comme pour un tableau, se tenait un groupe de personnes qui n'étaient manifestement pas des domestiques. Ni même, peut-être, de simples mortels. Au centre, légèrement en avant des autres, un homme se détachait. Il ressemblait tellement au marquis de Staunton tel que Charity l'imaginait dans vingt-cinq ou trente ans que, l'espace d'un instant, elle en fut désorientée.

Puis elle comprit qu'elle se trouvait face au duc de Withingsby.

Le marquis s'arrêta et balaya le hall du regard, un demi-sourire ironique aux lèvres. Puis, les yeux rivés sur son père, il s'avança. Le bruit de ses bottes martelant le sol de marbre résonna dans le hall silencieux. Alors que Charity esquissait un pas pour le suivre, une main se referma sur son bras pour l'en empêcher. Tournant la tête, elle croisa le regard dédaigneux de l'intendante.

— Allez sur la gauche, ma fille, dit la femme à voix basse, et attendez derrière les bonnes que quelqu'un puisse s'occuper de vous.

On la prenait pour une domestique ! L'amusement que Charity en conçut fut le bienvenu.

— Non, je ne crois pas, répliqua-t-elle avec un sourire.

— Quelle impertinente ! répliqua l'intendante à mi-voix. Je m'occuperai de vous plus tard. Ne bougez pas de là où vous êtes.

Le marquis salua son père, qui inclina légèrement la tête en retour. Toutes les autres personnes du groupe, qui devaient être les frères et les sœurs de son mari, supposa Charity, observaient la scène sans ciller. Aucun ne sortit du rang pour accueillir le frère qu'ils n'avaient pas vu depuis huit ans. De nouveau, elle pensa à l'accueil de sa propre famille à son retour. Ils allaient se battre pour s'accrocher à elle et hurleraient pour essayer d'attirer son attention. Alors qu'à travers l'étendue du hall glacial, seul un murmure poli lui parvint.

Puis son mari pivota, la chercha des yeux, haussa les sourcils d'un air impérieux, et lui tendit la main. Avant de s'avancer, Charity ne résista pas au plaisir d'adresser un regard froid à l'intendante, dont les sourcils menaçaient maintenant de disparaître sous la dentelle de sa coiffe. Charity eut l'impression que le hall mesurait un mile de long. Enfin, elle plaça sa main dans celle du marquis. Elle garda les yeux fixés sur leurs mains jointes. Le moment était venu : elle devenait le pion qui assurerait le triomphe de son mari.

Elle n'aurait pas à se forcer pour jouer ce rôle à la perfection, dut-elle admettre – la méprise de l'intendante venait de lui en donner la preuve. Quoi qu'il en soit, elle s'appliquerait à le jouer correctement. Le marquis la payait suffisamment bien, après tout. Et il ne lui serait pas difficile d'apparaître timide et effacée. Elle avait déjà la langue paralysée et les jambes flageolantes.

— Votre Grâce, dit le marquis froidement, permettez-moi de vous présenter la marquise de Staunton.

Il n'appelait donc pas son père « papa », ni même « père », mais « Votre Grâce ». La querelle qui les avait opposés devait être vraiment sérieuse. Charity effectua une révérence. Puis, déconcertée par le silence qui avait suivi les paroles de son mari, elle leva les yeux sur le duc de Withingsby.

Vu de près, il ressemblait encore davantage à son fils. Les différences les plus marquantes étaient ses tempes argentées et la teinte presque grisâtre de son visage. Même le regard dur qu'il fixait sur elle accentuait leur ressemblance. Elle fut obligée de reconnaître qu'il avait une présence écrasante.

Rompant enfin le silence, il inclina légèrement la tête.

— Bonjour, madame. Vous êtes la bienvenue à Enfield Park.

Sa voix aussi était semblable à celle de son fils, sauf qu'elle était encore plus froide. Rien, dans l'attitude du duc, nc trahissait la stupéfaction, pas même la surprise.

Il reporta les yeux sur son fils.

— Vous souhaitez sans doute saluer le reste de votre famille, Staunton, et présenter ses membres à lady Staunton.

Son mari avait remporté cette première manche, songea Charity non sans tristesse. Même s'il n'avait pas eu la satisfaction de voir son père s'effondrer, frappé d'horreur, ou exploser de colère. Le duc venait d'apprendre le mariage de son fils et de rencontrer sa nouvelle belle-fille, et il accueillait celle-ci avec autant d'enthousiasme qu'un nouveau valet à son service. Sauf qu'il n'aurait pas, d'un seul regard froid, remarqué, daté et évalué les vêtements portés par le valet en question. Charity avait l'impression singulière que Sa Grâce avait même détecté le trou en devenir dans son gant.

Le duc fit un pas de côté.

— William ? dit alors son mari. Bonjour.

Sa voix lui parut contrainte et, de nouveau, elle eut l'intuition que son retour provoquait en lui davantage d'émotion qu'il ne voulait l'admettre – et qu'il le croyait. Il s'inclina devant un homme qui se tenait à la droite du groupe. Son frère, à n'en pas douter, bien qu'il ne fût pas aussi grand ni aussi brun que lui. Ils devaient être d'âge très voisin.

— Bonjour, Claudia, enchaîna-t-il.

La jeune femme qui le salua d'une révérence était d'une extrême beauté. Blonde, élancée, elle portait une élégante toilette du même vert que ses yeux.

— Bonjour, Anthony, dirent-ils tous deux.

— Puis-je vous présenter ma femme ? Madame, voici mon frère, lord William Earheart. Ainsi que lady William.

Il y eut un nouvel échange de salutations et de révérences. Tout en se tournant, à la suite de son mari, vers le couple suivant, Charity s'interrogea. Une épouse issue de l'aristocratie se serait-elle attendue à être accueillie ainsi par la famille de son mari ? Pas d'étreintes ? Pas de larmes ? Pas de sourires ou de baisers ? Juste une raideur solennelle, comme s'ils étaient tous des étrangers les uns pour les autres ? Cette atmosphère lui paraissait suffocante.

Mais la plupart des épouses aristocratiques auraient, bien sûr, rencontré leur future belle-famille avant la cérémonie, et été dûment agréés. Oui, son mari avait bel et bien emporté la première manche. Son retour chez lui était un désastre.

Lady Twynham, très élégante elle aussi, était la sœur du marquis. Après avoir reproché à ce dernier de n'avoir jamais répondu à aucune de ses lettres, elle lui présenta le comte de Twynham, un homme corpulent, d'âge moyen, qui paraissait s'ennuyer ferme. La comtesse salua Charity d'un signe de tête, sans mot dire. Comme son père, elle évalua du regard le bonnet et la cape marron que portait sa belle-sœur.

Le lieutenant Charles Earheart était un beau jeune homme mince, aux cheveux blonds. Il salua avec la même raideur que son frère et sa belle-sœur. On pouvait difficilement le lui reprocher, le marquis n'ayant pas caché son incertitude quant à son identité.

— Charles ? avait-il risqué, incrédule. Tu es vraiment Charles ? Tu es lieutenant ?

Il devait être plus jeune que son frère Philip, estima Charity. Il devait avoir dix-neuf ou vingt ans. Il n'était donc qu'un tout jeune garçon lorsque son frère aîné avait quitté la maison. Quelle tristesse !

Il lui vint soudain à l'esprit que, sans ce mariage, elle-même n'aurait peut-être pas revu ses propres frères et sœurs pendant huit ans, voire davantage. Les plus jeunes auraient grandi sans elle. Depuis qu'elle les avait vus, une année s'était déjà écoulée.

Enfin, ce fut le tour de la benjamine. La fillette portait des vêtements coûteux, sa coiffure était compliquée, et elle affichait une dignité surprenante pour une enfant aussi jeune. Très brune, elle avait le même visage mince et aristocratique que son frère aîné – et que son père. Plus tard, elle serait belle plutôt que jolie.

— Augusta ? dit le marquis dont la voix s'adoucit un peu pour la première fois. Je suis ton frère Anthony. Voici ma femme.

— Le bleu te va très bien, Augusta, déclara Charity. Je suis très heureuse de faire ta connaissance.

L'enfant exécuta une révérence parfaite.

— Bonjour, monsieur, murmura-t-elle. Bonjour, madame.

« Et voilà », songea Charity. La scène avait été jouée, et le marquis de Staunton en avait retiré le bénéfice escompté. Mais qui sait, l'accueil aurait peut-être été tout aussi glacial si elle n'avait pas été avec lui. Impossible de le dire. Elle ne connaissait rien de la querelle qui l'avait tenu éloigné de chez lui pendant si longtemps. Elle ne savait pas non plus ce qui se passerait après ces présentations. Elle n'avait pas réfléchi au-delà de ce moment, et peut-être en était-il de même pour son mari.

De sa main posée sur sa taille, il l'invita à se tourner de nouveau vers son père. L'intendante se tenait à quelques pas de celui-ci, sans doute convoquée par un haussement de sourcil impérieux.

— Madame Aylward, dit le duc, vous allez conduire la marquise de Staunton dans les appartements du marquis, je vous prie, et vous veillerez à ce qu'elle ne manque de rien. Le thé sera servi au salon dans une demi-heure. Vous me rejoindrez dans la bibliothèque, Staunton.

Arrivait-il que quelqu'un esquisse un sourire dans cette maison ? Fasse quelque chose avec enthousiasme ou spontanéité ? Charity était censée se montrer silencieuse, terne et réservée, et elle s'y était appliquée depuis qu'elle avait franchi le seuil du château. Mais elle se sentait oppressée par l'atmosphère qui régnait sous ce toit, blessée même. Ces gens formaient une famille, non ? Et les membres d'une famille étaient censés s'aimer et se soutenir les uns les autres. Or elle était, quoique temporairement, un membre de cette famille. Et ce gentleman sévère, à la chevelure argentée, était son beau-père. Si elle voulait rester fidèle à elle-même, il était nécessaire, voire impératif, qu'elle fasse un geste. Elle adressa donc au duc un sourire chaleureux tout en effectuant une révérence.

— Je vous remercie… père, dit-elle, après avoir hésité une fraction de seconde.

Personne ne dit quoi que ce soit. Ou plutôt, tout le monde continua de ne rien dire. Charity n'eut cependant pas l'impression d'avoir imaginé la tension qu'elle perçut soudain. Comme si elle avait lâché une obscénité.

Toujours souriante, elle se tourna vers son mari. Il s'inclina.

— Je vous verrai tout à l'heure, mon ange, dit-il, en appuyant juste un peu sur les deux derniers mots.

Charity fut prise au dépourvu. Le marquis n'avait jamais fait allusion à une quelconque obligation de prétendre être attachés l'un à l'autre. Il est vrai qu'il n'avait pas révélé grand-chose de ses intentions. Sans mot dire, elle pivota, et suivit l'intendante vers l'arche de marbre derrière laquelle prenait naissance le grand escalier.

Alors qu'elles commençaient à gravir les marches, Mme Aylward déclara d'un ton guindé :

— Milady, nous n'avions pas été prévenus que le marquis venait à Enfield Park avec sa femme. Je vous demande pardon.

— De m'avoir traitée d'impertinente ? s'enquit Charity en riant. Cela m'a amusée, madame Aylward. S'il vous plaît, n'en parlons plus.

Mme Aylward ne parut pas amusée du tout, surtout en s'entendant rappeler ses propres mots. Peut-être existait-il dans cette maison une loi qui interdisait de sourire… Charity entendit le bref écho de son rire résonner lugubrement avant de s'évanouir sans laisser de traces. De nouveau, elle se sentit oppressée. La tâche n'allait pas être aisée. Elle espérait juste que la première étape de son mariage ne durerait que très peu de semaines. Elle aspirait à retrouver son foyer et les visages familiers, joyeux, *souriants*, de ses proches.

L'appartement du marquis, au premier étage, se composait de deux grandes chambres à coucher, communiquant par deux dressings contigus, d'un bureau et d'un salon, tous deux de taille identique. C'était de toute évidence un appartement conçu pour un couple.

— Je vais demander à ce que l'on aère et que l'on fasse le lit immédiatement, milady, reprit l'intendante en l'invitant à la précéder dans une des chambres.

La pièce était carrée, haute de plafond, et les couleurs dominantes de vert et d'or lui donnaient une apparence printanière. C'était, de loin, la pièce la moins écrasante que Charity ait vue jusqu'alors. En revanche, elle aurait pu contenir quatre chambres de la taille de celle qu'elle occupait chez elle.

— Quelle jolie chambre, commenta-t-elle, avant de fouler l'épais tapis pour s'approcher de l'une des grandes fenêtres.

En contrebas s'étendait une pelouse menant jusqu'à un lac en forme de fer à cheval. Des arbres se dressaient derrière.

— Et la vue est magnifique ! ajouta-t-elle.

— Je vais veiller à ce que l'on monte vos bagages et que l'on indique sans délai le dressing à votre femme de chambre, milady, déclara Mme Aylward. Vous souhaiterez sûrement vous changer et vous rafraîchir avant le thé.

Seigneur !

Charity se retourna.

— Je n'ai pas de femme de chambre, avoua-t-elle en souriant, et je n'ai qu'une petite malle. Mais j'apprécierais beaucoup un broc d'eau chaude, du savon et des serviettes. Je vous remercie, madame Aylward.

L'intendante était trop aguerrie pour laisser voir sa consternation ; toutefois, comme beaucoup de ses semblables, elle maîtrisait à la perfection l'expression d'un discret dédain. Durant les huit mois au cours desquels elle avait été gouvernante, puis lors des six entretiens qui avaient suivi, Charity avait cependant appris à ignorer ce genre de regard, et à cultiver la conscience de sa propre dignité.

Il lui fallut malheureusement se rendre à l'évidence. Elle se trouvait dans une situation embarrassante, qu'elle n'avait pas anticipée lorsqu'elle avait accepté de se marier, ni même lorsqu'elle avait découvert la véritable identité de son mari. Ce n'était que maintenant, dans cette maison, au milieu de ces gens, qu'elle se rendait compte que, hormis sa vieille robe de soie grise et celle en mousseline fleurie bien défraîchie, elle n'avait rien de convenable à porter en société. En société plus que distinguée. Elle avait des toilettes plus élégantes chez elle, bien sûr, elle n'avait cependant pas jugé utile de les emporter lorsqu'elle avait cherché du travail.

Elle se demanda si son mari avait idée de la pauvreté de sa garde-robe, et conclut par l'affirmative. Après tout, il avait passé une annonce pour recruter une gouvernante, il avait vu sa malle, il lui avait même demandé si c'était tout ce qu'elle possédait. Allait-il être embarrassé par son apparence si peu reluisante ? Non, bien sûr. Cela faisait partie de son plan. Il la voulait telle qu'elle était, ou telle qu'elle lui était apparue durant l'entretien d'embauche. Il la voulait terne petite souris, un peu miteuse de surcroît. Elle commençait à comprendre pourquoi. L'intendante elle-même ne l'avait-elle pas prise pour une servante ? Baissant les yeux sur ses vêtements, elle essaya de se voir avec les yeux du duc. Il devait être absolument hors de lui. La femme de son héritier ! Et il n'avait strictement aucun moyen de modifier la situation.

Oui, son mari devait se féliciter d'avoir remporté cette partie.

Charity n'avait pas le droit d'éprouver de l'amertume. Ni aucune raison d'éprouver quoi que ce soit, du reste, sinon de la hâte à voir arriver la fin de cette farce.

Mme Aylward s'en alla après avoir promis de faire monter sa malle et d'affecter une domestique à son service. Le temps que sa femme de chambre arrive de Londres, avait-elle ajouté, tout en sachant pertinemment qu'une telle personne n'existait pas.

Refermant les bras autour de son buste, Charity embrassa du regard la chambre somptueuse. Tout compte fait, elle aurait préféré occuper une mansarde en tant que gouvernante. Mais alors, elle n'aurait eu que peu d'espoir de retourner un jour au sein de sa famille, ou de voir ses frères et sœurs heureusement installés dans l'existence.

Elle avait pris la bonne décision. Elle en était certaine.

6

Quand il était enfant, Anthony avait souvent l'étrange impression que, dès qu'il franchissait le seuil d'Enfield, le dôme au-dessus du grand hall pesait de tout son poids sur ses épaules, un peu comme le monde sur celles d'Atlas. Huit ans s'étaient écoulés depuis qu'il avait quitté la maison et conquis sa liberté, et pourtant, il éprouva la même impression aussitôt qu'il eut passé la porte.

C'était une sensation d'écrasement, de noirceur. Ceux qui hantaient toujours ses rêves et ses cauchemars étaient là eux aussi, même s'il réussissait à les tenir à l'écart lorsqu'il était éveillé. Ils l'attendaient, prêts à le tirer de nouveau vers le fond jusqu'à ce qu'il tente de respirer une goulée d'air, que l'eau le suffoque et qu'il comprenne qu'il était perdu.

Anthony se félicitait d'avoir amené une épouse avec lui. C'était là un moyen incontestable de contrer leur influence sournoise. Ils étaient tous là, pas un ne manquait à l'appel, il s'en était aperçu au premier regard.

Pour autant qu'il sache, aucun d'entre eux ne s'était rendu à Londres durant les huit années qu'il y avait passées. Vu leur rang social et leur âge – la benjamine exceptée –, c'était surprenant. C'était aussi la preuve du pouvoir que détenait le duc de Withingsby sur sa famille. Son fils aîné, son héritier, était parti sans sa permission ; aucun de ses autres enfants n'était donc autorisé à le revoir de crainte qu'il ne soit contaminé à son contact. Twynham lui-même devait être sous la coupe du duc. Anthony n'avait jamais rencontré le mari de sa sœur. À sa connaissance, le comte n'avait jamais emmené Marianne à Londres, pas plus qu'il n'y était allé seul.

Ainsi, en quittant son père, Anthony avait été coupé de sa famille tout entière, y compris du bébé et du jeune Charles. Il avait été obligé de prendre cette décision, au risque d'en mourir. Lorsqu'il avait vu le groupe silencieux qui se tenait derrière le duc, il avait supposé que la petite fille était le bébé d'alors, et que le très jeune homme devait être Charles. Combien de fois s'était-il torturé, surtout les premières années, à la pensée qu'il avait peut-être été lâche de les quitter. Et combien de fois s'était-il senti cruellement puni lorsque son désir de les revoir le déchirait ?

Son père ne paraissait pas plus âgé d'un seul jour, en revanche, son teint gris prouvait bel et bien que sa santé s'était dégradée.

Toutes ces choses, Anthony les remarqua et les éprouva durant les premières secondes qui suivirent son entrée dans le hall. Il fut alors presque submergé par une émotion inattendue. Mais il s'était entraîné à ne rien ressentir et, bon sang, c'était le moment ou jamais de mettre cet entraînement à profit. Ce fut d'un regard ironique qu'il balaya les deux rangées de serviteurs aux uniformes impeccables, avant de traverser le hall pour rejoindre sa famille.

La farce pouvait commencer.

Il n'y eut aucune surprise. Le duc accueillit le retour de son fils, pourtant parti en claquant la porte, avec une froide solennité. Comme Anthony aurait dû s'y attendre, il ne fit montre d'aucune consternation, ni d'enthousiasme au demeurant, à la nouvelle de son mariage. Et il salua sa belle-fille avec une courtoisie glaciale, comme le fit le reste de la famille.

Anthony fut toutefois heureux de cet accueil guindé. Sans cela, il ne savait pas comment il aurait pu regarder William dans les yeux, s'incliner devant Claudia, et s'adresser ensuite à eux. À peine la porte franchie, et avant même de voir son père, il avait remarqué leur présence côte à côte, mari et femme. Il ne lui avait pas échappé que Claudia était plus belle que jamais.

Il trouva extrêmement satisfaisant, davantage même qu'il ne s'y attendait, de présenter sa femme à sa famille ; de sentir le coup qu'il infligeait à son père ; de leur montrer à *eux* qu'il s'était finalement marié par inclination personnelle, et qu'il se moquait comme d'une guigne des considérations dynastiques. Jusqu'à cet instant précis, Anthony n'avait pas réalisé qu'il avait eu plus d'une raison de choisir cette femme et de l'épouser avant de revenir à Enfield Park.

Était alors venu le moment suprême. Juste avant de suivre l'intendante, sa femme avait souri. Non, elle ne s'était pas contentée de sourire. La chaleur de son expression avait illuminé le hall tout entier, et en dépit de ses vêtements abominablement ternes, elle était soudain apparue d'une beauté confondante. Et elle avait appelé le duc « père » ! Personne ne s'était jamais montré aussi familier avec le duc de Withingsby. Non pas qu'il y ait eu quoi que ce soit de vulgaire dans le sourire de Charity ou dans ses paroles. Ils étaient juste totalement déplacés dans cette maison.

C'est alors qu'Anthony avait eu l'idée de l'appeler « mon ange », ce qui serait, en revanche, de la plus extrême vulgarité aux yeux de Sa Grâce. Il avait alors savouré un délicieux instant de triomphe, bien supérieur à tout ce qu'il avait pu imaginer.

S'il suivit son père dans la bibliothèque, il ne resta pas debout à côté de la porte, comme il l'avait toujours fait lorsque le duc le convoquait. Trônant de l'autre côté de son vaste bureau de chêne, Sa Grâce lui faisait ainsi sentir son écrasante supériorité.

Cette fois, Anthony traversa la pièce en direction de la fenêtre et regarda à l'extérieur.

— Comment allez-vous, monsieur ? s'enquit-il, les yeux fixés sur le lac.

Son père n'était certes pas sur son lit de mort, mais il avait de toute évidence des problèmes de santé. Et sa santé était précisément la raison du retour d'Anthony.

Le duc ignora la question.

— Votre mariage est récent, dit-il.

Ce n'était pas une question. Son père était au courant de tous ses faits et gestes durant ces huit dernières années, Anthony en était convaincu, même s'ils n'avaient pas échangé une seule lettre.

Hormis, bien sûr, celle par laquelle Sa Grâce le sommait de rentrer.

— Il date d'hier. L'union a été consommée cette nuit, ajouta-t-il, soudain heureux de pouvoir le dire en toute honnêteté.

Cela étant, il aurait été tout aussi marié s'il n'y avait pas eu consommation.

— Qui est-ce ?

— Elle s'appelait Mlle Duncan. C'est une jeune femme de bonne famille, originaire du Hampshire. Elle gagnait sa vie comme gouvernante avant de m'épouser.

— Je suppose que vous vous êtes laissé séduire par ses yeux bleus, son sourire aguicheur et son esprit impertinent.

Aguicheur ? Impertinent ? Sa discrète petite souris ? Les lèvres d'Anthony frémirent, mais il ne dit rien. Son père ne tarderait pas à s'apercevoir à quel point il se trompait au sujet de sa belle-fille. Pour autant, Anthony n'aurait rien eu contre le fait qu'elle sourie plus souvent.

Se détournant de la fenêtre, il regarda son père. Il était assis derrière son bureau. Aussi loin que remontaient les souvenirs d'Anthony, c'était de cette place avantageuse que son père rendait froidement la justice, que les coupables soient ses enfants ou ses serviteurs.

— Je l'ai épousée parce que tel était mon souhait, déclara-t-il d'une voix égale. Je suis majeur depuis sept ans.

— Vous l'avez épousée au mépris de ma personne, rétorqua le duc, et au mépris de votre éducation et de votre rang. Vous avez épousé une femme tombée dans le dénuement et dont les manières sont douteuses. Je pense qu'elle a été très soigneusement choisie.

— En effet, monsieur, acquiesça Anthony. Elle a été choisie par amour.

Il n'avait pas prévu de mentir à ce sujet. Il ne l'avait même pas envisagé une seule seconde car la simple pensée de l'amour, et de ses manifestations, le hérissait. L'idée lui en était venue lorsque sa femme avait sidéré sa famille avec un mot unique, accompagné d'un sourire éblouissant. Et cette idée lui avait semblé bonne. Les ducs de Withingsby et leurs héritiers ne se mariaient pas par amour. Et ils n'épousaient certainement pas des gouvernantes. Que l'héritier du duché ait eu l'indélicatesse de tomber amoureux, d'une telle femme de surcroît, allait apparaître aux yeux de Sa Grâce comme le comble de la vulgarité.

— Tillden arrivera demain, accompagné de la comtesse et de leur fille, annonça le duc. Ils viennent pour entériner l'accord d'une union entre lady Marie Lucas et mon fils aîné. Un bal de fiançailles doit avoir lieu après-demain. Comment vous expliquerez-vous avec eux, Staunton ?

— Je considère, monsieur, que je n'ai aucune explication à donner.

— Vous aviez tout à fait conscience de ce projet de mariage, conclu il y a dix-sept ans, répliqua le duc. Et si vous l'aviez oublié, la lettre que je vous ai envoyée il y a deux semaines vous l'aurait rappelé. Cette lettre, vous l'avez reçue avant même de connaître la marquise actuelle. Tillden pourrait considérer qu'il y a rupture de contrat de votre part.

— S'il existe un contrat, répliqua froidement Anthony, il ne porte pas ma signature, monsieur. Et si l'accord a été verbal, il n'a pas été ratifié par ma voix. Ce contrat ne me concerne pas.

— La jeune femme qui a été élevée pour devenir un jour duchesse de Withingsby va être grandement humiliée.

— Je n'ai jamais rien fait pour entretenir ses illusions. Et vous devez convenir, monsieur, que cette conversation est inutile. Je suis marié. La cérémonie a eu lieu devant témoins, le registre a été signé, et l'union a été consommée.

Son père le regarda fixement, le visage dénué d'expression. Ce fut un moment de pur triomphe pour Anthony, qui soutint son regard.

— J'ose espérer, déclara finalement Sa Grâce, que vous savez comment vêtir votre femme, Staunton. Les effets qu'elle portait pour voyager disparaîtront sans laisser de traces dès demain, n'est-ce pas ? J'ai eu la très nette impression que mon intendante la prenait pour une servante.

C'était donc pour cela que la jeune femme se tenait toujours près de la porte d'entrée quand Anthony s'était retourné pour la présenter à son père ? Il ne put s'empêcher de sourire intérieurement.

— Ma femme me plaît telle qu'elle est, rétorqua-t-il. Je me moque de ses vêtements.

— Une attitude absurde, lorsque l'apparence de votre femme reflète votre propre position dans la société. Telle qu'elle est apparue à son arrivée, elle aurait à peine sa place dans les cuisines.

— Vous êtes mon père et notre hôte, vous êtes donc en droit de le dire, déclara Anthony avec une raideur qui ne révélait en rien sa satisfaction. Je me ferai toutefois un plaisir de débattre de ce sujet avec quiconque se sentirait obligé d'exprimer une opinion semblable.

Tout en parlant, il s'interrogeait néanmoins. Que diable sa femme pouvait-elle avoir dans cette petite malle ?

— Vous souhaiterez certainement monter dans vos appartements avant le thé. Vous redescendrez avec lady Staunton, en veillant à ne pas être en retard. Et prenez soin, Staunton, d'indiquer à lady Staunton la manière convenable de s'adresser à moi.

Anthony le dévisagea un long moment, puis il tourna les talons sans mot dire.

Il se rappelait combien, quand il était petit garçon, il adorait son père, qu'il ne voyait que rarement. Il se souvenait qu'il savourait chaque allusion à sa ressemblance avec le duc. Toute son enfance semblait n'avoir eu pour but que de plaire à son père, de l'imiter, de devenir un héritier digne de lui. Cependant, tous ses efforts étaient passés inaperçus, alors que chaque leçon mal apprise, chaque bêtise de gamin, chaque chamaillerie avec un frère ou une sœur, lui valait une comparution dans cette même pièce pour un interrogatoire en règle suivi d'un sermon. Anthony se tenait debout devant ce bureau, sachant qu'à la toute fin, il recevrait l'ordre de se pencher et qu'il serait fouetté sans pitié.

Il n'aurait su dire combien de fois il avait été ainsi corrigé par son père. Il n'aurait su dire non plus combien de fois son père lui avait montré de l'affection... puisque cela n'était jamais arrivé.

Anthony aurait peut-être pu lui pardonner sa dureté à son endroit. Mais le duc n'avait montré d'affection pour personne, pas même pour sa femme, qui lui avait donné treize enfants et en avait perdu quatre à la suite de fausses couches. Sa Grâce n'avait exprimé que de l'impatience et de l'irritation lorsque son fils aîné avait tenté de le persuader de voir sa dernière-née. Alors que la duchesse venait de mourir…

Ç'avait été une des raisons pour lesquelles Anthony était parti.

Il en était venu à haïr sa ressemblance avec son père. Non seulement sa ressemblance physique mais, pire, sa ressemblance morale. Il en était venu à se haïr lui-même, jusqu'au jour où il s'était libéré. Certes, en réponse à la convocation de son père, il était revenu à Enfield Park, mais selon ses propres conditions. Le duc de Withingsby n'avait plus aucun pouvoir sur lui.

Il rejoignit son appartement en gravissant les marches deux à deux. Bonté divine, songea-t-il, ce dôme lui pesait de nouveau sur les épaules !

L'appartement qu'Anthony avait occupé entre le moment où il avait quitté la nursery et celui où il était parti de la maison avait été préparé. Il avait dû être conservé à son intention, ce qui signifiait que l'on n'avait pas tenu compte de son serment de ne jamais remettre les pieds à Enfield Park. Et, effectivement, il était de retour. Il se serait attendu que l'on attribue cet appartement à William et à Claudia, ce qui n'était pas le cas, apparemment.

Sa femme se tenait devant la fenêtre dans le salon privé. Elle tourna la tête dès qu'il ouvrit la porte. La pièce, dont il n'avait jamais fait usage, lui apparut étonnamment confortable, féminine, chaleureuse. Pourtant, rien n'avait changé, hormis le fait que Charity était là. Cette pièce était faite pour une femme, se dit-il, ou avait besoin de la présence d'une femme.

Il lui parut soudain étrange de voir une femme, son épouse, dans ces pièces si familières.

Pour la première fois depuis qu'il la connaissait, elle n'était pas vêtue de marron. Elle portait une robe à taille haute, en mousseline imprimée de petites fleurs. De trop nombreux lavages en avaient terni les couleurs. Ses cheveux, d'une teinte plus claire qu'Anthony ne l'avait d'abord cru, étaient relevés en un simple chignon. Elle avait l'allure d'une parente pauvre. D'une parente très pauvre. Mais elle paraissait aussi étonnamment jeune et jolie. Sa silhouette déliée ne manquait pas de séduction, comme il ne se le rappelait que trop bien.

— La vue est magnifique, dit-elle.

— C'est vrai.

Il traversa la pièce pour la rejoindre. Il s'était toujours senti oppressé dans la maison. Ce n'était qu'à l'extérieur qu'il s'était senti libre, ou du moins, qu'il avait eu l'illusion de la liberté. Les rayons du soleil déclinant teintaient d'or sombre les eaux du lac. Plus loin, les bois, qui avaient été le terrain de jeu enchanté de son enfance, étaient gagnés par l'ombre.

— Vous ressemblez beaucoup à votre père, déclara-t-elle, les yeux fixés sur le profil d'Anthony.

— En effet, admit-il d'un ton sec.

— Et vous détestez cela, ajouta-t-elle. Je suis désolée d'avoir énoncé une évidence.

Anthony n'aimait pas la perspicacité de la jeune femme, ni ses tentatives pour déchiffrer son état d'esprit et lire dans ses pensées. Il ne s'ouvrait jamais à personne, pas même à ses amis les plus proches. Elle devait comprendre qu'elle ne bénéficiait pas de ce privilège qu'aurait une épouse à explorer chaque recoin de son existence. Cette seule idée lui donnait la nausée. Leur union était un simple arrangement, il lui fallait s'en souvenir.

Anthony se tourna vers elle. Elle l'observait de ses magnifiques yeux bleus.

— Comme vous le savez, je vous ai épousée et je vous ai amenée ici pour prouver à Sa Grâce que j'entends mener ma vie à ma guise. Personne n'est autorisé à diriger mon existence, et personne ne doit chercher à s'immiscer dans mon intimité. Je suis l'héritier du duc de Withingsby et rien, hormis ma mort, ne peut changer cela. Mais au-delà de ce simple fait, je suis mon propre maître. Vous êtes la preuve vivante que je refuse de faire quoi que ce soit uniquement parce que la chose serait attendue de l'héritier d'un duché.

— Vous n'avez pas eu le courage de le dire au duc, tout simplement ?

— Madame, vous êtes une impertinente.

Elle ouvrit la bouche comme pour rétorquer, puis la referma. Pour autant, elle ne détourna pas les yeux, bien au contraire, et Anthony eut la troublante impression que, s'il plongeait profondément son regard dans le sien, il verrait l'âme de Charity. Il songea alors, non sans irritation, que si elle restait ainsi ouverte, vulnérable, elle serait tôt ou tard blessée par la vie, et de manière très cruelle.

— Jusqu'ici, vous avez fort bien joué votre rôle, reprit-il. Continuez ainsi. Vous n'avez pas à être gênée si votre garde-robe n'est pas à la dernière mode. Ni si les échanges avec les membres de ma famille se révèlent laborieux. Il n'est pas facile de discuter avec eux. Nous sommes attendus au salon immédiatement. Vous pouvez rester près de moi et me laisser le soin de la conversation. Rien ne vous oblige à impressionner qui que ce soit.

Elle lui adressa un demi-sourire.

— Augusta devait être toute petite lorsque vous avez quitté la maison.

— Elle avait une semaine. Je suis resté pour les obsèques de ma mère.

Anthony n'avait pas versé de larmes sur sa mère. En revanche, il avait sangloté, le bébé dans les bras, juste avant de partir. Ce furent les dernières larmes qu'il versa. Les dernières qu'il verserait jamais.

— Ah ! murmura sa femme.

Anthony aurait juré qu'elle s'était de nouveau glissée dans sa tête. Devinait-elle qu'il avait pleuré sur le dernier lien qu'il aurait jamais avec l'amour ? Sur sa propre stupidité ?

Il ne voulait pas qu'elle s'introduise dans son esprit, aussi déclara-t-il avec brusquerie :

— Nos fiançailles ont été très courtes. Vous étiez gouvernante chez des personnes de ma connaissance. Je vous ai rencontrée chez eux, nous sommes tombés amoureux et nous avons fait fi de toute prudence. Nous nous sommes mariés hier, nous avons consommé notre union cette nuit, et nous vivons une relation passionnée aujourd'hui.

Elle rougit et détourna brièvement les yeux avant de soutenir de nouveau son regard.

— En ce cas, milord, il vous faut apprendre à sourire.

Comme il haussait les sourcils, elle expliqua :

— Vous avez l'air d'un homme qui a épousé une inconnue dans le seul but de provoquer la fureur de quelqu'un, de l'écœurer peut-être. Vous donnez l'impression de vous vautrer dans un triomphe au goût de tristesse et d'amertume.

Anthony étrécit les yeux. Cet entretien qu'ils avaient eu deux jours auparavant avait-il été suffisant pour qu'il prenne la mesure de son caractère ? Ou de ce qu'il avait cru être son absence de caractère ? Il admit cependant qu'elle n'avait pas tout à fait tort.

— Vous aurez vos sourires, milady, assura-t-il. Là où il y aura des témoins. Ils sont inutiles lorsque nous sommes seuls.

— Non.

— Allons-y, proposa-t-il en lui présentant son bras. Nous sommes en retard, et Sa Grâce ne tolère pas le manque de ponctualité.

— Raison pour laquelle nous sommes restés ici à discuter au lieu de descendre sur-le-champ ?

Il décela dans son regard quelque chose qui ressemblait fort à de l'amusement.

Mais il se contenta d'attendre qu'elle prenne son bras.

La famille du duc de Withingsby s'était rendue directement du hall au grand salon. Le beau temps aurait pu inciter certains à se promener un peu avant l'heure du thé, or, ils avaient tous éprouvé, sans se le dire, le besoin de rester ensemble, et hors de portée des oreilles des domestiques.

Lord William Earheart fut le premier à prendre la parole lorsque la porte se fut refermée.

— On aurait dû deviner que, s'il avait accepté de revenir à Enfield à peine plus d'une semaine après avoir reçu le courrier de Sa Grâce, c'est que Staunton avait une idée en tête. Si le duc m'avait demandé mon avis, je lui aurais conseillé de ne pas écrire cette lettre.

Sa femme s'écarta de lui et entoura du bras les épaules d'Augusta.

— Oh, William, vous n'auriez pas fait cela ! lui dit-elle d'un ton de reproche. Vous savez très bien que vous aspiriez au retour d'Anthony autant que nous tous.

— De quoi diantre parlez-vous ? rétorqua lord William en fronçant les sourcils. Vous aspiriez à son retour, vous ?

— Je n'arrive pas à y croire, déclara la comtesse de Twynham en se laissant tomber avec grâce sur le canapé. Comment Anthony a-t-il pu faire cela ? C'est une chose de s'enfuir à Londres et d'y passer quelques années – j'imagine que c'est le rêve de nombreux jeunes gens. C'est une chose de mener une vie de bâton de chaise et de gagner une réputation de... Bref, c'est une chose, dit-elle après avoir jeté un coup d'œil à Augusta. Et c'en est une tout autre de se marier sans la permission de Sa Grâce et de ramener sa femme à la maison sans en avoir parlé à quiconque. Vous l'avez regardée, Claudia ? Je mourrais d'humiliation si ma femme de chambre était vue ainsi accoutrée !

Lady Claudia avait entraîné Augusta vers la fenêtre, et toutes deux étaient à présent assises sur la banquette installée dans le creux.

— Le voyage a peut-être été difficile, Marianne. Souvenez-vous des trombes d'eau qui sont tombées hier. Qui aurait l'idée de porter des vêtements élégants lorsqu'il fait un temps pareil ?

— Qui diable est cette femme ? marmonna le comte de Twynham en s'approchant du cabinet à alcool.

Il se versa un verre de cognac pendant qu'il était encore temps. À Enfield, aucun alcool fort n'était autorisé durant la cérémonie du thé.

— Staunton l'a-t-il dit ? ajouta-t-il. Il l'aurait fait si elle avait été quelqu'un, vous pouvez en être certains. Et puis, cela risque d'être un peu embarrassant lorsque lady Marie arrivera demain, non ?

— Oh !

Marianne agita son mouchoir comme prise de vapeurs, puis elle le pressa contre son nez.

— J'en mourrai ! Et il est trop tard pour que Sa Grâce empêche les Tillden de venir. Anthony savait qu'ils étaient attendus. Il devait le savoir ! Comment a-t-il pu nous faire un coup pareil ? Je n'arrive pas à le croire. Il a épousé une inconnue et il l'a amenée ici pour nous humilier tous. Et c'est une créature horriblement quelconque, qui plus est.

Lord William se passa les doigts dans les cheveux.

— Et elle a appelé Sa Grâce « père », dit-il avec une grimace. Alors qu'elle n'était pas dans la maison depuis cinq minutes. Vous imaginez lady Marie appeler Sa Grâce « père » ? Elle ne s'y risquerait pas. Je n'aimerais pas être à la place du duc demain.

— Lady Staunton a un sourire délicieux, fit remarquer Claudia. Nous devrions peut-être attendre d'avoir fait sa connaissance avant de porter un jugement hâtif. Qu'en pensez-vous, Charles ?

Debout à côté d'elle et d'Augusta, lord Charles Earheart regardait par la fenêtre.

— Je ne serais pas venu en permission si Sa Grâce ne m'avait pas convoqué. Pas en sachant que Staunton avait été invité lui aussi. Je ne pense rien de son arrivée ou du fait qu'il a amené une femme avec lui. Cela ne m'intéresse pas.

S'il avait eu l'intention de s'exprimer avec une froideur empreinte de dignité, il échoua lamentablement. Sa voix tremblait de passion juvénile. Claudia tendit le bras pour lui effleurer la main. Il ne s'écarta pas, mais il ne tourna pas non plus la tête, et il ne vit donc pas le sourire de compassion de sa belle-sœur.

— Et toi, Augusta, que penses-tu de ton frère aîné ? demanda Claudia.

— Je trouve que le marquis ressemble beaucoup à Sa Grâce, répondit la fillette. Il a l'air désagréable. Et je trouve que la marquise est très laide.

Le comte de Twynham ricana tandis que sa femme agitait de nouveau son mouchoir devant son visage.

— La vérité sort de la bouche des enfants, commenta-t-elle. Tu as raison, Augusta. Staunton avait l'air très désagréable, comme s'il prenait plaisir à cette scène horrible. Quant à elle, elle ne peut prétendre à aucune beauté. Ni à quoi que ce soit d'autre, je suppose. Je ne serais pas surprise d'apprendre qu'Anthony l'a dégotée dans les cuisines d'une connaissance. Ou, plus probablement, dans une salle d'études. C'est à se demander si c'est une personne convenable. Il me sera extrêmement difficile de me montrer polie avec elle.

— Sa Grâce se montrera poli, tu peux en être sûre, Marianne, assura lord William. Et il n'en attendra pas moins de nous. Après tout, elle est désormais lady Staunton, quoi qu'elle ait été avant que Staunton décide de l'épouser.

— Et elle sera duchesse de Withingsby le moment venu, maugréa sa sœur d'un air dégoûté. Elle sera à la tête de cette famille, et elle aura la préséance sur Claudia, sur moi... sur nous tous. Ce sera intolérable. À l'avenir, je pense que Twynham et moi ne viendrons plus que très rarement à Enfield. Sache qu'il y a différentes façons d'être poli, William. Je serai polie.

Lord Twynham ricana de nouveau.

— Je me demande comment Withingsby va s'en tirer demain. Tillden ne sera pas ravi, c'est sûr. Et elle a déjà la préséance sur vous, Marianne, puisqu'elle est marquise de Staunton.

— Nous devons tous nous montrer polis aujourd'hui, déclara Claudia. Demain est un autre jour. Anthony est revenu à Enfield, et il a amené avec lui une épouse qu'il aime. Il l'a appelée « mon ange ». Quelqu'un d'autre l'a-t-il entendu ? Je dois dire que cela m'a touchée.

Son mari grommela vaguement avant de lâcher :

— Les ducs de Withingsby et leurs héritiers ne se marient pas pour une raison aussi vulgaire que l'amour. Comme vous le savez très bien, Claudia.

Elle rougit, puis se pencha pour déposer un baiser sur le sommet du crâne d'Augusta. Lord William eut la bonne grâce de rougir également. La conversation s'arrêta là car les grandes portes venaient de s'ouvrir pour laisser entrer le duc. Il traversa la pièce et alla se placer devant la cheminée, dans laquelle ne brûlait aucun feu, les mains croisées dans le dos.

— Staunton n'est pas là ? demanda-t-il, bien que l'absence du marquis fût évidente. Il est en retard. Nous attendrons donc son bon plaisir.

La froideur de son ton dissuada toute repartie.

La famille patienta dans un silence inconfortable. Le comte de Twynham envisagea manifestement de vider son verre de cognac. Il y renonça à regret et, discrètement, reposa le verre sur le cabinet à alcool. Claudia étreignit brièvement Augusta, puis lui adressa un sourire rassurant. Prendre le thé avec les adultes était pour la fillette un événement aussi exceptionnel qu'intimidant.

7

Charity avait déjà eu un aperçu de la magnificence d'Enfield Park, ce qui ne l'empêcha pas de trouver grandiose le salon de réception. Chez elle, le salon était une pièce confortable dans laquelle la famille se rassemblait le soir et accueillait les éventuels invités, voisins ou amis. Alors que cette vaste pièce évoquait à ses yeux... une salle d'audience. Ce fut la seule comparaison qui lui vint à l'esprit. Sur le haut plafond était peinte une scène tirée de la mythologie, qu'elle n'eut pas le loisir d'identifier, et les murs s'ornaient d'immenses tableaux, principalement des paysages, dans de lourds cadres dorés. Abondamment dorés eux aussi, et très ornementés, les meubles étaient splendides et luxueux. Des boiseries sculptées entouraient la porte, et la cheminée de marbre était une œuvre d'art en soi.

Tout cela, cependant, Charity ne l'embrassa que d'un coup d'œil car son attention se porta aussitôt sur les personnes qui occupaient la pièce. Solennel, le duc se tenait devant la cheminée ; les autres membres de la famille étaient dispersés dans la pièce, certains debout, d'autres assis. Si tous les regards se braquèrent sur elle lorsqu'elle entra au bras de son mari, personne ne bougea ni ne prononça un mot.

Sa robe de mousseline fleurie lui parut aussi adaptée à la situation que l'aurait été une chemise de nuit.

Après quelques instants, quand son appréhension eut un peu reflué, elle fut saisie de l'envie de les secouer. Leur frère revenait après huit ans d'absence et pas un d'entre eux ne lui adressait la parole ? Mais qui étaient donc ces gens ?

Elle n'eut pas longtemps à attendre avant de connaître la réponse. Tous finirent par tourner les yeux vers le duc, et elle comprit que personne ne parlerait avant lui. Il prit son temps. Cela dit, aucune parole n'aurait été nécessaire pour traduire son profond déplaisir.

« Un despote, songea Charity. Comment sa famille tolère-t-elle qu'il se montre aussi tyrannique ? » Évidemment, c'était le genre de pensée qu'elle devait apprendre à garder pour elle.

— Puisque Staunton nous fait le plaisir d'être enfin parmi nous, déclara finalement Sa Grâce, nous pouvons sonner pour le thé. Marianne, veuillez vous en charger, s'il vous plaît. Aujourd'hui, nous dispenserons lady Staunton de ses obligations.

Il fallut une fraction de seconde à Charity pour comprendre que c'était elle qui était dispensée de ses obligations. Il lui revenait de servir le thé ? À *elle* ? Mais oui, bien sûr. En tant qu'épouse du marquis, elle prenait le pas sur les autres femmes présentes. Elle fut plus que jamais consciente de la pauvreté de sa mise.

Marianne se leva pour aller tirer le cordon de sonnette. Puis elle reprit sa place et lança à son frère :

— Anthony, viens donc t'asseoir à côté de moi pour me dire pourquoi tu n'as jamais répondu à mes lettres.

Comme elle s'était abstenue de regarder sa nouvelle belle-sœur, et comme le canapé sur lequel elle s'était installée ne pouvait accueillir que deux personnes, Charity comprit que l'invitation ne l'incluait pas.

Elle jeta un coup d'œil au petit groupe qui se tenait près de la fenêtre. Claudia était assise sur la banquette avec Augusta, et Charles était debout à côté d'elles. Claudia surprit le regard de Charity et quelque chose vacilla dans ses yeux, qui ressemblait à un sourire. Ce fut du moins ce que Charity choisit de croire. Elle traversa donc le grand salon pour les rejoindre. En dépit des souhaits du marquis, elle ne jouerait pas le rôle d'ombre. Elle n'avait pas été élevée pour être l'ombre de quiconque, pas même de son mari.

Elle adressa un sourire à la petite fille.

— Tu as été autorisée à prendre le thé avec les adultes, Augusta ? Tu m'en vois ravie.

— Juste aujourd'hui, précisa Claudia. L'occasion est particulière puisque c'est le retour d'Anthony à la maison. Les autres enfants ont eu beau bouder, voire supplier, ils n'ont pas eu la chance d'Augusta.

— Les autres enfants ? interrogea Charity.

— Anthony ne vous en a pas parlé ? Il est vrai qu'il n'a encore rencontré aucun d'entre eux. Il y a les trois enfants de Marianne et de Richard, deux filles et un garçon, et nos deux fils, à William et à moi. Après le thé, si vous le souhaitez, vous pourrez aller les voir dans la nursery. Ils seront fous de joie, je vous le garantis.

Cette invitation, que Charity accepta sur-le-champ, la rendit elle-même si heureuse qu'elle aurait volontiers serré Claudia dans ses bras. Il y avait donc au moins une personne bienveillante à Enfield Park !

Elle se tourna en souriant vers le lieutenant.

— Bonsoir, Charles. Vous êtes en permission ?

— Bonsoir, madame, répondit-il avec un salut plein de raideur. Sa Grâce m'a convoqué.

— *Madame ?* répéta Charity. Pourriez-vous avoir la gentillesse de m'appeler par mon prénom, puisque je suis désormais votre sœur ? Je m'appelle Charity.

— Madame, répéta-t-il en s'inclinant de nouveau. Eh bien…

Alors que Charity pivotait pour faire face au salon, elle surprit le regard dédaigneux de Marianne, qui la détaillait. Le marquis était assis à côté de sa sœur, l'air aussi cynique et désagréable que lors de leur entretien à Upper Grosvenor Street. Lord Twynham, que Claudia avait appelé Richard, se tenait près du cabinet à alcool, la mine morose, tandis que William, debout au milieu de la pièce, regardait dans le vague. Le duc occupait toujours sa place stratégique devant la cheminée.

Charity se demanda ce que chacun ferait et dirait si, tout à coup, elle se mettait à hurler en agitant les bras. Elle réalisa, un peu inquiète quand même, qu'elle était plus que tentée de se livrer à l'expérience. Par chance, les grandes portes s'ouvrirent à cet instant, livrant passage à des servantes chargées de plateaux. Elle eut alors une meilleure idée.

Elle retraversa le salon en s'efforçant de se mouvoir avec grâce – sa mère l'accusait de marcher à grandes enjambées peu féminines, et Penny elle-même le lui avait parfois reproché lorsqu'elles sortaient ensemble.

— Vous pouvez les poser là, dit-elle aux domestiques en indiquant la petite table manifestement réservée à cet usage.

Après avoir contourné la table pour s'approcher de la chaise disposée derrière celle-ci, elle s'adressa aimablement à sa belle-sœur :

— Je verserai le thé, Marianne. Ne vous donnez pas cette peine.

Puis au duc :

— Je vous remercie de cette délicate attention, père, mais il est inutile de me dispenser des devoirs qui m'incombent en tant qu'épouse d'Anthony.

Enfin, elle se tourna vers ce dernier, et lui adressa un sourire éclatant. Elle envisagea même de lui envoyer un baiser. Elle s'en abstint. Elle ne se montrerait pas vulgaire.

Durant une horrible fraction de seconde, on aurait entendu tomber une épingle si quelqu'un s'était avisé d'en lâcher une. Sauf qu'un épais tapis recouvrait le sol.

Elle remercia le ciel lorsque son mari se leva.

— Je serais ravi que vous me versiez une tasse de thé, mon ange, dit-il.

C'est alors qu'il le fit ! Il fit ce qu'elle lui avait conseillé : il lui sourit. La bouche, les yeux, le visage entier ! Et ce sourire le transforma en un homme délicieux, vif, et séduisant au possible.

Charity se demanda si ses mains seraient assez assurées pour soulever la théière, et verser le thé dans la tasse et non dans la soucoupe.

Elle fut obligée de se rappeler à l'ordre avec sévérité. Le marquis jouait un rôle, et elle aussi.

Jamais elle n'avait travaillé aussi dur pour gagner son pain. Il est vrai que, cette fois, elle gagnerait bien plus qu'il n'en fallait pour acheter son pain quotidien, bien plus que tout ce qu'elle avait pu rêver.

Pour autant, elle n'était pas certaine qu'elle aurait accepté ce marché si elle avait su ce qui l'attendait.

Sa femme s'était changée pour le dîner. Elle portait à présent une robe de soie grise au décolleté modeste. Si cette robe-là n'était pas élimée, elle n'était pas non plus à la dernière mode, ni même à l'avant-dernière. C'était le genre de toilette sobre et discrète qu'une gouvernante pouvait porter lorsqu'elle accompagnait les enfants au grand salon afin que leurs parents les présentent à leurs invités. Une robe conçue pour la rendre invisible, et que n'ornait aucun bijou.

Anthony l'observait, les yeux légèrement plissés, depuis le seuil de sa chambre. La femme de chambre lui avait ouvert la porte de communication lorsqu'il avait frappé.

— Vous pouvez disposer, lui dit-il.

La jeune fille salua et s'éclipsa sans même jeter un coup d'œil à sa maîtresse pour avoir la confirmation de cet ordre.

Charity était très joliment coiffée. Des petites boucles lui encadraient le visage, et le reste de sa chevelure s'enroulait avec grâce sur l'arrière de la tête. Anthony aurait préféré qu'elle conserve sa coiffure habituelle, mais il n'en dit rien.

— Pourquoi avez-vous choisi de servir le thé, cet après-midi ? lui demanda-t-il sans préambule.

Cette initiative avait d'abord pris Anthony au dépourvu. Après quoi, il s'était amusé du malaise presque palpable qui s'était emparé des siens. Ceux-ci semblaient fascinés par sa femme, pourtant vêtue d'une robe de mousseline élimée qui contrastait violemment avec les toilettes recherchées et coûteuses des autres personnes présentes.

Il avait réussi à les sidérer et à les déstabiliser, son père compris. Ils ne savaient pas quoi penser de lui et de son mariage inattendu. Peut-être même les effrayait-il un peu. Tous avaient pleinement conscience, bien sûr, de la raison pour laquelle il avait été appelé à Enfield Park : la santé défaillante du duc. Mais c'était justement cela qui avait motivé la décision de ce dernier de ratifier l'union de son héritier avec la femme choisie pour lui à sa naissance. Un bal devait même être donné pour célébrer officiellement l'événement.

— Parce que, comme votre père me l'a rappelé, répondit Charity, cela relevait de mon devoir en tant que femme de son fils aîné.

— Vous n'êtes pas obligée de… de faire votre devoir, comme vous dites. Vous savez très bien que ce n'était pas mon intention lorsque je vous ai amenée ici.

— Vous avez choisi d'épouser une femme issue d'une bonne famille, lui rappela-t-elle. Une femme qui sait ce qu'on attend d'elle après son mariage, même si elle n'est pas en mesure de s'habiller ou d'agir comme une future duchesse. Soyez rassuré, milord, votre famille méprise grandement mon apparence aussi bien que le métier que j'ai été obligée d'exercer, ainsi que mon absence de fortune et de relations mondaines. Cela ne me gêne pas car il n'y a rien que je puisse ou veuille faire pour remédier à cette situation. Mais en aucun cas, je ne les laisserai croire que mon éducation a été fautive. Ce serait un mensonge et un affront à la mémoire de ma mère.

Où donc était passée sa discrète souris ? Anthony la soupçonnait de n'avoir jamais existé. Mlle Charity Duncan avait joué un rôle lors de l'entretien, évidemment. Elle désirait tellement obtenir cette place – après avoir échoué à six reprises – qu'elle avait endossé la personnalité que l'on attendait d'une gouvernante. Convaincu par sa prestation, il n'avait pas imaginé que son apparente docilité dissimulait un caractère affirmé. Il aurait dû, bien sûr, accorder davantage d'attention à son regard bleu si pénétrant. La jeune femme s'était jouée de lui.

Il y avait néanmoins une part de vérité dans ce qu'elle venait de dire. Tout le monde, cet après-midi, l'avait traitée avec une condescendance aussi subtile que polie. Elle n'était pas de leur monde. Ils devaient être consternés à la pensée qu'elle serait un jour la femme du chef de famille. Et son père devait avoir l'impression que tout ce pour quoi il avait vécu s'était effondré.

— Personne ne vous insultera ouvertement, déclara-t-il.

Ce n'était pas la première fois qu'il le lui assurait, mais à présent, il avait davantage à cœur d'y veiller.

— Personne ne l'oserait, ajouta-t-il.

Elle sourit et vint vers lui.

— Les insultes ne blessent que lorsque la personne insultée se soucie de l'opinion de ceux qui s'en rendent coupables. Je ne me sentirai pas insultée ici, milord, conclut-elle en prenant le bras qu'il lui offrait.

Anthony réalisa qu'il venait de se faire remettre calmement, aimablement, et très fermement à sa place. À l'en croire, elle ne se souciait de personne dans cette maison. Eh bien, lui non plus. Il n'était pas revenu à Enfield Park parce qu'il se souciait d'eux, mais pour s'affirmer, et affirmer son indépendance une bonne fois pour toutes. Peut-être aussi, qui sait, pour apaiser l'esprit de quelques fantômes ? Cette pensée, surgie d'on ne sait où, le prit de court. Non, il n'y avait pas de fantômes à apaiser. Tout ce qui appartenait au passé était mort et enterré depuis longtemps.

— Il faudrait que j'en sache davantage sur votre famille, observa-t-elle, ce qui semblait en contradiction avec ce qu'elle venait de déclarer. Vous pourriez peut-être m'éclairer un peu demain.

— Je n'ai vu aucun d'eux pendant huit ans, lui rappela-t-il. Il n'y a rien à raconter, milady.

— Vous devez bien avoir des souvenirs d'enfance. Il n'y a pas beaucoup de différence entre William et vous, n'est-ce pas ? Ni avec Marianne ?

— William a un an de moins que moi, et Marianne deux.

C'était ensuite que la série, quasiment annuelle, de fausses couches et les naissances d'enfants mort-nés avait commencé.

— Cela devait être merveilleux d'avoir un frère et une sœur si proches de vous en âge, risqua-t-elle.

Oui, Anthony avait toujours adoré, protégé, envié William, plus jeune, moins costaud que lui, et d'un naturel plus joyeux. Si cela avait été possible, il aurait troqué sa place contre la sienne. Mais alors, il n'aurait pu le préserver du fardeau écrasant d'être l'héritier du duc.

— Sans doute, murmura-t-il. Je pense rarement à mon enfance.

— Vous n'aviez jamais rencontré lord Twynham avant cet après-midi, poursuivit-elle en se tournant vers lui. En revanche, vous connaissiez Claudia. William et elle étaient déjà mariés lorsque vous êtes parti ?

— Depuis un mois.

Il n'avait pas envie de parler de Claudia. Ni de William. D'ailleurs, il ne voulait pas parler du tout.

— Elle est très belle.

— Oui, en effet. Ma belle-sœur est une femme adorable.

Il s'en tint là car ils pénétraient dans le grand salon, où toute la famille était de nouveau réunie hormis la petite Augusta. Anthony nota que Marianne et Claudia étaient en grande toilette et portaient de nombreux bijoux. Les hommes, lui compris, étaient d'une élégance identique dans leurs habits impeccablement coupés. S'habiller pour dîner avait toujours été la règle à Enfield Park, même lorsqu'ils étaient en famille, comme ce soir.

— Madame ?

Le duc s'inclina devant Charity, et lui présenta son bras pour la conduire dans la salle à manger. Anthony n'en fut pas surpris. Son père respectait l'étiquette à la lettre. Il la ferait asseoir en face de lui, à l'autre extrémité de la table. Mais Dieu qu'il devait lui en coûter de faire montre d'une telle déférence envers une femme qui ressemblait à une gouvernante – et qui l'était encore très récemment.

— Je vous remercie, père, dit Charity avec un grand sourire.

Anthony pinça les lèvres. Pas un instant, il ne s'était attendu à un tel déploiement de charme de la part de sa femme. Il ne regrettait pourtant rien. En vérité, ce comportement lui semblait préférable à l'attitude timorée, effacée, qu'il avait anticipée. La vie à Enfield Park n'avait jamais encouragé à se montrer chaleureux ou souriant. Et aucun des enfants du duc de Withingsby ne s'était jamais adressé à leur père autrement qu'en usant du « monsieur ». Sa femme l'avait-elle remarqué ? Oui, très probablement. Anthony souhaita presque, en réprimant de nouveau un sourire, qu'elle appelle Sa Grâce « papa ».

Il reprit son sérieux. S'attendait-on qu'il propose son bras à Claudia, puisque son rang la plaçait juste après sa femme ? Non sans soulagement, il vit William s'en charger. William, qui n'avait pas échangé un mot avec lui durant le thé, et à peine un regard. Celui qui avait été un jour son ami le plus proche était maintenant son ennemi juré. Mais tout cela appartenait au passé.

Comme Twynham et Marianne s'avançaient ensemble, Anthony ferma la marche avec Charles.

Charles non plus n'avait rien eu à lui dire pendant le thé. Il avait douze ans quand Anthony était parti. C'était un gamin vif, intelligent, qui considérait son frère aîné comme un héros et le vénérait ouvertement. Ce n'était plus le cas. À l'époque, Anthony avait été incapable de lui expliquer la raison de son départ. Il n'avait même pas essayé, et s'en était allé sans lui dire au revoir. S'il avait versé des larmes sur le bébé, il n'avait pas voulu prendre le risque que cela lui arrive en présence de son jeune frère.

— Finalement, lui dit-il, tu es le plus grand de nous tous.

— Apparemment, oui.

Une fois à table, Sa Grâce baissa la tête, et tous l'imitèrent. Évidemment ! Avant que le repas soit servi, il fallait psalmodier la longue et solennelle prière. C'était curieux, songea Anthony, de se retrouver parmi des gens qui lui étaient étrangers et qui pourtant lui semblaient presque aussi familiers que son propre corps. Il eut la troublante impression que, durant ces huit années, il n'avait cessé de les porter en lui ; qu'en fin de compte, et contrairement à ce qu'il croyait, il n'avait pas réussi à se libérer d'eux. C'était un sentiment suffocant.

À la fin de la prière, il regarda sa femme. Le sourire aux lèvres, elle s'était tournée pour parler avec William, assis à côté d'elle. Anthony éprouva un tel soulagement de l'avoir épousée et emmenée avec lui que, l'espace d'un instant, il ressentit presque de l'affection pour elle.

Charity avait menti durant le dîner. Quand Marianne l'avait interrogée sur sa famille, de ce ton hautain qui semblait lui être naturel, Charity lui avait dit la vérité sur son père – en omettant cependant de faire allusion à ses dettes. En revanche, elle avait prétendu être enfant unique. Elle avait même été obligée d'ajouter un second mensonge au premier en expliquant que, malheureusement, les biens de son père étant inaliénables, c'était un cousin lointain qui en avait hérité. En conséquence, elle avait dû prendre un emploi de gouvernante.

Un peu plus tôt, elle avait assuré à son mari être indifférente aux insultes essuyées dans cette maison. Elle n'avait toutefois pas supporté l'idée que ses frères et sœurs puissent être soumis au mépris voilé que ces gens éprouvaient manifestement pour une famille placée aussi bas dans l'échelle sociale. Il était hors de question qu'elle évoque devant eux l'histoire du pauvre Philip.

Sa famille était sa propriété exclusive et, face à des personnes aussi insensibles, elle n'essaierait même pas d'y faire allusion. Elle regrettait en partie d'avoir accepté la proposition incongrue du marquis de Staunton. Pour plusieurs raisons, dont la moindre n'était pas d'être obligée de vivre dans le mensonge. Elle s'efforçait toutefois de se rasséréner à la pensée que, dans peu de temps, elle se féliciterait d'avoir pris cette décision. Elle retrouverait sa famille, et plus personne ne pourrait les séparer.

À la fin du repas, le duc la regarda depuis l'extrémité opposée de la longue table et haussa les sourcils. Charity lui sourit. Dieu qu'il était difficile de continuer de sourire sans se laisser gagner par l'atmosphère oppressante des lieux ! Elle y parvint néanmoins, et se leva, invitant les deux autres femmes à la suivre au salon.

Seule Claudia lui parla. Après lui en avoir dit davantage sur ses deux fils, que Charity avait rencontrés brièvement après le thé, elle lui proposa de leur rendre visite le lendemain dans la résidence de la douairière.

— Évidemment, les invités doivent arriver dans l'après-midi, ajouta-t-elle. Il faudrait donc mieux que vous veniez le matin. À moins que vous n'ayez coutume de vous lever tard, ce dont je doute puisque vous vous occupiez d'éduquer des enfants.

Ces derniers mots furent prononcés sans mépris apparents.

Les invités...

Au cours du dîner, le duc avait évoqué la venue du comte et de la comtesse de Tillden, accompagnés de leur fille. Charity avait été étonnée d'apprendre que des invités étaient attendus alors que le duc était manifestement malade, et que c'était sa santé défaillante qui lui avait fait rappeler le marquis à Enfield Park. Elle supposa que le comte et sa famille étaient des amis intimes, même s'il lui était difficile d'imaginer que le duc de Withingsby pût avoir des amis intimes.

Ce qui était certain, c'était que la présence d'invités rendrait sa position encore plus délicate. Elle n'avait jamais rencontré personne de plus illustre que sir Humphrey Loring, et elle ne possédait aucune toilette susceptible de convenir à une telle société. Elle s'interdit toutefois de céder à l'affolement. Après tout, n'était-ce pas justement le but recherché ? N'avait-elle pas été amenée ici pour être une source d'embarras ?

Alors que les messieurs venaient de les rejoindre dans le grand salon, lady Marianne l'interpella :

— Lady Staunton, auriez-vous l'obligeance de nous jouer quelque chose au pianoforte ? Je ne vous ferai pas l'offense de vous demander si vous savez en jouer. L'enseignement du pianoforte fait partie des devoirs d'une gouvernante.

— Volontiers, répondit Charity en se levant. Il se trouve que j'ai eu le meilleur des professeurs, Marianne. C'est ma mère qui m'a appris à jouer.

Ce pianoforte était un instrument magnifique, que Charity rêvait d'essayer depuis l'heure du thé. Elle s'assit donc et commença à jouer, sans se soucier de ce qui se passait autour d'elle. Le duc demeura debout devant la cheminée. Marianne se mit à bavarder et à rire avec ses frères et sa belle-sœur tandis que lord Twynham s'avachissait sur un des canapés dans l'intention manifeste de faire un petit somme. Le marquis vint se placer derrière elle.

— Magnifique, ma chérie, dit-il lorsque Charity eut terminé le morceau.

Souriant, il lui prit la main et la porta à ses lèvres.

— Vous ne voulez pas jouer un autre morceau ? Pour moi ?

— Pas ce soir, Anthony, répondit-elle en s'inclinant légèrement vers lui, les yeux dans les siens.

Lorsqu'elle avait accepté de se prêter à ce jeu, elle ne s'attendait pas que son rôle aille jusque-là. Elle se sentait presque malhonnête.

Autre chose la préoccupait cependant. Elle se leva, hésita, puis se dirigea vers le duc. Cet homme était très impressionnant – et l'accord conclu avec le marquis ne l'obligeait à rien de plus qu'à être son ombre. Pour autant, elle refusait de se laisser impressionner. Elle glissa donc son bras sous celui du duc, et elle lui sourit quand il la regarda avec une surprise non dissimulée.

— Père, vous ne voulez pas vous asseoir ? Vous semblez très fatigué. Si vous le souhaitez, je peux sonner pour le thé et vous en verser une tasse.

Le duc paraissait vraiment malade et ne semblait tenir debout que par un pur effort de volonté.

— Je vous remercie de votre sollicitude, madame, répliqua-t-il après ce qui lui parut un silence interminable, mais je reste debout par choix. Et je ne bois pas de thé le soir.

— Oh…

Que pouvait-elle dire ou faire à présent, alors qu'elle le tenait toujours par le bras ? Elle hésita, puis :

— Dans ce cas, je vous tiendrai compagnie un petit moment, si vous le voulez bien. Les tableaux dans cette pièce ne représentent que des paysages, enchaîna-t-elle. Y a-t-il des portraits quelque part ? Des portraits des membres de votre famille ?

Tout le monde, autour d'eux, parut retenir son souffle. Sa Grâce répondit :

— Oui, dans la galerie. C'est là que sont accrochés les portraits de famille. Ce sera un plaisir pour moi de vous les montrer demain matin, madame.

— Je vous remercie. J'en serai ravie. Y a-t-il des portraits de vous ? Et de… d'Anthony ?

La manière dont il pinça les lèvres lui rappela encore davantage son mari. Il commença par évoquer un tableau représentant la famille, peint seulement deux ans avant la mort de la duchesse, puis d'autres plus anciens, dont deux œuvres de Van Dyck et une de sir Joshua Reynolds.

Charity remarqua que ses mains soignées, aux doigts effilés, étaient très pâles et que des veines bleuâtres saillaient sous la peau fine. Il n'avait pas menti sur son état de santé pour inciter son fils à rentrer. Charity se sentit triste pour lui. Cet homme était-il capable d'aimer ? Avait-il aimé sa femme ? Aimait-il ses enfants, notamment son fils aîné ?

Puis elle s'obligea à se rappeler qu'elle ne s'intéressait pas à cette famille, qu'elle n'était là que pour jouer un rôle et assurer son avenir avec les siens. Elle voulait avoir le moins de relations possible avec cet homme froid et solitaire, et sa famille si morose. Et avec son fils. Son mari temporaire.

Cette journée avait été tellement étrange et perturbante, elle était heureuse qu'elle touche à sa fin.

8

Réveillé à l'aube, Anthony ne parvenait pas à se rendormir. Il avait pourtant mis un temps fou à trouver le sommeil. Il était resté allongé dans la pénombre, à fixer les contours familiers du ciel de lit. Puis il s'était levé et, debout devant la fenêtre, il avait contemplé la nuit en tambourinant sur la vitre du bout des doigts. Au loin, un rayon de lune se reflétait sur le lac.

Il s'était senti agité et nerveux. Des souvenirs désordonnés de la journée se bousculaient dans son cerveau : le teint gris de son père, la transformation de Charles en grand jeune homme sûr de lui, la beauté épanouie de Claudia, la réserve presque hostile de William, la solennité de la petite Augusta, les manières affectueuses de Marianne à son égard... Et puis sa femme assise derrière la table à thé, sa femme s'entretenant avec William et Twynham lors du dîner, sa femme jouant du pianoforte avec talent et sensibilité, sa femme, le bras passé sous celui du duc, qui souriait à celui-ci et l'obligeait à converser avec elle...

Anthony avait lui-même souri à ce dernier souvenir. Le duc détestait qu'on le touche. S'il ne souriait jamais, on ne lui souriait jamais non plus. Personne n'engageait jamais la conversation avec lui et, évidemment, personne ne l'avait jamais appelé père.

Elle était presque parfaite. Bien mieux que la petite souris dont il avait cru qu'elle ferait l'affaire. En tant que souris, elle aurait juste été méprisée, sans déranger quoi que ce fût à l'atmosphère de la maison. Alors que là, elle provoquait stupeur, malaise et indignation. Il était évident que le duc, si attaché aux convenances, et que la plupart des autres membres de la famille la trouvaient vulgaire. Ce qu'elle n'était pas. Mais dans leur monde, la spontanéité était synonyme de vulgarité. Et cette femme était son épouse, la future duchesse ! Cette pensée devait leur être insupportable.

Toujours debout devant la fenêtre, Anthony avait fini par trouver une raison à son insomnie. Charity était dans la chambre à coucher voisine, séparée de la sienne par leurs deux dressings contigus. Charity était sa femme ; la nuit précédente, ils avaient consommé leur union, et elle s'était donnée à lui avec une passion flatteuse. Non sans surprise, et alors même qu'il ne la considérait pas comme désirable, il avait constaté qu'il aurait été prêt à recommencer.

Après être retourné se coucher, il était resté éveillé encore un moment à se rappeler l'odeur de ses cheveux. C'était étrange qu'une odeur, ou son absence, puisse vous empêcher de dormir. Une odeur de savon, qui plus est ! Il n'avait jamais été sensible aux parfums, même les plus coûteux. Pourtant il se rappelait avoir respiré délibérément le parfum de ses cheveux alors qu'il était en elle. Son plaisir en avait été accru.

Car il y avait eu du plaisir, et non une simple satisfaction physique.

À présent, le sommeil le fuyait de nouveau. Entre les rideaux, il devina que le jour naissant s'annonçait ensoleillé. Les chants des oiseaux se faisaient de plus en plus insistants. C'était un aspect de la vie à la campagne qu'il avait oublié. D'un geste impatient, il rejeta drap et couvertures. Une sortie à cheval dissiperait les miasmes de la nuit et le débarrasserait de cette impression de suffoquer qu'il éprouvait toujours à l'intérieur.

Quelques minutes plus tard cependant, sitôt la porte d'entrée franchie, il s'immobilisa. Sur le terre-plein en contrebas du perron se tenait sa petite souris grise. Elle était levée, habillée, et dehors juste après l'aube ?

— Bonjour, milady, la salua-t-il lorsqu'elle lui jeta un regard par-dessus son épaule.

À l'agacement d'Anthony se mêlait une certaine stupéfaction. Qu'il ait pu rester éveillé une partie de la nuit parce qu'il était travaillé par son désir pour cette créature le choquait. Même ses yeux paraissaient sombres sous le rebord de son chapeau.

— Je n'arrivais pas à dormir, avoua-t-elle. Les oiseaux et le soleil levant conspiraient contre moi. Mais telle que vous me voyez, j'hésitais entre prendre la direction du lac et celle de la colline.

— Vous devriez essayer la colline, suggéra-t-il. Il y a un chemin pittoresque depuis lequel on a plusieurs points de vue panoramiques sur le parc, le domaine et la campagne environnante.

— Je vais donc aller par là.

Anthony frappa sa botte de sa cravache, indécis, puis déclara abruptement :

— Peut-être me permettrez-vous de vous accompagner.

— Bien sûr, acquiesça-t-elle en esquissant un sourire.

Ils se mirent en marche côte à côte, lui, les bras ballants, elle, les mains croisées dans le dos. Elle marchait à grandes enjambées, comme quelqu'un qui a l'habitude de se promener dans la campagne. Sa démarche restait toutefois gracieuse. Quelle vie avait-elle menée auprès de son père ? se demanda Anthony. Depuis quand sa mère était-elle morte ? Était-elle absolument seule au monde ? Son père avait-il été dans l'incapacité d'assurer son avenir, alors même qu'il avait conscience que ses biens reviendraient au plus proche parent mâle de la famille ? Ce parent avait-il refusé de pourvoir à ses besoins ? Regrettait-elle sa maison et sa vie de jeune femme privilégiée ? Y avait-il eu de l'amour dans son foyer ? Et à l'extérieur... Avait-elle dû renoncer à un homme pour devenir gouvernante ?

Lorsqu'elle reprit la parole, Anthony en fut heureux, car il se rendit compte alors de la direction prise par ses pensées. Il ne souhaitait pas ressentir la moindre curiosité à son sujet, ni savoir quoi que ce soit d'elle au-delà de ce qui était indispensable.

— Votre père est vraiment malade, dit-elle. Savez-vous de quoi il souffre et qu'elle est la gravité de son état ?

La veille au soir, Anthony s'était entretenu brièvement avec Marianne.

— C'est son cœur. Il a eu quelques petites attaques ces derniers mois. Le médecin l'a prévenu qu'une autre pouvait lui être fatale. Il lui a conseillé le repos presque complet au lit.

— Je présume que votre père accepte difficilement les conseils.

— C'est sans doute là l'euphémisme de la décennie, répliqua Anthony.

— Peut-être qu'il vous écouterait si vous lui en parliez. Qui sait si ce n'est pas la raison pour laquelle il vous a demandé de revenir ? Il espère peut-être que vous le soulagerez du fardeau que constitue le duché.

Quand Anthony laissa échapper un rire sans joie, elle tourna la tête vers lui.

— Vous l'aimez ? demanda-t-elle.

De nouveau, il eut un rire bref.

— Drôle de question. J'ai rompu tout lien avec lui pendant huit ans. Et durant ces années, je me suis délibérément attaché à faire tout ce qu'il abhorre. J'ai mené une vie dissolue, je me suis investi, avec succès, dans les affaires, j'ai acquis une fortune qui ne repose pas sur la propriété foncière, et je suis devenu…

— Un débauché, acheva-t-elle à sa place comme il hésitait.

— Je me suis libéré, de lui comme de tout le reste. Je suis revenu ici en tant que moi-même, et à mes propres conditions. Non, je ne l'aime pas. Il n'y a rien à aimer chez lui. Et même si ce n'était pas le cas, je suis incapable d'aimer. Vous aviez raison hier lorsque vous souligniez ma ressemblance avec mon père.

— Mais pourquoi vous a-t-il demandé de revenir ? insista-t-elle.

— Parce qu'une fois de plus, il voulait m'imposer sa volonté. Il voulait faire de moi l'homme qu'il avait décidé que je serais dès ma naissance. Celui capable de prolonger une tradition que lui-même a scrupuleusement respectée.

— Peut-être, aussi, pour voir son fils avant de mourir.

— Dites-moi, madame, lisez-vous des romans ? Des bêtises sentimentales ? s'enquit-il avec irritation. Avez-vous en tête une scène touchante autour du lit de mort, où le père et son fils en larmes se réconcilient, entourés par le reste de la famille qui sanglote discrètement ? Où ils s'avouent enfin leur amour ? Où ils se promettent de se retrouver au paradis ? Le livre pourrait s'appeler *Paix et pardon*. Ou *Le Fils prodigue*, encore que ce titre soit déjà pris, je crois.

— Pas dans un roman, répliqua-t-elle. Dans la Bible, milord.

— Ah… touché !

Elle se contenta d'ébaucher un sourire. Anthony en fut dépité. Son silence l'empêchait de donner libre cours à son irritation.

Ils avaient atteint le bosquet de rhododendrons à partir duquel le chemin de gravier commençait à monter. Au virage suivant, ils apercevraient le petit temple grec, après quoi, ils auraient une vue ininterrompue sur la maison et le lac.

Le moment paraissait opportun pour révéler à la jeune femme toute la vérité sur leur mariage.

— Si Sa Grâce m'a convoqué, c'est pour que j'épouse la femme qu'il m'a choisie il y a dix-sept ans.

Il éprouva une satisfaction presque perverse lorsque Charity tourna vivement la tête vers lui.

— Vous vous doutez bien qu'il s'agissait d'une union à caractère dynastique, poursuivit-il. La jeune fille en question est la fille du comte de Tillden, un aristocrate d'ancien lignage, propriétaire de vastes domaines. Un homme aussi imbu de son rang que le duc de Withingsby lui-même.

Elle écarquilla les yeux, qu'il distinguait mieux maintenant, malgré le chapeau.

— Ce sont les visiteurs attendus cet après-midi, articula-t-elle.

— J'étais censé rentrer à Enfield Park, faire une cour très brève à lady Marie Lucas, célébrer officiellement nos fiançailles lors d'un bal donné demain soir, et l'épouser avant la fin de l'été. Il était prévu que je fasse mon devoir en l'engrossant tous les ans durant une vingtaine d'années. Les duchesses de Withingsby sont choisies jeunes, voyez-vous, afin qu'elles aient de nombreuses années de fertilité devant elles. Après tout, ce serait dommage de ne transmettre ce haut et prestigieux lignage qu'à deux ou trois enfants, n'est-ce pas ?

Charity s'était immobilisée et ils étaient à présent face à face.

— Et donc, vous avez passé une annonce pour une gouvernante, et proposé le mariage à la candidate que vous aviez sélectionnée. Quelle splendide plaisanterie, conclut-elle sans paraître le moins du monde amusée.

— C'est effectivement ce que j'ai pensé, répliqua-t-il, les yeux étrécis. Et je le pense toujours. Les invités arriveront cet après-midi, ignorant que ce déplacement était inutile.

Quand elle croisa son regard, Anthony éprouva de nouveau l'envie de reculer. Pourtant il n'en fit rien. Dans ses yeux, il décela quelque chose qui ne lui était pas familier. De la colère ? Du mépris ?

Il arqua un sourcil.

— Je pense, milord, que vous avez été moins qu'honnête avec moi, déclara-t-elle. J'ignorais que je serais utilisée comme l'instrument de votre cruauté. Si je l'avais su, j'aurais sans doute rejeté votre offre.

— De cruauté ?

— Quel âge a cette jeune fille ?

— Dix-sept ans.

— Et elle vient ici pour ses fiançailles. Sauf qu'elle découvrira que vous êtes déjà marié… avec moi. Une femme plus âgée qu'elle, et qui lui est socialement bien inférieure. Vraiment, milord, vous méritez des félicitations. C'était un plan diabolique et il fonctionne remarquablement bien.

Anthony fut piqué au vif par son ironie teintée de mépris, d'autant plus mortifiante qu'elle était énoncée d'un ton mesuré.

— Il me semble, madame, que vous étiez disposée à prendre mon argent, riposta-t-il, et à vous assurer d'être riche votre vie durant. Vous ne m'avez guère interrogé sur ce qui serait attendu de vous lorsque vous seriez ma femme. La seule question qui semblait vous inquiéter, c'était ma capacité à remplir mes engagements financiers à votre égard. Vous avez marchandé pour obtenir davantage que ce que je vous offrais. Vous avez insisté pour qu'une clause supplémentaire prévoie le versement de la rente annuelle si je venais à décéder avant vous. Et vous venez maintenant me prêcher la morale ?

Elle rougit violemment, pourtant elle releva le menton et continua de le regarder droit dans les yeux.

— Je n'ai jamais fait aucune promesse à lady Marie Lucas, ajouta-t-il. Je n'ai jamais eu la moindre intention de l'épouser.

— Il ne vous est pourtant pas venu à l'idée d'écrire à votre père pour le lui expliquer. Pour lui dire avec fermeté que ce mariage ne se ferait pas, et lui demander d'informer le comte de Tillden de votre décision. Au lieu de cela, vous m'avez épousée et amenée ici afin de les embarrasser et de les humilier tous.

— En effet, lâcha-t-il.

Elle avait le don de le faire se sentir coupable et cela l'agaçait prodigieusement. Il n'avait aucune raison de se sentir coupable. Sa vie lui appartenait. Il l'avait affirmé haut et fort huit ans plus tôt, et si le message n'avait pas été reçu à l'époque, il faudrait qu'on en tienne compte désormais.

Elle ouvrit la bouche. Se ravisa, la referma et se remit en marche. Anthony lui emboîta le pas.

— Peut-être que c'est une chance pour elle, au fond, finit-elle par déclarer. La pauvre enfant. Personne ne souhaiterait à une jeune fille innocente de dix-sept ans de se retrouver mariée avec vous.

— Parce que vous êtes, bien sûr, plus apte à me supporter.

— Cela ne devrait pas durer, lui rappela-t-elle. Quand puis-je partir ? Demain ? Une fois que l'humiliation aura été complète ?

— Non. J'aurai encore besoin de vous un moment.

Anthony devait rester à Enfield Park. Certes, une fois la journée écoulée, sa présence ne serait plus indispensable. Il pourrait retourner à Londres et reprendre le cours de sa vie. Sauf que maintenant qu'il était revenu, il savait qu'il ne pourrait pas repartir aussi vite, ou aussi facilement. Son père était malade, probablement mourant. William et Charles étaient ses frères, Marianne et Augusta ses sœurs ; de les avoir revus avait réveillé les souvenirs, et il sentait de nouveau le poids du lien qui les réunissait. Et un jour, peut-être prochainement, il serait à la tête de cette famille.

Il fallait que certaines choses soient réglées avant qu'il reparte et puisse rendre sa liberté à sa femme. Même s'il ne savait pas très bien ce qu'il entendait par « régler certaines choses ».

Ils cheminèrent en silence, jusqu'à ce qu'elle remarque le petit temple grec et s'arrête de nouveau.

— Allez devant, lui conseilla Anthony. La vue est splendide. Il y a même un banc à l'intérieur si vous souhaitez vous asseoir un peu.

Elle fit ce qu'il lui suggérait, sans toutefois s'asseoir. Elle resta un long moment devant la folie, à contempler la maison et le paysage au-delà. Ainsi éclairé par les premiers rayons du soleil, le panorama était exceptionnel.

— Tout cela vous appartiendra…, murmura-t-elle alors.

Elle semblait se parler à elle-même plus qu'à Anthony.

— … et pourtant, vous n'éprouvez pas le besoin de le transmettre à l'un de vos descendants.

Il tourna les yeux vers elle. Elle se tenait très droite, le menton haut, affichant ce maintien digne et fier qu'il avait déjà remarqué. Vêtue différemment, elle aurait tout d'une duchesse. Et vêtue différemment, elle serait belle. Cette pensée ébranla Anthony. Non pas que le vêtement créât la beauté, bien sûr. Il ne faisait que la rehausser. Mais désormais, il connaissait suffisamment son visage pour admettre, à contrecœur, qu'elle était bien plus belle qu'il ne l'avait cru.

Lorsqu'elle s'était rendue à Upper Grosvenor Street pour l'entretien, elle s'était déguisée en personne insignifiante. Seuls ses yeux avaient failli la trahir, raison pour laquelle, sans doute, elle les avait gardés baissés presque tout le temps.

— Vous feriez bien d'espérer que je ne change pas d'avis, répliqua-t-il en l'enveloppant brièvement du regard.

Elle lui jeta un coup d'œil. Et, de nouveau, elle rougit.

— Mais je ne changerai pas d'avis, continua-t-il, malgré l'inquiétante flambée de désir que les paroles et la vue de la jeune femme suscitaient en lui. Ce qui s'est passé entre nous l'autre nuit, bien que très plaisant, était une erreur. Il n'est pas exclu qu'il puisse y avoir des conséquences. Espérons que ce ne sera pas le cas. Et soyez rassurée, je ne vous ferai plus jamais courir le danger de concevoir.

Ses joues étaient encore roses, pourtant elle ne détourna pas les yeux. Au contraire, inclinant la tête de côté, elle le scruta, puis murmura :

— Je crois que vous avez dû aimer très profondément votre mère.

L'espace d'un instant, Anthony fut presque aveuglé par la fureur. Serrant avec force ses mains dans son dos, il s'obligea à prendre quelques inspirations lentes. Dieu merci, il avait sur lui-même un contrôle d'airain.

— Ma mère ne sera pas un sujet de conversation entre nous, milady, dit-il d'un ton neutre. Ni maintenant, ni plus tard, ni jamais. Me suis-je bien fait comprendre ?

Il n'y avait qu'une réponse possible à donner, et pourtant, elle parut considérer sa question.

— Oui, finit-elle par dire. Oui, peut-être.

De la main, il indiqua le chemin.

— Voulez-vous monter plus haut ? Il y a d'autres points de vue, différents quoique tout aussi magnifiques.

Il regrettait de n'être pas allé se promener à cheval. Il aurait été bien mieux inspiré de choisir la solitude.

— Pas ce matin, répondit-elle. Votre père doit me montrer la galerie des portraits après le petit déjeuner. Je ferai en sorte que cela ne dure pas trop longtemps, et après, j'essaierai de le persuader de se reposer.

— Oui, vous pouvez essayer.

— Ensuite, je me rendrai à la résidence de la douairière pour voir Claudia.

Anthony acquiesça d'un bref signe de tête. Qu'elle fasse cela aussi. Qu'elle noue des liens d'amitié avec Claudia et William, et avec tous les autres si elle y parvenait ! Mais ce serait peut-être plus difficile qu'elle ne l'imaginait. Et puis qu'elle se lie aussi avec Tillden et avec lady Marie cet après-midi !

Il aurait dû triompher ce matin, or, elle avait réussi à le mettre de très mauvaise humeur.

— Permettez-moi de vous raccompagner à la maison pour le petit déjeuner, dans ce cas.

Il doutait toutefois que quiconque soit déjà levé.

— Vous voudriez peut-être venir avec moi ? risqua-t-elle alors. À la résidence de la douairière, je veux dire. Vous n'avez guère eu l'occasion de vous entretenir avec votre frère, hier. Et je suppose que vous n'avez pas encore fait la connaissance de vos neveux.

— De mes héritiers après William ? Non, en effet. Malheureusement, j'ai d'autres obligations ce matin.

Il la suivit quand elle contourna le petit temple, et ils redescendirent le sentier en silence.

Toutefois, alors qu'ils approchaient de la maison, Anthony reprit la parole – non sans hésitation, car il n'était pas sûr du tout de vouloir faire ce qu'il s'apprêtait à proposer.

— Je peux peut-être remettre mes obligations à plus tard… et vous accompagner à la résidence de la douairière.

Il avait découvert la veille que c'était dans cette maison que vivaient William, Claudia et leurs deux fils.

— Après tout, poursuivit-il, nous ne sommes mariés que depuis deux jours, nous sommes profondément amoureux, et nous ne souhaitons pas être séparés l'un de l'autre plus qu'il n'est nécessaire.

Anthony lui-même perçut la réticence que trahissait son ton.

Elle le gratifia d'un demi-sourire.

— Et William est votre frère.

Oui, William était son frère. Et, comme Anthony en avait pris conscience la veille, quelques fantômes demandaient à être apaisés.

Le duc de Withingsby était-il incapable d'aimer ? Charity n'en était pas convaincue. Selon elle, il était presque impossible d'être humain et de ne pas pouvoir aimer. Ce qui était certain, c'est que le duc était capable d'éprouver une fierté qui n'était pas loin de ressembler à de l'amour.

Sa Grâce prenait son petit déjeuner lorsque son mari et elle étaient entrés dans la salle à manger, après leur marche matinale. Il s'était levé et avait salué Charity avec courtoisie, tout en jetant un regard dédaigneux à sa robe terne et à ses cheveux attachés en un chignon tout simple – s'étant levée très tôt, elle s'était coiffée seule.

Le duc l'avait ensuite conduite dans la galerie des portraits, qui s'étendait sur toute la largeur de la maison. Il lui avait montré les portraits des ancêtres de la famille, avait évoqué quelques-unes des personnes représentées et les artistes qui les avaient peints. Il s'exprimait non seulement avec fierté, mais avec une chaleur que Charity ne lui avait pas encore vue.

— Les personnes que Van Dyck a peintes se ressemblent toutes, fit-elle remarquer en s'approchant d'un tableau où figurait une famille. Il ne s'agit pas seulement des barbes taillées en pointe, des moustaches relevées et des boucles qui étaient à la mode à cette époque. Il y a quelque chose dans la forme du visage, des yeux… et dans ces épaules tombantes. Ses tableaux sont reconnaissables entre tous.

— Et pourtant, vous conviendrez, madame, que le duc de Withingsby ici représenté ressemble remarquablement à votre mari.

— Et à vous, père, observa-t-elle en souriant. Mais il est vrai que je ne crois pas avoir jamais vu un père et un fils se ressembler autant.

« Ni s'aimer et se haïr autant », ajouta-t-elle à part soi. Et elle ne pensait pas se tromper.

— Ce terrier...

De sa canne, le duc désignait le petit chien qu'un jeune garçon frisé, vêtu de satin, tenait dans ses bras.

— ... est connu pour avoir sauvé la vie de son jeune maître lorsque celui-ci est tombé dans une rivière et que sa tête a heurté une pierre. Le chien n'a pas cessé d'aboyer jusqu'à ce qu'on vienne le secourir.

— Et qui est ce garçon qui le tient dans ses bras ? s'enquit-elle en s'approchant pour examiner l'enfant et le chien.

— L'héritier du duc. Mon ancêtre.

— Ainsi, dit Charity en se tournant vers lui, vous aussi, vous devez votre vie à ce petit chien.

— Et vous lui devez votre mari, répliqua-t-il en haussant les sourcils.

— En effet.

Charity se sentit rougir sans s'en expliquer la raison. Puis elle réalisa qu'elle rougissait parce qu'elle mentait au duc, parce que, même si elle était vraiment mariée à son fils, elle n'était pas vraiment sa femme. Elle ne souhaitait pas tromper quiconque. Il aurait été infiniment préférable que son mari vienne seul à Enfield Park pour affronter Sa Grâce, pour affirmer sa détermination à vivre comme il l'entendait et à choisir lui-même son épouse le moment venu.

Tous les deux continuèrent d'avancer de tableau en tableau, et s'arrêtèrent devant le plus récent. Charity le contempla en silence.

Sa Grâce paraissait bien plus jeune. Avec ses cheveux très noirs, son visage resplendissant de santé, il ressemblait encore davantage à son fils. Le marquis de Staunton, beau jeune homme fier, se tenait à côté de lui. L'autre jeune homme devait être lord William. L'âge n'était pas la seule chose qui le différenciait de l'homme que Charity avait rencontré la veille. Sur ce tableau, il paraissait gai et insouciant. Marianne, elle, n'avait que peu changé. L'enfant sérieux devait être Charles. Personne ne souriait devant le peintre, même si William paraissait s'esclaffer intérieurement.

— Elle devait être belle, murmura Charity.

Elle faisait allusion à la duchesse, assise à côté de son mari, et qui semblait la regarder droit dans les yeux. Quoique moins remarquable que les autres membres de la famille, étrangement, elle apparaissait comme le point central du tableau. Elle attirait le regard davantage que l'enfant, que le duc hautain et que son héritier orgueilleux. À l'évidence, le peintre avait été fasciné par la duchesse. Et s'il avait sans doute estompé les signes d'une beauté qui se fanait, il n'avait pas effacé la tristesse de son regard.

— C'était la plus belle femme de son temps, déclara le duc d'un ton guindé.

Était-ce pour cela qu'il l'avait épousée ? Pour sa beauté ? L'avait-il aimée ? La duchesse lui avait donné treize enfants – ce qui ne prouvait rien. Cette femme était la mère d'Anthony... et demeurait encore pour lui un sujet extrêmement sensible. Au point qu'il était devenu glacial lorsque Charity avait suggéré qu'il devait l'avoir profondément aimée.

— Sa Grâce était la fille aînée d'un duc, poursuivit-il. Elle avait été élevée dès le berceau pour devenir ma femme. Elle a accompli son devoir jusqu'à son dernier jour.

En donnant naissance à Augusta. Cette pensée arracha un frisson à Charity. Le duc l'avait-il aimée ? se demanda-t-elle de nouveau. Et, peut-être plus important, l'avait-elle aimé ?

« Elle a accompli son devoir... »

« Je suis la fille d'un gentleman, aurait voulu pouvoir dire Charity. Et j'ai été élevée pour devenir la femme d'un gentleman. Moi aussi, je connais mon devoir et je m'en acquitterai jusqu'au jour de ma mort. »

Sauf que c'était faux. Deux jours plus tôt, elle s'était mariée en faisant toutes sortes de promesses qui ne seraient jamais tenues. Elle s'était livrée à un simulacre de mariage pour de l'argent. Son mari avait bien fait de le lui rappeler, ce matin, alors qu'elle se scandalisait en découvrant la raison pour laquelle il l'avait épousée avec une telle hâte, et amenée ici. Au sentiment de culpabilité de Charity se mêlait une certaine surprise. Pourquoi était-elle à ce point sur la défensive, et si désireuse de se justifier auprès de cet homme sévère qui ne souriait jamais et paraissait n'avoir inspiré aucun amour à ses enfants ?

— Père, dit-elle en lui prenant le bras, vous êtes resté debout assez longtemps. Je vous suis sincèrement reconnaissante de m'avoir présenté votre famille à travers ces portraits. Mais laissez-moi vous accompagner là où vous pourrez vous reposer.

— Je suppose que Staunton n'a même pas proposé de vous vêtir comme l'exige votre nouvelle condition.

Cette réflexion la laissa un instant coite. Elle savait que sa robe était affreuse. Elle aurait dû se changer pour le petit déjeuner, et plus encore pour la visite de la galerie. Malheureusement, elle n'avait guère le choix en matière de toilettes.

— Nous nous sommes mariés à la hâte, père, argua-t-elle. Anthony voulait venir ici sans tarder car votre santé l'inquiétait. Nous n'avions pas le temps de faire des achats, et je ne lui en ai pas voulu. Les vêtements n'ont guère d'importance.

— Détrompez-vous, l'apparence est d'une importance extrême, surtout pour une femme du rang qui est désormais le vôtre. Vous êtes la marquise de Staunton, madame. Vous vous êtes mariés à la hâte, bien sûr. Je me demande toutefois si vous savez pour quelle raison Staunton vous a épousée. Êtes-vous naïve au point d'imaginer que les regards langoureux, les baisers sur la main et les activités qui se sont certainement déroulées dans votre chambre cette nuit sont la preuve que vous êtes aimée, madame ? Si vous caressez des rêves d'amour et de félicité éternels, vous allez être cruellement déçue.

Charity déglutit avec peine. Elle s'efforça de répliquer posément, et aussi fermement que possible.

— Je crois, père, qu'il nous appartient, à Anthony et à moi, de déterminer ce qu'est notre mariage et le degré d'amour qu'il comporte.

— En ce cas, vous êtes une sotte. Il n'y a pas de « nous » dans un mariage tel que le vôtre. Uniquement Staunton. Vous êtes une épouse, une possession, dont le rang suffisamment médiocre est destiné à me prouver à quel point il me méprise, moi et tout ce que je représente. Il vous fera des enfants afin de me jeter au visage, et à celui de la société tout entière, l'infériorité de leur ascendance maternelle.

Charity lui tenait toujours le bras. La tête lui tournait presque tant elle était blessée. Mais c'était ainsi qu'elle avait choisi de gagner de l'argent. Pour Philip. Pour Penny. Pour les enfants. Quoi qu'il lui en coûtât, elle ne devait pas perdre de vue son objectif. Elle se félicitait plus que jamais d'avoir pris la précaution de se déclarer enfant unique.

— Vous sentez-vous méprisé, père ? Êtes-vous blessé par le mariage d'Anthony avec moi ?

Il ne répondit pas tout de suite. Puis il articula lentement :

— Si je le suis, madame, Staunton n'aura jamais la satisfaction de le savoir. Vous verrez que, de mon côté, je ne suis pas sans ressources. La plupart des jeux sont conçus pour plus d'un joueur, voyez-vous. Et ils ne sont vraiment intéressants que si les participants jouent avec une habileté et un enthousiasme identiques. Oui, vous avez raison, ma chère, je me sens fatigué. Vous pouvez m'aider à gagner la bibliothèque, et sonner pour que l'on m'apporte un rafraîchissement. Vous pouvez aussi me lire les journaux du matin. Vous avez promis à lady William d'aller la voir, n'est-ce pas ? Eh bien, je vous libérerai au bout d'une heure. Pas avant. Mon fils m'est revenu hier en m'amenant une belle-fille. Il est de mon devoir d'apprendre à la connaître. Et je ne serais pas surpris de découvrir qu'elle m'est devenue très chère.

Sa voix était glaciale, son regard aussi. Nul besoin d'être un génie pour deviner à quel jeu Sa Grâce avait décidé de jouer. Si Charity savait depuis le début qu'elle servirait de pion, elle n'avait pas anticipé l'étendue du rôle qu'on lui réservait.

Et sans doute méritait-elle chaque expérience désagréable déjà survenue. Ainsi que celles encore à venir.

9

Anthony n'envisageait pas le reste de la journée avec plaisir. Il n'éprouvait pas non plus de plaisir à cet instant précis. Il est vrai que ce n'était pas du plaisir qu'il avait espéré, mais un agréable sentiment de triomphe. Or, si celui-ci était bien présent, sa femme l'avait considérablement atténué lors de leur promenade matinale en lui reprochant sa cruauté. Cruauté à l'égard d'une jeune fille qu'il ne se rappelait que vaguement comme une enfant maladroite jouant avec Charles.

S'il était venu seul, Anthony se serait probablement résigné à épouser lady Marie Lucas. Même après ses huit années d'indépendance, et la conviction désormais acquise de s'être libéré de son père, il aurait trouvé extrêmement difficile de se soustraire à ces fiançailles prévues de longue date.

Il ne se considérait pas comme un homme cruel. Il souhaitait simplement qu'on le laisse vivre sa vie à sa guise. Or, lorsqu'on était l'héritier d'un duché, on ne s'appartenait pas, sauf à prendre des mesures extrêmes pour affirmer son indépendance.

Anthony marchait au côté de sa femme en direction de la résidence de la douairière. Il n'avait pas eu l'occasion de s'interroger sur les sentiments que lui inspirait cette visite chez Claudia. Ou plutôt, il avait refusé de s'interroger. William serait-il présent ? Allait-on l'obliger à rencontrer les enfants ?

— Vous êtes allé au village tout à l'heure ? s'enquit sa femme.

— Oui. Je voulais m'entretenir avec le médecin de Sa Grâce. On l'a fait venir de Londres soi-disant pour s'occuper de sa santé, mais l'homme n'a cessé de se plaindre qu'on ne tenait aucun compte de ses conseils et de ses avis.

— Votre père est malade, c'est évident. Il se fatigue vite.

— Il est mourant. Le problème vient effectivement de son cœur, qui est très faible. Il peut le lâcher à tout instant, ou continuer à battre encore cinq ans. Le duc refuse pourtant de se reposer et de confier la gestion du domaine à un intendant, comme on l'y a incité.

Ils s'étaient engagés sur le pont palladien et, sans se concerter, ils s'arrêtèrent pour contempler la rivière.

— Dans ce cas, nous devons le persuader que c'est dans son intérêt, dit-elle.

Nous ? Anthony tourna la tête et haussa les sourcils.

— *Nous* devons ?

Charity lui fit face.

— Il vous a rappelé à la maison. Pour un homme aussi orgueilleux, faire le premier pas a dû être difficile. Il veut mettre ses affaires en ordre. Il voulait vous voir marié à la femme de son choix, et vous remettre les rênes d'Enfield Park afin de se reposer en étant certain que, lorsqu'il disparaîtrait, l'avenir du duché serait assuré.

— Ce qu'il voulait, c'était exercer de nouveau son pouvoir, rectifia Anthony.

— Appelez cela comme vous voudrez. Il n'empêche que vous êtes venu – oh, selon vos propres conditions, comme vous ne cessez de le répéter ! Mais rien ne vous y obligeait. Vous étiez indépendant et vous aviez votre propre fortune. Vous étiez parti dans l'intention de ne jamais revenir, et pourtant, vous êtes là. Vous avez même pris l'extraordinaire décision d'épouser une inconnue juste avant votre retour.

Seigneur, elle était vraiment exaspérante ! Ce devait être la gouvernante en elle.

— Qu'essayez-vous de me dire, milady ?

— Que vous n'avez jamais réussi à couper les liens. Que vous aimez toujours votre père.

— Toujours ? s'exclama Anthony. Toujours ? Vos capacités d'observation sont défectueuses, permettez-moi de vous le dire. Vous n'avez donc pas remarqué qu'il n'y a aucun amour dans cette famille ? Ni chez votre mari ? Avec votre sensibilité de femme, vous voyez uniquement ce que vous souhaitez voir.

— Et il vous aime toujours, insista-t-elle.

D'un geste impatient, Anthony lui fit signe de se remettre en marche. Ni l'un ni l'autre n'était d'humeur à apprécier la vue si pittoresque.

— Vous pouvez rendre ses derniers jours sereins, continua-t-elle. Et, ce faisant, peut-être faire la paix avec vous-même. Il vous faudra affronter la rencontre embarrassante de cet après-midi et, évidemment, renoncer à l'alliance prestigieuse que votre père espérait. Mais tout peut encore s'arranger. Vous pourriez rester ici si rien d'impératif ne vous appelle à Londres. Et, qui sait, votre père en arrivera peut-être à m'accepter, voire à m'aimer un peu.

Il y avait tant à dire sur ce petit discours qu'Anthony en resta un instant sans voix.

— Sa Grâce en arrivera peut-être à vous aimer un peu ? articula-t-il finalement.

Cette femme souffrait-elle d'hallucinations, en plus du reste ?

— Il m'a montré la galerie et, bien sûr, cela l'a fatigué. Il m'a permis de l'aider à descendre dans la bibliothèque, d'installer un tabouret sous ses pieds et un coussin derrière sa tête. Il m'a demandé de lui lire le journal et m'a dit qu'il me renverrait au bout d'une heure, uniquement parce que j'avais promis à Claudia d'aller la voir.

Le diable l'emporte ! De nouveau, les mots manquèrent à Anthony. Déjà, elle enchaînait :

— Je sais que vous êtes venu ici pour exercer une petite revanche, milord, mais vous pouvez rester pour une raison plus noble. Nous pouvons le rendre heureux.

— *Nous !*

Il aurait éclaté de rire à la pensée du duc de Withingsby heureux s'il n'avait été en proie à une fureur presque irrépressible.

— Je crois, milady, que vous oubliez un détail. Sa Grâce peut vivre encore cinq ans et, sait-on jamais, peut-être davantage. *Nous* pourrions le rendre heureux durant tout ce temps ? Et comment, je vous prie ? En lui prouvant que ce mariage est béni des dieux ? En lui offrant une tripotée de petits-enfants ? Êtes-vous certaine de vouloir élargir notre arrangement de manière à y inclure une durée aussi longue et un grand nombre de... disons, d'activités physiques ?

Enfin, il l'avait réduite au silence. Et, comme il s'y attendait, elle avait rougi. Une idée lui vint soudain à l'esprit. Elle n'avait pas de famille ni, apparemment, d'amis. Personne. Comment savoir si elle n'avait pas établi un plan et...

Anthony lui coula un regard de biais.

— C'est peut-être ce que vous espérez. Vous aimeriez imiter ma mère avec dix-sept grossesses au cours des vingt prochaines années. Je pourrais me laisser persuader d'accéder à votre souhait. Ma participation à une telle entreprise serait légère, après tout. Et en aucun cas désagréable.

— Je serais bien sotte de souhaiter avoir des relations prolongées avec vous, milord, répliqua-t-elle d'un ton uni. Vous n'êtes pas un homme agréable. Si je supporte tout cela, c'est parce que je veux croire que derrière votre regard si soigneusement impénétrable, il y a une personne qui serait peut-être aimable si seulement elle consentait à se montrer. Aimable au sens de « digne d'être aimée ». En outre, une famille nombreuse n'a rien d'horrible. Cela arrive. La souffrance épouvantable de perdre des enfants à la naissance ou dans leur prime jeunesse peut être surmontée lorsqu'on est aimé et entouré par une grande famille.

— C'est quelque chose que vous connaissez bien, évidemment.

Anthony perçut le sarcasme dans sa voix à l'instant où il vit les larmes dans ses yeux. Elle n'avait personne. Ses parents étaient morts, et elle n'avait que vingt-trois ans.

— Je vous demande pardon, reprit-il avec raideur. Je vous en prie, pardonnez-moi. J'ai parlé sans réfléchir, et je vous ai blessée.

Lorsqu'elle le regarda, ses yeux étaient encore brillants de larmes. Comment avait-il pu se convaincre que cette jeune femme était quelconque ? Dieu merci, l'irritation l'empêcha d'éprouver davantage de gêne. Enfer et damnation, il commençait à la considérer comme une personne ! Une personne dotée de sentiments. Or, il ne voulait pas avoir à affronter les sentiments de quiconque. Bon sang, quand, pour la dernière fois, avait-il présenté des excuses ? Ou s'était-il senti à ce point dans son tort ?

— Vous avez un père, répliqua-t-elle, ainsi que des frères, des sœurs, des neveux et des nièces. Ils sont tous ici avec vous pour le moment. Peut-être que demain ou le mois prochain ou l'année prochaine, ils seront tous partis. Peut-être que vous en serez séparés et qu'il ne vous sera pas facile, ni même possible, de les revoir. L'orgueil et je ne sais quoi d'autre vous ont tenu éloigné d'eux pendant huit ans. Une nouvelle chance vous est offerte. Or, les chances qu'offre la vie ne sont pas illimitées.

Que le diable l'emporte, il avait épousé une prêcheuse ! Et elle avait de grands yeux bleus émouvants dans lesquels il pourrait tomber la tête la première et se noyer s'il n'y prenait garde.

Ses pensées tournèrent court quand une avalanche de feuilles s'abattit brusquement sur son chapeau et sur son visage. Il entendit l'exclamation de surprise de Charity, et devina qu'elle aussi tentait de repousser l'averse de feuilles. Puis il surprit des gloussements étouffés.

Eh bien... William et lui avaient fait la même chose autrefois, quoique avec des graviers, ce qui leur avait valu une belle correction de la part du jardinier en chef. Qui les avait ensuite consolés en leur promettant de ne pas rapporter l'incident à Sa Grâce.

Charity leva la tête.

— Ce doit être l'automne, déclara-t-elle d'une voix forte en affichant une surprise exagérée. Je crois, milord, que, si vous frappiez les branches les plus basses de votre canne, il pleuvrait davantage de feuilles.

Il y eut de nouveaux gloussements, plus difficilement contenus.

— Ce n'est pas l'automne, milady, c'est l'œuvre de lutins. Si je donne des coups de canne, ils risquent de tomber de l'arbre et de se fendre le crâne. Peut-être devrais-je leur laisser une chance de descendre tout seuls.

Les gloussements se transformèrent en éclats de rire et un petit garçon dégringola sur l'allée, devant eux. Il était sale, débraillé et rose de plaisir.

— On vous a vue arriver, tante Charity, et on s'est mis en embuscade ! s'écria-t-il.

— Et nous avons marché tout droit dans votre piège, constata-t-elle avant de lever de nouveau les yeux. Tu es coincé, Harry ?

Harry était coincé. S'il était suffisamment intrépide pour grimper aux arbres, il ne savait pas en redescendre. Ce fut du moins ce que son frère prétendit. Anthony tendit donc les bras pour récupérer le petit garçon, à peu près aussi sale que le premier, et le déposer sur le sol. Il était blond aux yeux verts, et très jeune. Sans doute ressemblait-il tout à fait au fils qu'il aurait pu avoir s'il s'était marié…

— Vous pouvez saluer votre oncle Anthony, dit Charity. Ces deux lutins sont Anthony et Harry, milord.

— On m'a appelé comme vous, milord, expliqua l'aîné des garçons. C'est papa qui me l'a dit.

Anthony n'était pas au courant. Ainsi, c'étaient là les enfants de William et de Claudia.

— Je vais prévenir maman que vous arrivez, dit Anthony avant de s'élancer vers la maison.

— Et moi, je vais prévenir papa. Tu vas pas le dire en premier !

Harry se rua derrière son frère. Il ne le rattraperait pas, bien sûr. Les petits frères restaient toujours derrière. Jusqu'à ce qu'ils grandissent et deviennent capables d'user de ruse et de tromperie.

Donc, William devait être à la maison.

— Nous ne sommes pas loin de la résidence de la douairière, apparemment, observa sa femme en lui souriant.

— En effet, confirma Anthony. Prenez mon bras. Nous sommes censés être amoureux, après tout.

— Dans ce cas, vous devez sourire, lui rappela-t-elle.

— Je sourirai, promit Anthony à contrecœur.

Son mari ne se contenta pas de sourire. Alors qu'ils approchaient de la maison, il glissa le bras autour de la taille de Charity et l'attira à lui.

Il était tendu, réalisa-t-elle. Claudia et William, qui étaient sortis de la maison pour les accueillir, ne paraissaient pas plus détendus. Mais au moins, ils souriaient. Tout le monde souriait.

Précédant leurs parents, les garçons se précipitèrent vers eux.

— Bonjour, Charity, la salua Claudia. Je suis tellement heureuse que vous soyez venue. Et vous avez amené Anthony. C'est merveilleux.

— Bonjour, mada..., commença William, avant de se reprendre, l'air embarrassé : Je veux dire, bonjour, Charity. Bienvenue chez nous.

Il y avait quelque chose dans l'atmosphère... Quelque chose de très puissant, devina Charity. Ce n'était pas uniquement lié au fait que le marquis les avait offensés en les abandonnant huit ans plus tôt. William et Claudia s'étaient mariés un mois avant son départ. Un mois, aussi, avant la naissance d'Augusta et la mort de la duchesse. Claudia était très belle. William et son frère aîné étaient très proches en âge. Son mari avait-il aimé Claudia, lui aussi ?

— Merci, dit-elle. Cette maison est splendide. En vérité, quand nous sommes arrivés, hier, je l'ai prise pour Enfield Park. Je l'avoue, j'étais vraiment très impressionnée.

Tous s'esclaffèrent de bon cœur. Tous ! C'était la première fois qu'elle entendait le rire de son mari. Quand il baissa sur elle un regard aussi chaleureux que tendre, elle songea qu'il aurait pu se produire sur une scène de théâtre.

— Vous avez omis de me le dire, mon ange, s'étonna-t-il.

— Vous vous seriez moqué de moi, et je ne supporte pas que l'on se moque de moi. Du reste, je ne pouvais pas parler car je m'efforçais de garder les dents serrées pour les empêcher de claquer. Vous n'imaginez pas à quel point j'étais nerveuse.

— Alors que j'étais à vos côtés ?

L'estomac de Charity fit une étrange cabriole. Au théâtre, le marquis aurait eu douze rappels à chaque représentation.

— Vous étiez tout aussi nerveux que moi, admettez-le, Anthony.

Tournant les yeux vers les deux autres adultes, Charity leur sourit.

— Mais l'épreuve d'hier est derrière nous, enchaîna-t-elle, et nous pouvons désormais nous détendre en agréable compagnie. Jusqu'à cet après-midi en tout cas. Anthony et Harry nous avaient préparé une très habile embuscade. Nous avons reçu une averse de feuilles, si soudaine que nous n'avions aucune chance de l'éviter.

— Je ne demanderai pas s'ils étaient perchés dans un arbre, dit William d'un ton ironique. Une règle très stricte dans cette famille stipule qu'on ne doit pas grimper dans un arbre s'il n'y a pas d'adulte en vue.

— Il y avait un adulte en vue, intervint son frère. Et même deux. Aucune loi n'a donc été enfreinte.

— Oncle Anthony a dû aider Harry à redescendre, dit Anthony.

— D'où la règle, répliqua son père. Harry ne trouverait pas très drôle de passer une journée entière dans un arbre, je suppose.

Si cet échange plaisant et inoffensif avait permis de détendre l'atmosphère, les préliminaires étaient manifestement terminés.

Claudia glissa son bras sous celui de Charity.

— Venez à l'intérieur. J'ai l'intention de vous soumettre à la tentation. Cela dit, nous devrions peut-être consulter Anthony au préalable. Sachez que nous n'allons jamais à Londres, ce dont je ne me plains pas du tout. Cependant, j'aime suivre la mode et William apprécie que je sois bien habillée – c'est du moins ce qu'il prétend lorsque je lui tords le bras avec assez de force. En conséquence, deux fois par an, il fait venir une couturière de Londres avec ses deux ouvrières. Elles sont ici en ce moment, et je fais mon possible pour ne pas ruiner William. Bref, il m'est venu à l'esprit que, comme vous vous étiez mariés à la hâte, vous n'aviez pas eu le temps d'acheter un trousseau, et que vous souhaiteriez peut-être bénéficier de leurs services, vous aussi.

— Oh..., murmura Charity en rougissant.

Elle n'osait regarder son mari. La modestie de sa mise était certes délibérée, mais avait-il encore quelque chose à prouver ?

— Mon faux pas va donc m'être pardonné ? déclara alors Anthony. J'étais si épris, si pressé de me marier que j'ai oublié que j'amenais ma femme à Enfield Park alors qu'elle sortait directement de sa salle de classe. Ce n'est pas une excuse, je suppose, si je dis qu'à mes yeux, Charity serait aussi belle habillée d'un sac ? Sa Grâce ne serait pas d'accord, toutefois. Voulez-vous vous faire confectionner de nouvelles toilettes, ma chérie ?

Pour toutes les occasions imaginables ? En aussi grand nombre que vous le souhaitez ?

Pauvre Anthony. On ne lui laissait guère le choix. Charity ne put s'empêcher de lui adresser un sourire espiègle.

— Vous risquez de vous repentir de me donner carte blanche, l'avertit-elle.

— Jamais.

Il lui rendit son sourire et inclina la tête vers elle. L'espace d'un instant, elle crut qu'il allait l'embrasser.

— Il vous faut quelque chose de particulier pour le bal de demain soir, précisa-t-il.

Le bal qui aurait dû célébrer ses fiançailles avec la fille du comte de Tillden ? Il aurait lieu malgré tout ? Sans doute était-ce inévitable car, bien sûr, les invitations avaient été lancées. Et elle y assisterait en tant que marquise de Staunton ? Charity n'aurait su dire si la faiblesse soudaine de ses genoux était due à la terreur ou à l'excitation.

— Magnifique ! s'exclama Claudia. Venez, Charity, nous allons laisser William et Anthony refaire connaissance – et surveiller les garçons puisque leur nourrice est en congé ce matin. Avez-vous jamais vu de pareils vauriens ? Cela étant, dans la maison, je tiens à ce que l'on permette aux enfants de se conduire en enfants. Et William me soutient.

Avant qu'elles s'éloignent, Charity ne put s'empêcher de remarquer que les deux hommes paraissaient très mal à l'aise à l'idée de se retrouver en tête à tête. Que diable s'était-il passé entre eux ? Cela avait-il un rapport avec Claudia ?

Elle oublia toutefois ses interrogations tandis que Claudia l'entraînait à l'intérieur. Il aurait fallu être de marbre pour ne pas être excitée à la pensée des vêtements qu'elle allait pouvoir commander. Pas juste une nouvelle robe, mais des robes pour chaque occasion. Autant qu'elle en voulait. Et une robe de bal ! Il y avait de quoi avoir le vertige.

Anthony et William demeurèrent silencieux alors que leurs femmes gagnaient la maison bras dessus bras dessous. Les enfants couraient sur les sentiers qui séparaient les massifs, les bras écartés. Ils étaient des voiliers poussés par le vent.

Anthony croisa enfin le regard de son frère. Ce fut un moment fort embarrassant, néanmoins il s'interdit de détourner les yeux le premier – ou de prendre la parole.

— Charity semble très… gentille, finit par déclarer William.

— Elle l'est, en effet.

— Je craignais que lady Marie ne te convienne pas. Je suis heureux que tu nous aies pris au dépourvu et que, finalement, tu te sois marié par amour, Anthony.

— Vraiment ? rétorqua-t-il, le regard froid. Tu as changé d'avis, alors.

— J'avais espéré qu'après huit ans, cette histoire serait derrière nous, soupira son frère. Ce n'est donc pas le cas ?

— Tu t'es un jour élevé, et avec la plus grande véhémence, contre le fait que je fasse un mariage d'amour et que j'épouse quelqu'un de condition inférieure.

— Une fuite aurait été désastreuse. Or, c'était la seule issue possible. Sa Grâce ne t'aurait jamais pardonné.

— En conséquence, tu t'es montré un frère très attentionné, répliqua Anthony avec un sourire sarcastique. Tu m'as sauvé à la fois de moi-même et de la colère de notre père. En épousant ma future femme.

— Claudia n'était pas ta future femme !

— Et lorsque je t'ai provoqué en duel, tu as couru te mettre sous la protection du duc. Je suis heureux que mon mariage d'amour rencontre ton approbation. Ton opinion compte beaucoup pour moi.

— Tu n'avais plus l'esprit clair, rétorqua William. Tu étais fou d'inquiétude au sujet de mère et...

— Laisse notre mère en dehors de cela, le coupa Anthony d'un ton sec.

— Mère était au centre du problème.

— Laisse-la en dehors de cela, martela Anthony.

William détourna les yeux et regarda ses fils qui, ayant perdu le contrôle de leur navire à cause de la tempête, dérivaient dans un parterre de fleurs interdit. En temps ordinaire, il les aurait réprimandés. Il s'en abstint.

— Viens voir les écuries, proposa-t-il. J'ai quelques chevaux dont je suis plutôt fier...

Il appela les garçons, qui les précédèrent en courant, tempêtes et voiliers oubliés.

— On ne peut pas dire que j'ai été ravi en apprenant ton retour, je l'avoue, reprit-il. Le temps n'avait fait qu'aggraver ce que la situation avait d'embarrassante. Pour autant, il fallait bien que l'on se revoie un jour ou l'autre. Sa Grâce ne survivra pas à une attaque aussi sévère que la dernière, je le crains. Ne pouvons-nous pas mettre le passé derrière nous, Anthony ? S'il y a des choses dont je ne suis pas fier, je ne regrette rien. Je suis heureux avec Claudia, plus qu'heureux, même. Tu n'éprouves plus de... de sentiments pour elle, n'est-ce pas ?

— J'aime ma femme, déclara Anthony.

— Oui, bien sûr. Tout a bien tourné, finalement, non ?

— Admirablement. Les écuries d'Enfield Park étaient loin d'être aussi bien entretenues, autrefois.

William hocha la tête. S'arrêtant sur le seuil, il jeta un coup d'œil autour d'eux pour s'assurer qu'ils étaient seuls.

— Nous sommes amis, Anthony ? À mes yeux, il n'y a personne dont l'opinion compte davantage que la tienne.

— Tu aurais peut-être dû y penser avant de te ranger au côté de Sa Grâce contre la femme que j'avais choisie, uniquement pour pouvoir me la voler.

— Bonté divine ! s'emporta William, Claudia n'est-elle donc qu'un objet ? Une possession que l'on se dispute ? Il fallait son consentement, non ? Il fallait qu'elle dise oui, qu'elle dise « je le veux » lors de la cérémonie nuptiale ! Et elle l'a dit sans que personne pointe un pistolet sur sa tempe. Elle m'a épousé. Il ne t'est jamais venu à l'esprit qu'elle m'aimait ? Je suis toujours passé après toi, Anthony. Tu étais systématiquement meilleur en ceci ou en cela, tu étais plus beau, plus intelligent, plus athlétique et, bien sûr, tu étais l'héritier. Je ne t'en ai jamais voulu. Tu étais mon frère aîné, mon héros. Il t'était vraiment impossible d'imaginer que, dans un domaine au moins, je l'emportais sur toi ? C'est moi que Claudia aimait !

Anthony se figea. Les narines palpitantes, les poings serrés, il luttait pour maîtriser sa colère.

— Cela n'a plus aucune importance, désormais, rétorqua-t-il. Vous êtes mariés depuis huit ans, et vous avez deux enfants. Je viens d'épouser la femme que j'ai choisie. Nous oublierons le passé et serons de nouveau des frères si c'est ce que tu souhaites. Je le souhaite, moi aussi.

Maudite soit sa femme avec ses prêchi-prêcha sur l'amour familial et les secondes chances ! Lui, Anthony, était en train de pardonner au frère qui l'avait trahi ?

Leurs regards se croisèrent de nouveau, hostiles et méfiants.

William fut le premier à tendre la main. Anthony regarda celle-ci, puis s'en empara.

— Nous sommes frères, déclara William.

Dieu merci, avant que l'instant redevienne embarrassant, ses fils jaillirent d'une stalle en clamant qu'il voulait montrer leurs poneys à leur oncle. Ensuite, ils voulurent que leur oncle les voie monter lesdits poneys. Une fois en selle, ils firent la démonstration qu'en dépit de leur jeune âge, ils avaient reçu un entraînement attentif et soigneux.

William adorait ses fils, cela crevait les yeux. Son expression tandis qu'il les regardait était un mélange de fierté, d'amusement et d'affection. Ce qui ne l'empêcha pas de froncer les sourcils et de rappeler sévèrement à l'ordre son aîné lorsqu'il commença à faire le malin, au risque de désorienter sa monture. William n'avait pas mis ses pas dans ceux de leur père. Il est vrai qu'il avait toujours été moins sensible à l'atmosphère pesante d'Enfield Park que les autres. En cela aussi, il avait été meilleur qu'Anthony.

William s'était-il vraiment senti à ce point inférieur à lui ?

Avait-il vraiment conquis Claudia ?

Elle ne l'avait donc pas épousé par dépit ou par résignation, après qu'il était devenu évident qu'elle ne pourrait pas avoir l'homme de son choix – lui-même – parce qu'elle n'était que la fille d'un baronnet ?

S'était-elle mariée par amour ?

Cette hypothèse était si nouvelle pour Anthony qu'il n'osait envisager la possibilité, ô combien humiliante, qu'elle se révèle fondée.

10

— Vous êtes furieux contre moi, j'imagine. Est-ce la raison pour laquelle vous marchez à grands pas, l'air renfrogné et morose ?

À Enfield Park, beaucoup trop de gens affichaient cet air-là, et Charity ne se laisserait pas contaminer. Pas plus qu'elle ne resterait à l'écart en observatrice timide – ce qu'elle n'avait pas vraiment été, au demeurant. Elle avait passé une heure et demie délicieuse en compagnie de Claudia et de Mme Colette, dont l'accent français se teintait de temps à autre d'un soupçon pour le moins curieux de pur cockney.

Elles avaient étudié des patrons, palpé des étoffes, ri, bavardé, pris des mesures et, enfin, choisi des modèles. La couturière avait presque achevé les nouvelles toilettes de Claudia, et c'était à contrecœur qu'elle se préparait à retourner à Londres. Elle avait donc accepté avec enthousiasme de se remettre au travail, et de fournir en un claquement de doigts une garde-robe complète à la marquise. La robe de bal serait, évidemment, sa priorité.

Quand elles avaient fini par rejoindre ces messieurs, Claudia leur avait raconté toute la séance, et avait extorqué au marquis l'aveu qu'il n'avait jamais été aussi heureux de sa vie. Puis il avait de nouveau gratifié Charity d'un sourire éblouissant.

À présent, cependant, il remontait l'allée en regardant droit devant lui, la mine sinistre.

— Pardon ? s'exclama-t-il.

Il s'arrêta et fit volte-face si brusquement que Charity sursauta.

— Renfrogné et morose ? répéta-t-il. Suis-je censé sourire jusqu'aux oreilles ? Dois-je m'extasier sur la beauté du matin et les merveilles de la vie ? Et pourquoi diable serais-je furieux contre vous ?

— Vous préférez que je porte du marron. Ou ma robe de mousseline fleurie et celle en soie grise. Que ma garde-robe se réduise à cela ne vous gênait pas, au contraire. Et maintenant, vous allez devoir dépenser une fortune en toilettes luxueuses alors que nous n'avons plus que quelques semaines à passer ensemble. Vous avez été pris au piège. Mais moi aussi, admettez-le.

— Je vous préfère en marron ? répéta-t-il, médusé, en la balayant du regard. Ce sont là des vêtements minables, milady. Plus vite ils se retrouveront au fond d'une poubelle, mieux cela vaudra.

— Oh ! Cela ne vous ennuie donc pas que je les remplace ? Enfin… que *vous* les remplaciez ?

— Il est prévu dans notre accord que je vous entretienne de la manière qui sied à votre rang, non ? répliqua-t-il en se remettant en marche.

Sauf qu'à la signature dudit accord, il n'avait pas précisé à Charity de quel rang il s'agissait exactement. En outre, l'accord portait sur ce qu'elle recevrait *après* leur séparation. Elle n'argumenterait toutefois pas sur ce point. Elle était assez vaniteuse pour prendre plaisir à acquérir de nouveaux vêtements. Il était toutefois exceptionnel qu'elle en ait plus d'un à la fois. Claudia avait insisté pour qu'elle soit rhabillée de pied en cap, et même le nombre restreint de pièces auquel elle avait finalement consenti lui donnait le vertige.

Ce n'était donc pas à cause de ses nouvelles toilettes que son mari regagnait la maison à grandes enjambées, avec l'air de quelqu'un ayant avalé un fruit pas assez mûr. Cette heure et demie, il l'avait passée avec William et les enfants…

L'ayant rattrapé, Charity posa la main sur son bras et l'obligea à ralentir.

— Avez-vous parlé avec William ? demanda-t-elle. Avez-vous réglé votre querelle ?

Les lèvres pincées, le marquis s'immobilisa de nouveau et répliqua, sans cesser de regarder devant lui :

— Dites-moi, vous avez toujours été aussi exaspérante ?

Philip répondrait par l'affirmative, encore qu'il n'emploierait peut-être pas ce terme. Penny protesterait – elle était la loyauté incarnée et ne cachait pas son admiration pour son aînée qui avait toujours refusé de rester en retrait, à attendre passivement que la vie s'écoule. Quant aux plus jeunes, ils seraient d'autant plus d'accord que Charity les contraignait à rester ensemble dans une pièce après une dispute, au lieu de les séparer comme le ferait tout adulte sain d'esprit, ne les autorisant à en sortir que lorsqu'ils avaient réglé leur différend.

— Oui, répondit-elle. Quel était le sujet de votre querelle ?

Les narines du marquis frémirent, mais il garda le silence.

— C'était au sujet de Claudia, n'est-ce pas ? insista Charity.

Elle le regretta aussitôt. On ne gagnait rien à aborder certains sujets. Elle n'était certes pas la femme du marquis au sens habituel du terme, et elle ne passerait que quelques semaines de sa vie avec lui. Néanmoins, elle était bel et bien sa femme, et ces quelques semaines, il lui faudrait les vivre et les supporter.

Elle fut surprise lorsque, refermant soudain la main sur son bras, il lui fit quitter le chemin et l'entraîna entre les arbres. Il faisait sombre, et bien que son mari fût manifestement en colère, Charity n'éprouva aucune crainte.

— Au temps de ma folle jeunesse, dit-il, quand je croyais à l'amour, à la loyauté, à la fidélité, aux serments éternels et à toutes ces crétineries juvéniles, j'avais jeté mon dévolu sur Claudia. Elle est la fille d'un baronnet qui habite à quelques miles d'ici, et nous avons pratiquement grandi ensemble. Je me suis confié à mon frère, qui était aussi mon meilleur ami. William s'est montré compréhensif. Et raisonnable, également. Raisonnable au sens où il m'a déconseillé de fuir avec Claudia, comme je prévoyais de le faire après que Sa Grâce eut refusé de donner son accord à notre mariage. Selon le duc, Claudia n'était en aucun cas digne du marquis de Staunton, héritier du duc de Withingsby. En outre, on avait déjà conclu une union pour moi. Mon frère m'a conseillé la patience quand ma mère, elle, me conseillait l'audace. À ses yeux, l'amour était la seule raison qui justifiait de se marier. Malheureusement, elle était de nouveau enceinte, très malade, et je répugnais à m'enfuir et à l'abandonner. William a alors mis un terme à mon dilemme : il a épousé Claudia, avec la bénédiction de Sa Grâce.

Ils avaient ralenti le pas et le marquis lui avait lâché le bras. Charity se demanda s'il avait conscience qu'il lui tenait maintenant la main très serrée, ses doigts entrelacés aux siens.

— William devait avoir peur de vous révéler ses sentiments pour Claudia, devina-t-elle. Alors il a gardé le silence, quand bien même il était impérieux qu'il parle. Cela arrive souvent. Les gens peuvent faire preuve d'une grande lâcheté, surtout lorsque cela touche leurs proches. Cette histoire a dû le torturer durant ces huit années.

— Il aurait pu s'épargner cette peine car, finalement, ç'a été une chance pour moi. J'ai mûri, j'ai compris que les sentiments n'étaient que folie. J'ai compris à quel point nous nous illusionnons lorsque nous croyons en l'amour.

— En quoi croyez-vous, dans ce cas ? Tout le monde doit croire en quelque chose.

— Je crois en moi, rétorqua-t-il, le regard sombre, et au contrôle que j'exerce sur ma vie et sur mon destin.

— Pourquoi Claudia a-t-elle épousé William si c'est vous qu'elle aimait ? Si je vous aimais, je ne pourrais pas en épouser un autre, et certainement pas votre propre frère.

— Vous *êtes* mariée avec moi, lui rappela-t-il avec une imperceptible pointe d'humour. Et vous seriez fort avisée de ne jamais m'aimer, Charity.

Elle acquiesça en elle-même. Ce serait douloureux que d'aimer Anthony Earheart. Le marquis de Staunton. Son mari. Mais il n'avait pas répondu à sa question.

— Claudia vous aimait-elle ?

— Je le croyais. Elle était tout sourire avec moi, pleine de charme, de chaleur, d'amitié. Et puis, si belle... William prétend que c'était lui qu'elle aimait, et que leur mariage fut un mariage d'amour. C'est peut-être la seule explication plausible. Il n'empêche que j'ai passé des années à me torturer, m'interrogeant sur la pression qu'ils avaient exercée sur elle, tous les deux. William et le duc.

— Vous a-t-elle jamais dit qu'elle vous aimait ? Qu'elle voulait vous épouser ? Aurait-elle accepté de s'enfuir avec vous ?

— Il faut que vous compreniez cette famille, répliqua-t-il. Rien ici n'est jamais spontané. Je me rendais compte que le lignage modeste de Claudia était un problème. Lady Marie Lucas avait déjà neuf ans. Elle était venue ici avec ses parents à plusieurs reprises. Je ne pouvais pas demander la main de Claudia avant d'être à peu près certain de ce que je serais en mesure de lui offrir, et quand. Après tout, je n'avais que vingt ans.

— Je commence à comprendre pourquoi vous avez finalement décidé de conquérir votre liberté. Je peux même comprendre pourquoi vous avez renoncé à tout, sauf à la confiance que vous aviez en vous-même.

Elle pouvait le comprendre, pas l'excuser. Se rendait-il compte que la vie en lui était restée en sommeil durant huit ans, et qu'elle commençait tout juste à frémir de nouveau ? Accepterait-il ce frémissement ? Mais le choix ne lui appartenait peut-être déjà plus. Au cours de sa conversation avec William, il avait appris que c'était son frère qu'aimait Claudia. Peut-être que quelque chose était déjà en marche, qui ne pourrait plus être arrêtée.

Les arbres s'espacèrent soudain et le lac apparut dans toute son étendue avec, au-delà, les pelouses et la maison. Alors que l'espace était dégagé et bien entretenu sur la rive opposée, de ce côté-ci, les arbres poussaient presque au bord de l'eau avant de céder la place à de grands roseaux. L'endroit était beau et sauvage. En face, c'était la civilisation.

Ils s'arrêtèrent. Si le marquis lui tenait toujours la main, il avait desserré son étreinte.

— Sans ces bois et ce lac, je ne sais pas comment mon enfance aurait été supportable, dit-il, les yeux plissés pour les protéger de la réverbération du soleil sur l'eau.

Charity garda le silence afin de ne pas interrompre le fil de sa pensée. Absorbé dans ses souvenirs, il semblait presque avoir oublié sa présence.

— William et moi venions jouer ici. Ces bois devenaient des jungles tropicales, des grottes souterraines ou la forêt de Sherwood. C'était sans doute notre refuge contre la réalité. C'est ici que je lui ai appris à grimper aux arbres. Je lui ai aussi appris à nager, à monter à cheval...

Il prit une profonde inspiration, puis expira lentement.

Charity connaissait le pouvoir de l'imagination enfantine, surtout lorsqu'on la partageait avec des compagnons. Elle savait quelle joie et quelle fierté on tirait à s'occuper de ses frères et sœurs plus jeunes.

— Qui vous a appris à écouter ainsi ? demanda-t-il à brûle-pourpoint.

Sa voix, presque chaleureuse lorsqu'il évoquait ses souvenirs, était de nouveau brusque. Insensiblement – du moins l'espérait-il, sans doute –, il libéra sa main.

— Vous ne vous sentiez pas seule, vous qui n'avez ni frère ni sœur ?

Charity regrettait d'avoir menti. Elle détestait cela.

— J'avais des compagnes de jeux, improvisa-t-elle. J'ai eu une enfance heureuse.

— Mais cela n'a pas duré, dit-il en la regardant. La vie assène des coups violents et inattendus. Elle n'est rien d'autre qu'une farce cruelle.

— La vie est un bien précieux, rétorqua Charity. Elle est ce qu'on en fait.

— Et vous avez eu l'occasion de faire quelque chose de supportable de la vôtre, finalement. On ne peut que vous féliciter d'avoir saisi cette chance sans hésitation.

Il avait retrouvé son ton sarcastique et son regard ironique.

— De même que vous avez eu l'occasion de corriger ce qui n'allait pas dans votre vie lorsque vous avez fui il y a huit ans, riposta-t-elle.

— Vous avez vraiment la langue bien pendue, milady. Mais vous vous trompez. J'ai fui pour ne pas suffoquer. C'était ma survie qui était en jeu.

— N'est-ce pas l'heure du déjeuner ? demanda-t-elle.

— Bonté divine ! s'exclama-t-il, avant de sourire jusqu'aux oreilles, à la grande surprise de Charity. Je parie que nous sommes en retard ! Ce sera presque comme dans le bon vieux temps, sauf que cette fois Sa Grâce ne nous interdira probablement pas de manger. Et elle ne me fera pas attendre dans la bibliothèque la fin de son repas, avant de m'inviter à me pencher sur le bureau pour recevoir ma correction. La faim n'était pas une punition suffisante, vous comprenez.

— La sévérité, même excessive, n'est pas forcément le signe d'une absence d'amour.

Il laissa échapper un rire et lui offrit son bras.

— Vous êtes une petite moraliste très collet monté, milady, et vous parlez avec une sagesse apparente de sujets que vous pouvez difficilement comprendre. Mais je vous ai épousée pour votre gravité, n'est-ce pas ? Ainsi que pour vos vêtements hideux. Vous m'avez menti sur un point, toutefois…

Alors qu'il l'entraînait à pas rapides en direction du pont, Charity l'interrogea du regard.

— Vous avez prétendu être une timide petite souris. Vous vous êtes fort bien déguisée et vous devriez avoir honte. À l'époque, je n'ai pas soupçonné un instant que vous étiez belle.

C'était ridicule, méprisable même, qu'un compliment prononcé avec autant de réticence la rende si heureuse. Il la trouvait belle ? Vraiment ? Avant même de l'avoir vue dans ses nouveaux vêtements ?

Cela ne faisait aucune différence, bien sûr. Il demeurait l'homme qu'elle serait soulagée de quitter dans quelques semaines. Et elle demeurait le bouclier qu'il s'était trouvé pour empêcher sa famille de pénétrer ses défenses. Il n'empêche... Il la trouvait belle, vraiment ?

— Voilà qui vous a enfin fait taire, commenta-t-il.

Il semblait presque de bonne humeur.

Le duc de Withingsby avait décidé de ne pas accueillir son vieil ami le comte de Tillden avec toute la pompe déployée pour son fils la veille. La famille fut donc dispensée de se rassembler dans le hall, en revanche, on l'avertit qu'elle devrait être présente pour le thé, dans le grand salon.

— Staunton et moi accueillerons Tillden, la comtesse et leur fille dans le hall, annonça-t-il alors qu'ils étaient assis autour de la table du déjeuner.

Anthony avait déjà encouru le déplaisir muet de Sa Grâce pour être arrivé avec dix minutes de retard.

— Ma femme nous accompagnera, dit-il.

— Lady Staunton nous attendra dans la bibliothèque, rétorqua le duc.

Jugeant qu'il était inutile d'argumenter, Anthony n'insista pas.

Quelques heures plus tard, après qu'on eut annoncé que la voiture du comte franchissait le pont, Anthony se retrouva donc seul avec son père dans le grand hall. Il se sentait nerveux, embarrassé, et il s'en voulait de réagir ainsi. Après tout, il n'avait jamais prétendu être intéressé par lady Marie Lucas. Et on ne l'avait pas consulté avant d'inviter la jeune fille et ses parents à Enfield Park dès le lendemain de son arrivée. Huit années s'étaient écoulées, et son père continuait de n'en faire qu'à sa tête.

Heureusement, sa femme l'attendait dans la bibliothèque, vêtue de sa robe de mousseline fleurie, le visage un peu pâle mais l'air apparemment sereine.

Le comte de Tillden entra dans le grand hall en précédant sa femme, comme Anthony l'avait lui-même fait la veille. L'homme n'avait pas changé. Aussi grand que large, le crâne chauve et luisant, il aurait pu passer pour jovial. Sauf qu'une ride de mécontentement permanent s'était creusée entre ses sourcils, et que sa bouche était si malencontreusement disposée par rapport à son nez qu'il avait toujours l'air de renifler avec dédain.

La comtesse apparut dans son sillage, petite et mince, arborant son sourire habituel – un sourire d'excuse plutôt que de plaisir, semblait-il. Anthony se la rappelait douce et effacée ; elle ne semblait pas avoir changé non plus.

À côté d'elle se tenait une jeune fille qui devait être lady Marie Lucas. Évidemment, ce n'était plus la gamine gauche et efflanquée dont Anthony avait gardé le souvenir. Petite, elle aussi, elle était menue et fine, avec un visage d'une douceur exquise encadré par une chevelure qui, d'un roux presque carotte autrefois, était désormais d'un auburn éclatant.

Lady Marie Lucas était belle, c'était indéniable. Juste avant que le duc accueille ses invités, elle posa son regard noisette sur Anthony et rougit.

Une enfant innocente malgré ses dix-sept ans, l'élégance de sa mise et sa beauté, songea Anthony avec un malaise mêlé d'irritation.

— Tillden, dit Sa Grâce en inclinant la tête. Votre cocher n'a pas traîné. Milady, vous êtes la bienvenue à Enfield Park. J'espère que vous avez fait un agréable voyage. Lady Marie, vous aussi êtes la bienvenue.

Il y eut un échange de salutations, d'inclinaisons du buste et de révérences.

— Staunton, salua le comte. Vous êtes donc arrivé avant nous ? Heureux de vous voir, mon garçon.

— Monsieur, murmura Anthony.

— Vous serez surpris et, sans doute heureux, de constater à quel point notre petite Marie a grandi pendant que vous étiez au loin, déclara le comte avec bonne humeur.

— Elle est devenue une véritable beauté, commenta Sa Grâce.

Il offrit son bras à lady Tillden.

— Comment allez-vous, Withingsby ? s'enquit le comte. Vous semblez vous porter comme un charme.

Anthony trouvait que son père, avec son teint grisâtre et ses lèvres presque décolorées, était loin d'avoir bonne mine.

Par courtoisie, il offrit son bras à lady Marie. Avec un sourire charmant, elle posa une petite main délicate sur sa manche.

Quand ils entrèrent dans la bibliothèque, Charity se tenait près de la fenêtre. Anthony libéra son bras de la main de lady Marie dans l'intention de rejoindre sa femme. Son père le devança en lui tendant la main.

— Venez ici, ma chère, dit-il.

Dieu que cela devait lui coûter de se montrer aimable avec elle ! Anthony resta à côté de lady Marie tandis que Charity rejoignait le duc. Elle lui sourit... et il lui rendit son sourire.

— Je vais vous présenter à mes invités, ma chère. Tillden ? Lady Tillden ? Lady Marie ? Permettez-moi de vous présenter la marquise de Staunton. Ils se sont mariés à Londres il y a deux jours.

Anthony perçut le tressaillement de lady Marie.

— Je suis enchantée de faire votre connaissance, dit Charity en leur adressant un sourire chaleureux. Asseyez-vous, je vous en prie. Vous aussi, père. Vous devriez ménager vos forces.

Ses manières étaient celles d'une duchesse-née. Sauf que la plupart des duchesses que connaissait Anthony ne possédaient pas un tel charme ni une telle grâce.

— Mariés ? s'exclama le comte, dont les sourcils se rejoignaient presque. Il y a deux jours ?

— Je suis heureuse de faire votre connaissance, lady Staunton, déclara lady Tillden d'une voix douce en prenant place dans le fauteuil le plus proche. Et je vous souhaite beaucoup de bonheur. À vous aussi, milord, ajouta-t-elle avec un sourire nerveux à l'adresse d'Anthony.

— Mariés ? tonna le comte qui, contrairement à sa femme, n'était pas disposé à se rabattre sur des platitudes polies. Est-ce vrai, Staunton ?

— Certainement, répondit Anthony. Sa Grâce m'a fait savoir qu'il était souffrant et, naturellement, j'ai décidé de rentrer à Enfield Park sans tarder. Je ne souhaitais pas laisser ma fiancée derrière moi durant un temps indéterminé, nous avons donc demandé une dispense de bans.

— Votre mère a dû être très chagrinée d'être privée des préparatifs d'un mariage traditionnel, lady Staunton, risqua la comtesse. Cependant, vu les circonstances...

— Mes parents sont tous deux décédés, milady, expliqua Charity. Par conséquent, seul mon souhait comptait.

— Et aucun tuteur attaché à l'étiquette n'était susceptible d'y trouver à redire, précisa Anthony. Lady Staunton travaillait comme gouvernante lorsque j'ai fait sa connaissance, milady.

— Oh, mon Dieu ! murmura la comtesse en portant la main à sa gorge.

— Je veux une explication, Withingsby, articula le comte de Tillden. Et je la veux immédiatement !

— Ma chère, dit le duc en tapotant la main de Charity, voudriez-vous avoir la bonté de conduire lady Tillden et lady Marie auprès de Mme Aylward, qui doit attendre dans le hall ? Le thé sera servi dans le grand salon, mesdames, à 16 heures précises.

Anthony leur tint la porte ouverte et s'inclina lorsqu'elles franchirent le seuil. Lorsqu'elle passa devant lui, sa femme lui sourit. Après avoir refermé la porte, il resta un instant immobile, les yeux rivés sur le battant. Puis il pivota. Après tout, c'était là la raison de son retour. Il s'agissait de se libérer une bonne fois pour toutes de leur influence et du pouvoir qu'ils croyaient détenir sur lui. De leur prouver que le marquis de Staunton n'était pas une marionnette dont on tirait les fils.

D'une voix que le coup porté à sa dignité faisait vibrer, le comte de Tillden déclara :

— J'estime être fondé à exiger réparation.

Bonté divine ! Envisageait-il un duel ?

— Asseyez-vous, Tillden, dit Sa Grâce en prenant place dans un fauteuil.

Anthony fut frappé par le teint terreux de son père, et surpris d'en éprouver de l'inquiétude.

— À son arrivée, continua le duc, mon fils m'a rappelé qu'il n'avait jamais été partie prenante d'un contrat concernant lady Marie Lucas. Ni par écrit ni oralement. Et je dois admettre qu'il n'a pas tort.

— Il n'a pas besoin d'en être partie prenante, tonnerre ! rugit le comte. Il s'agit d'un accord conclu entre deux pères. Depuis quand demande-t-on son consentement à sa progéniture ? Vous avez donc si peu d'autorité sur vos enfants, Withingsby, que votre fils aîné – votre héritier ! – a eu l'impudence d'ignorer un accord conclu dix-sept ans plus tôt par son propre père, et d'épouser une femme issue du ruisseau ?

Anthony était resté près de la porte, les mains croisées dans le dos. Il refusait de se laisser entraîner dans une querelle bruyante. Aussi dit-il d'un ton volontairement modéré :

— Je vous conseille de choisir vos mots avec soin, monsieur, lorsque vous parlez de ma femme.

Le comte abattit son poing sur le bureau avec tant de force que quelques gouttes d'encre jaillirent de l'encrier.

— Espèce de petit morveux insolent ! s'écria-t-il. Comment osez-vous ouvrir la bouche sans la permission de votre père ? Et me menacer ?

— J'ai vingt-huit ans, monsieur, lui rappela Anthony, et je ne dépends plus de mon père depuis huit ans. Je mène mon existence à ma guise. J'ai épousé la femme que j'ai choisie, comme j'en ai le droit. Je suis désolé, évidemment, de l'embarras que mon mariage vous cause ainsi qu'à lady Tillden, et plus désolé que je ne saurais le dire pour tout chagrin que j'infligerais à lady Marie. Mais je ne reconnaîtrai aucune faute. Je n'avais pas à honorer un accord que je n'ai pas conclu.

— J'exigerai un dédommagement ! assura le comte en pointant un index menaçant d'abord sur Anthony, puis sur le duc. Je noircirai votre nom au point que vous ne pourrez plus vous montrer en société jusqu'à la fin de vos jours ! Qu'on fasse atteler ma voiture et qu'on rappelle ma femme et ma fille. Je ne resterai pas une heure de plus sous un toit où l'honneur ne vaut pas un sou !

— Asseyez-vous donc, Tillden, répéta Sa Grâce d'une voix hautaine, empreinte de lassitude. À moins que vous ne souhaitiez être la risée de la bonne société et détruire toute chance de mariage pour votre fille. Personne en dehors de ma famille ne connaît la raison de votre visite, même si certains s'interrogent. Il n'y a jamais eu d'accord écrit, pas plus que de fiançailles officielles. Vous êtes venu en tant qu'ami, comme vous l'avez déjà fait à plusieurs reprises au fil des années. Vous étiez inquiet pour ma santé. Personne n'a laissé entendre que le bal organisé demain soir était un bal de fiançailles. Il sera donné pour célébrer le retour de Staunton à Enfield Park et la joie inattendue qu'il nous a faite en arrivant avec une épouse. Ce sera une manière de fêter la réunion de tous les membres de ma famille pour la première fois depuis les obsèques de Sa Grâce, et la visite de mon plus vieil ami, le comte de Tillden.

Croyez-moi, cette histoire peut encore se conclure dignement.

Le comte s'assit enfin, et parut réfléchir aux propos du duc.

— J'ai subi une très grave offense, Withingsby, déclara-t-il après un long silence. J'espère que Staunton et sa... sa femme ont été sévèrement tancés.

— Staunton a eu connaissance de mon déplaisir, répliqua Sa Grâce. Lady Staunton n'est pas à blâmer. Et durant ces quelques jours, j'ai appris à l'apprécier.

Anthony ne put s'empêcher de hausser les sourcils.

— Même si ce n'est qu'une parvenue ? s'étonna le comte. Même si elle n'était rien d'autre qu'une gouvernante cherchant à...

Alors qu'Anthony s'apprêtait à réagir, son père déclara :

— J'aime déjà *beaucoup* ma belle-fille, la marquise de Staunton.

Bien que froid, le ton demeura courtois. Et très ferme.

Le comte de Tillden resterait donc à Enfield Park, au moins jusqu'au lendemain du bal. Il avait compris que le scandale qu'il appelait de ses vœux sur la tête d'Anthony et de son père rejaillirait sur sa propre famille, qui serait humiliée et ridiculisée.

— Si vous voulez bien sonner le majordome, Staunton ? dit le duc. Il va vous conduire à votre appartement, Tillden. Vous accompagnerez les dames à 16 heures pour le thé, n'est-ce pas ?

11

Assise devant le miroir de sa coiffeuse, Charity se brossait les cheveux longtemps après avoir renvoyé sa femme de chambre. Se mettre au lit n'aurait guère eu de sens car jamais elle ne parviendrait à dormir. Son cerveau était en ébullition.

Cela lui avait pourtant semblé si facile, au début. En échange d'une sécurité financière à vie pour elle et sa famille, il lui suffisait d'épouser un homme et de passer quelques semaines avec lui au sein de sa famille. Délibérément, Charity n'avait pas posé de questions. Elle n'avait pas besoin d'en savoir plus.

Cela lui avait semblé encore relativement facile, même après avoir découvert qui était vraiment son mari, et à quoi ressemblait sa famille. Certes, venir à Enfield Park et être présentée au duc de Withingsby et à ses proches avait été une épreuve. On attendait d'elle beaucoup plus que ce qu'elle avait imaginé au départ. Mais même alors, cela lui avait paru assez facile.

Si seulement elle s'était contentée de faire ce qu'on lui demandait ! À savoir, être terne, réservée, discrète, l'ombre de son mari. Si seulement elle n'avait pas regardé autour d'elle, et vu ces gens englués dans le drame de la vie et ne sachant pas comment s'en sortir. Si seulement elle n'avait pas commencé à prendre les choses à cœur.

Avec un soupir, elle reposa sa brosse sur la coiffeuse et décida d'écrire quelques lettres. Il était temps qu'elle donne de ses nouvelles à Philip, à Penny et aux plus jeunes. Elle avait différé jusqu'à présent car que dire, hormis des mensonges. Il n'y avait désormais plus de raison de cacher la vérité plus longtemps puisqu'il était trop tard pour revenir en arrière. Charity ne voulait toutefois pas les informer de sa situation par courrier. Elle préférait le faire de vive voix.

Il lui semblait qu'elle n'avait pas cessé de mentir depuis… depuis combien de temps ? La veille, le marquis et elle étaient arrivés à Enfield Park. L'avant-veille, ils s'étaient mariés. Il ne s'était donc pas écoulé trois jours ? Et quatre jours plus tôt, elle ne connaissait pas le marquis de Staunton. Elle était juste nerveuse à la perspective de son entretien avec M. Earheart.

Munie d'une bougie, elle se rendit dans le salon privé de leurs appartements, où elle alluma deux autres bougies. Elle prit place devant le petit secrétaire et sorti du papier, de l'encre et une plume.

Cher Philip…

Bien qu'assis à la droite de Charity par Sa Grâce, le comte de Tillden s'était comporté durant tout le dîner comme si elle n'existait pas. Et si la comtesse lui avait adressé des signes de tête aimables et nerveux chaque fois que leurs regards se croisaient, elle avait évité d'engager la conversation. De son côté, Marianne avait pris avec fermeté lady Marie Lucas sous son aile. C'était une belle jeune fille élégante, qui avait parfaitement sa place dans le grand salon d'Enfield Park, au sein de cette famille.

Le marquis n'avait pas souhaité épouser cette demoiselle parfaite. C'était la raison pour laquelle il l'avait épousée, elle. Mais cela faisait huit ans, voire davantage, qu'il n'avait pas vu lady Marie. Elle n'était alors qu'une enfant. Il avait dû éprouver un choc en découvrant ce qu'elle était devenue. Regrettait-il de... ?

Charity plongea sa plume dans l'encrier d'un geste déterminé. S'il le regrettait, c'était son problème.

Cher Philip,

Tu dois penser que je suis perdue corps et biens. Deux jours entiers se sont écoulés et je ne t'écris que maintenant. J'ai été très occupée, tout est tellement nouveau ! Je commence à peine à y voir un peu plus clair. Il y a en fait quatre enfants, et non trois, mais le plus jeune n'a pas encore besoin de mes services. C'est un adorable bébé qui rampe et va partout où il ne doit pas aller, qui porte à la bouche tout ce qu'il trouve et qui considère que tout ce qui lui arrive, notamment l'exaspération de sa nourrice, est digne d'être salué par un gloussement.

Charity avait du mal à croire que Marianne et Richard aient pu donner le jour à un bambin aussi espiègle. Tandis qu'elle le contemplait, elle avait songé non sans nostalgie à la maternité à laquelle elle avait renoncé. Puis elle s'était ressaisie. Il n'y aurait pas de tante plus attentive et plus indulgente qu'elle pour les enfants de Philip et d'Agnès, et ceux de Penny le jour venu.

L'aînée, Augusta, a huit ans. C'est une petite fille sérieuse, qui n'a jamais appris à être une enfant et qui se montre un peu hostile avec moi et avec...

Charity hésita avant d'écrire :

... M. Earheart. Aujourd'hui cependant, j'ai réussi à lui soutirer un sourire, puis un petit rire après le thé, lorsque je lui ai raconté que les deux enfants du gardien m'avaient tendu un piège en grimpant dans un arbre et en faisant pleuvoir des feuilles sur moi quand je suis passée dessous. Je pense qu'elle aime bien ces enfants. Je vais voir s'ils ne peuvent pas jouer ensemble à l'occasion. Je ne crois pas que cette petite ait eu beaucoup l'occasion de jouer.

Charity avait raconté à Augusta certains de ses propres exploits lorsqu'elle était enfant. Notamment la fois où elle avait grimpé tout en haut d'un arbre proche de la maison pour sauver un chaton qui miaulait désespérément. Restés au pied de l'arbre, Philip pleurnichait et Penny sanglotait. Lassé d'être ainsi perché, le chaton était redescendu longtemps avant que Charity, ayant achevé sa pénible ascension, découvre qu'il n'était plus là. Et alors, l'inévitable s'était produit : il avait fallu un jardinier, leur père, et un colporteur qui passait par là, sans compter des océans de larmes et d'innombrables conseils anxieux et contradictoires de la part des deux autres enfants et de leur mère, pour la faire redescendre. Évidemment, Charity avait étiré et corsé l'histoire pour la raconter à Augusta.

Songeuse, elle se caressa le menton de sa plume. Elle avait attribué aux trois enfants qu'elle était censée instruire des âges et des sexes. Qu'avait-elle dit exactement à Philip ? Elle devait veiller à ne pas se contredire. C'était le problème avec les mensonges. Il fallait être sûr de sa mémoire avant de commencer à mentir.

Alors qu'elle était plongée dans ses pensées, elle entendit soudain la porte du salon s'ouvrir. Elle regarda par-dessus son épaule.

Son mari se tenait sur le seuil, en robe de chambre de brocart bordeaux et mules de cuir. Qu'il ait les cheveux en bataille ne faisait qu'ajouter à sa séduction. Il entra, referma la porte derrière lui.

— Ah, c'est bien vous... Que faites-vous ?

Charity couvrit à demi la lettre de sa main tout en s'efforçant de ne pas apparaître trop cachottière.

— Je voulais écrire une ou deux lettres avant de me coucher, répondit-elle. La lumière vous a-t-elle gêné ?

— Pas du tout. À qui écrivez-vous ?

— À des amies, répondit-elle avec un petit rire.

— Là où vous habitiez avant ? J'avais l'impression que vous étiez seule à Londres.

Charity fut heureuse que la curiosité du marquis ne l'incite pas à traverser la pièce pour venir regarder par-dessus son épaule.

— Oui, à mon ancien domicile.

Il se tenait tout près de la porte, les mains dans le dos, les lèvres pincées, l'air presque emprunté. Comme s'il ne se sentait pas à sa place. Pourtant, il se tenait dans ses propres appartements, dans la maison de son enfance.

— Je n'ai jamais utilisé cette pièce, finit-il par avouer, comme en réponse aux réflexions de Charity. On dirait un peu un boudoir.

— Elle est accueillante et confortable.

— Oui, acquiesça-t-il. Eh bien... bonne nuit, ajouta-t-il avant de pivoter sur ses talons.

— Bonne nuit, milord.

Il hésita, la main sur la poignée de la porte.

— Cela vous ennuierait que je reste assis ici pendant que vous écrivez ? s'enquit-il. Je ne vous dérangerai pas.

Était-ce bien le marquis de Staunton, froid, hautain et cynique, cet homme hésitant, presque humble ?

— Cela ne m'ennuie pas du tout, milord.

Il s'assit dans un fauteuil confortable et, le bras plié posé sur l'accoudoir, il appuya le menton sur son poing fermé.

— Continuez, je vous prie, lui dit-il.

Charity le dévisagea. Il lui semblait que ses yeux étaient plus sombres que d'ordinaire, ce qu'elle attribua à la lueur des bougies. Mais alors qu'elle reportait son attention sur sa lettre, elle se ravisa. En fait, quelque chose avait changé dans le regard du marquis, comme si un rideau s'était levé derrière ses pupilles. Elle s'abstint toutefois de se retourner pour vérifier qu'elle ne se trompait pas.

Si la lettre avait été difficile à écrire lorsqu'elle était seule, la tâche lui semblait à présent presque impossible. Elle peina pendant vingt bonnes minutes pour aligner quelques phrases supplémentaires, et terminer une missive tout à fait insatisfaisante. Une fois l'encre sèche, elle plia la feuille avec soin. Il lui faudrait la porter elle-même au village le lendemain. Elle ne pouvait pas déposer sur le plateau réservé à cet effet, dans le hall, un courrier adressé à M. Philip Duncan.

— J'ai fini, annonça-t-elle en se retournant avec un sourire.

Stupéfaite, elle découvrit que le marquis n'avait pas bougé depuis vingt minutes. Et il la regardait toujours.

— Cette lettre était courte, observa-t-il. Et c'est la seule que vous ayez écrite. Ma présence vous a empêchée de vous concentrer.

— Ce n'est pas grave. J'aurai tout le temps d'en écrire une autre demain.

— Vous êtes obligeante, lady Staunton. Toujours. Mon père en est venu à beaucoup vous apprécier, apparemment.

— Il est gentil.

Le marquis rit tout bas.

— « Ma chère fille, dit-il, imitant la voix du duc, venez vous asseoir sur ce tabouret à mes pieds… » Puis il pose négligemment la main sur votre épaule, une lueur affectueuse dans son regard.

— Il est gentil, s'entêta Charity.

Après tout, le duc avait rendu presque plaisante une soirée qui s'annonçait cauchemardesque.

— Sa Grâce n'est jamais gentille, rétorqua le marquis. Ni affectueuse. Elle joue avec vous, milady. Avec moi plutôt. Nous jouons au chat et à la souris, lui et moi.

Chacun prétendait éprouver de l'affection pour elle afin de contrarier l'autre. En vérité, ni l'un ni l'autre ne ressentait pour Charity la tendresse qu'ils affichaient en public.

— Cela vous blesse ? reprit-il.

Oui. C'était affreusement douloureux d'être considérée et utilisée comme un pion. Mais elle y avait librement consenti, et elle avait dédaigné le conseil du marquis de s'en tenir au rôle d'ombre. Les ombres ne ressentaient pas de souffrance personnelle, ni de pitié pour ceux qui infligeaient ces souffrances.

Elle secoua la tête.

— Ce n'est qu'un engagement temporaire. Ce sera bientôt fini.

— Oui.

Comme il l'observait, Charity eut la confirmation qu'elle ne s'était pas trompée au sujet des yeux du marquis. Il avait laissé tomber certaines de ses défenses. Peut-être se sentait-il en sécurité avec elle ici, dans ses appartements, au milieu de la nuit.

— Il est tard, dit-elle en se levant. Il est temps d'aller se coucher. Bonne nuit, milord.

Toutefois, au moment où elle atteignait la porte et tendait la main vers la poignée, il dit :

— Laissez-moi venir avec vous.

Charity prit alors conscience de sa naïveté. Elle avait été sensible à l'atmosphère particulière qu'avait créée la présence du marquis dans le salon, et elle l'avait attribuée à la gêne qu'elle-même éprouvait. À présent, elle identifiait cette tension, bien sûr. Ils voulaient tous les deux – oui, tous les deux ! – coucher de nouveau ensemble. C'était manifeste dans ses paroles et dans le ton avec lequel il les avait prononcées. Et c'était aussi manifeste dans la réaction du corps de Charity à ses mots. Une pulsation sourde naissait au creux de son intimité, là où il était venu deux nuits plus tôt, et où elle le réclamait de nouveau.

Ce ne serait pas raisonnable. Il ne s'agissait pas d'amour ni même d'affection. Il s'agissait de désir, du besoin d'une femme de vingt-trois ans de s'unir à un homme, de célébrer sa féminité. Ce besoin était resté dormant, presque inconnu d'elle, jusqu'à la nuit de leur mariage. Désormais, ce désir s'éveillait avec une facilité déconcertante. Elle le soupçonnait d'être capable de se transformer en une exigence continuelle, dévorante, si elle y cédait et approfondissait les délicieuses sensations découvertes deux nuits auparavant.

— Sentez-vous libre de refuser, ajouta-t-il. Je ne vous forcerai pas. Je ne tenterai même pas de vous persuader.

Si Charity était honnête avec elle-même, elle devait admettre qu'il était déjà trop tard pour prévenir l'embrasement du désir. Elle l'avait ressenti la nuit précédente. Ç'avait été en partie la raison de son insomnie, et, elle le pressentait, ce serait le démon qu'elle aurait à combattre dans les années à venir. Ce soir, elle avait une chance de goûter de nouveau à ces délices, de les savourer, de les engranger dans sa mémoire pour s'en nourrir plus tard.

— Cela ne figurait pas dans notre pacte, milady, vous ne devez donc pas vous sentir obligée. Et je ne vous ennuierai plus à l'avenir en vous reposant la question.

— J'aimerais coucher avec vous.

Le marquis l'avait rejointe et se tenait juste derrière elle. Posant une main sur son épaule, il referma l'autre sur la poignée de la porte.

— Je vous emmène dans mon lit si vous n'y voyez pas d'objection.

— Non. Aucune.

Sa chambre à coucher occupait la même surface que celle de Charity, en revanche, avec ses tons bordeaux, crème et or, c'était une pièce masculine. Il y régnait aussi une odeur masculine, mélange de cuir, d'eau de Cologne, de cognac et… d'homme.

Était-ce grave qu'il ne s'agisse pas d'amour ? Ni même de devoir conjugal ? Était-ce grave que ce soit juste un besoin physique, une envie irrésistible ? Était-ce immoral parce qu'il n'y avait pas d'amour ou d'obligation ? Il s'agissait toutefois de son mari. Se tournant vers lui, Charity leva les yeux vers lui. Son mari très temporaire.

Elle songerait à la morale lorsqu'il ne serait plus son mari, lorsqu'elle serait de nouveau seule. Seule avec sa famille.

Seule.

Ce jour était à marquer d'une pierre blanche. C'était celui de son triomphe, celui qui consacrait enfin son indépendance, celui où son père avait été obligé de la lui accorder publiquement. En revenant parmi les siens, Anthony avait non seulement affronté ses démons, mais il avait plus ou moins fait la paix avec eux. Enfield Park ne serait plus un endroit à fuir, et les membres de sa famille ne seraient plus des gens à éviter. Il pourrait de nouveau se montrer aimable avec William.

Il aurait dû s'en réjouir, commencer à préparer son retour à Londres et écrire à son avoué pour qu'il s'occupe de la rente de sa femme.

Au lieu de cela, Anthony se sentait fébrile. Il se coucha malgré tout et tenta de trouver le sommeil. Sans succès.

Il l'admit enfin : il allait devoir rester à Enfield Park. En s'avouant que son père était malade, et qu'il allait sans doute mourir bientôt, la panique le saisit. Ils devaient parler tous les deux, et sans détour. Anthony allait devoir convaincre le duc de passer les rênes afin de se reposer et, peut-être, de prolonger son existence. Ce qui signifiait que lui, marquis de Staunton, devrait les reprendre. Il serait donc forcé de rester à Enfield Park pour une durée indéterminée. Il ne pouvait, ni ne voulait, laisser son père mourir seul.

Debout devant la fenêtre de sa chambre, Anthony scrutait les ténèbres. Ce soir, il n'y avait pas de clair de lune.

Il ne pouvait pas retenir sa femme indéfiniment. Quelques jours supplémentaires, tout au plus. Une fois que Tillden et sa famille auraient quitté le château, elle pourrait partir à son tour. Après tout, Anthony n'avait pas menti à son père quant à la véritable nature de son mariage, et il ne souhaitait pas vraiment le tromper. Cette union était réelle, indissoluble, et son père, en homme pragmatique, l'avait reconnu. La jeune femme avait rempli son office, plus rien ne la retenait ici.

Anthony prit une longue inspiration avant de s'autoriser à admettre qu'il désirait Charity. Maintenant. Dans son lit. Non, tenta-t-il de se convaincre, ce n'était pas elle en particulier qu'il désirait. Ce qu'il voulait, c'était une femme. Sans doute parce qu'il savait qu'il n'en aurait plus avant un long moment. Le duc avait toujours été strict s'agissant du badinage auquel ses fils auraient pu être tentés de se livrer avec les filles de la région. Anthony ne lui donnait pas tort. Il existait suffisamment d'endroits où assouvir des besoins exigeants. Enfield Park n'était pas l'un d'entre eux. Anthony désirait sa femme parce qu'elle était disponible, toute proche, dans la chambre voisine ; et parce que dans peu de temps, elle ne serait plus là et qu'il serait contraint à la chasteté.

Il ne put retenir un rire de dérision.

Comment réagirait-elle s'il entrait maintenant dans sa chambre en exigeant qu'elle remplisse son devoir conjugal ? Peut-être s'exécuterait-elle sans protester...

Sentant ses narines palpiter à cette pensée, Anthony décida de se rendre dans son bureau. Ses livres préférés s'y trouvaient, et s'il cherchait bien, il découvrirait sûrement qu'il avait du courrier en retard. Et si cela ne suffisait pas, il se rhabillerait et irait prendre l'air.

Alors qu'il gagnait son bureau, il vit de la lumière sous la porte du petit salon privé. Il y entra, puis sollicita la permission de s'asseoir pendant que sa femme rédigeait une lettre. Et elle, pourquoi ne dormait-elle pas ? se demanda-t-il. Elle portait un peignoir blanc taillé dans une solide toile de coton. Ses cheveux cascadaient le long de son dos.

Il la désirait toujours. Elle – et pas n'importe quelle femme –, son innocence, sa saine simplicité. Des qualités qu'il avait trouvées séduisantes deux nuits plus tôt.

Anthony la regarda tandis qu'elle écrivait. Sa façon de se tenir, très droite, ne manquait pas de grâce. Elle s'était bien débrouillée, songea-t-il. Mieux que bien, même. Elle avait fait montre d'une chaleur, d'un charme, d'une gentillesse qui avaient touché tous les membres de la famille, à l'exception peut-être de Marianne. Alors qu'elle était assise sur le petit tabouret, près de leur père, Charles lui-même n'avait pu s'empêcher de l'observer d'un air perplexe.

Anthony s'était surpris à être fier d'elle, si digne et charmante dans sa triste robe de soie grise. Il s'était aussitôt morigéné. Vu les circonstances, cette fierté était mal venue.

À qui diable écrivait-elle si laborieusement ? Était-ce une personne à laquelle elle se sentait simplement tenue d'écrire ? Ou était-ce quelqu'un qui comptait tant pour elle que la présence de son mari la troublait ? Mais il n'avait pas le droit de se montrer curieux. Il ne le souhaitait pas, du reste, car il tenait à oublier Charity lorsqu'elle partirait.

Cette nuit cependant, il la désirait. Il voulait la sentir sous lui, il voulait enfouir son visage dans ses cheveux. Plus tôt elle sortirait de sa vie, mieux cela vaudrait pour lui.

Il céda néanmoins à sa faiblesse, tout en anticipant un refus. Sauf qu'elle ne refusa pas.

— J'aimerais coucher avec vous, dit-elle.

Sa femme n'avait pas peur des mots. Anthony s'autorisa alors une autre faiblesse : il voulait qu'elle vienne dans son lit à lui. Ainsi, elle y laisserait son souvenir – un souhait incompréhensible, dont il fut le premier surpris.

Charity n'était pas timide. Et dire que, quelques jours plus tôt, il l'avait prise pour une petite souris timorée ! Une fois dans sa chambre, elle se tourna vers lui et chercha son regard. Ses grands yeux étaient plus confiants que jamais. Anthony espéra que ce n'était pas de la vulnérabilité qu'ils trahissaient. Il ne voulait pas qu'elle soit blessée de quelque manière que ce fût.

Après s'être approché d'elle, il dénoua la ceinture de son peignoir et l'en débarrassa. Puis il déboutonna sa chemise de nuit, en écarta les pans, la fit descendre sur ses bras et la laissa tomber sur le sol. Charity le laissa faire sans bouger, les yeux toujours rivés aux siens.

Son corps était magnifiquement proportionné sans être le moins du monde pulpeux. Il avait toujours cru qu'il préférait les femmes pulpeuses... jusqu'à ce soir.

Quand il eut enlevé sa propre robe de chambre et fait passer sa chemise de nuit par-dessus sa tête, elle laissa son regard s'attarder sur son corps nu.

— Nous nous mettons au lit ? suggéra Anthony.

— Oui.

Il aimait les préliminaires, et n'était pas dénué de talent en la matière. En général, il ne s'allongeait sur ses partenaires que pour l'ultime et vigoureuse montée de la jouissance. Il ne les embrassait jamais, du moins sur la bouche. Un baiser relevait pour lui de l'intime – c'est-à-dire des sentiments. Or l'acte sexuel était une chose purement physique, qui n'impliquait aucun engagement émotionnel.

Il n'embrassa donc pas sa femme. Il commença à promener les mains sur son corps, prémices au rituel familier. Toutefois, bien qu'il fût excité, il ne parvenait pas à se concentrer sur ce qu'il faisait. Ces gestes maintes fois répétés le lassaient. Ils ne le satisfaisaient plus – en tout cas, pas avec Charity. Il avait envie de s'étendre sur elle, d'être réchauffé par sa chaleur et apaisé par sa douceur. Il voulait être en elle, se sentir étreint par sa féminité. Il voulait presser son visage dans sa chevelure.

Alors il renonça aux gestes machinaux, au rituel, aux caresses habiles dont il savait l'effet assuré. Après s'être redressé, il s'allongea sur elle, se positionna entre ses jambes. Il ignorait si elle était prête. Les femmes ne l'étaient souvent qu'au bout d'un certain temps. Glissant les mains sous elle, il la pénétra avec précaution. Et sans difficulté car elle était toute chaude et moite.

Il huma son parfum si frais – décidément, le savon était terriblement érotique –, et s'étonna de ne pas ressentir l'habituelle pulsion animale qui le précipitait vers l'assouvissement éperdu de son désir. Il avait juste envie d'être en elle, de se fondre dans sa chaleur, de s'imprégner de sa grâce, de son charme, d'être son souffle même.

Et puis, il cessa de penser et ne fut plus qu'instinct. Imprimant à ses reins un rythme lent, régulier, il étira cet instant exquis et aussitôt regretté où, l'espace d'un battement de cœur, ils ne formeraient plus qu'un, avant de se séparer pour redevenir deux. Il ne sut pas à quel moment elle noua les jambes autour de ses hanches ; il n'eut conscience que de l'union encore plus étroite de leurs corps.

Anthony soupira, le nez dans les cheveux de Charity, tandis qu'elle laissait échapper de petits gémissements de plaisir. Durant un instant de lucidité, il fut frappé par le fait que ni l'un ni l'autre ne manifestaient une vive excitation. Non, c'était autre chose. Quelque chose de beaucoup, beaucoup plus dangereux...

Il s'empressa de chasser cette pensée avant même de l'avoir complètement formulée.

Charity fut la première à briser le rythme. Ses muscles intimes se contractèrent convulsivement, sa respiration se précipita et, dénouant les jambes, elle enfonça les pieds dans le matelas. Les mains refermées sur ses hanches, Anthony s'enfonça durement en elle.

Au raidissement de tout son corps succéda un abandon total, une jouissance à la fois silencieuse et sans aucune retenue. Anthony eut l'impression de recevoir un cadeau – un sentiment étrange alors qu'il ne s'était rien passé d'autre pour elle qu'une expérience sexuelle réussie. Une expérience purement charnelle.

Se gorgeant de sa chaleur et de sa douceur, il attendit qu'elle ait retrouvé un souffle plus régulier. Puis, en quelques coups de reins puissants, il atteignit l'endroit auquel il aspirait, dont il avait rêvé toute sa vie. En fait, il ne s'agissait pas vraiment d'un endroit. C'était... Il s'entendit crier, il sentit les bras de Charity se refermer autour de lui tandis qu'elle murmurait des mots d'une douceur exquise et totalement incompréhensibles.

Il eut l'impression de tomber et que rien ne pourrait le retenir.

12

Charity dormit peu. À cause d'Anthony, qui pesait sur elle, l'obligeant à un effort conscient pour respirer, et de l'engourdissement de ses jambes, maintenues écartées. Curieusement, elle n'avait même pas tenté de changer de position. Au contraire. Elle était demeurée immobile de crainte de le réveiller. Elle avait une conscience aiguë du fait qu'ils étaient nus, qu'Anthony était toujours en elle, qu'ils avaient été mari et femme. L'inconfort ressenti lui semblait sans importance.

Il avait fini par basculer sur le côté en marmonnant, mais il avait gardé les bras autour d'elle. Elle était donc restée blottie contre lui, bien au chaud, somnolant et ne dormant vraiment que par à-coups.

Rien n'avait changé. Rien du tout. Leur union n'avait pas été un acte d'amour, et croire le contraire aurait été d'une stupidité impardonnable. Ils étaient un homme et une femme en proie à des besoins charnels. De manière commode, ils étaient mariés et occupaient le même appartement. Ils avaient donc pu assouvir ces besoins, à leur plus grande satisfaction.

Charity avait appris là une leçon inestimable, à savoir qu'il y avait d'un côté l'amour, de l'autre ce qui se passait au lit entre un homme et une femme, et qu'il y avait à peu près autant de rapport entre les deux qu'entre une orange et un fiacre.

Rien n'avait changé. Sauf qu'elle n'avait pu s'empêcher, idiote qu'elle était, d'être touchée par cette famille, dont les membres étaient pourtant plutôt désagréables, moroses et égarés. Pourquoi diable n'avait-elle pu se contenter de les voir ainsi et de garder ses distances ?

Parce qu'elle avait toujours été ainsi. Elle aurait pu se marier à vingt et un ans, avec un gentleman présentant toutes les qualités requises, et qu'elle appréciait beaucoup. Mais sa mère n'était décédée que depuis quatre ans et on avait encore besoin d'elle à la maison. Charity avait donc tenu à rester auprès de ses frères et sœurs, alors même qu'une tante, veuve, se proposait de s'occuper d'eux. Après la mort de leur père, lorsque tout s'était effondré, Charity avait insisté pour contribuer à l'entretien de ses proches et au remboursement des dettes de leur père. Puis il y avait eu cet emploi, dont elle avait provoqué son propre renvoi parce qu'elle avait pris le parti d'une femme de chambre contre son maître.

Et voilà qu'elle avait recommencé. Elle s'inquiétait pour le duc de Withingsby, qui n'aimait personne et que personne n'aimait. C'était du moins ce qu'ils pensaient tous. À tort, selon elle. Elle se souciait d'Augusta, privée d'enfance, et de Charles, qui se sentait toujours trahi par ce frère qui l'avait abandonnée alors qu'il n'était encore qu'un jeune garçon. Elle se souciait de Claudia, qui était la cause d'une vilaine querelle entre les deux frères, qui le savait certainement, et que cela devait tourmenter même si elle n'en laissait rien paraître. Elle se souciait de William, sans doute tiraillé entre la culpabilité et l'indignation s'il était vrai – et ça l'était probablement – que Claudia l'avait toujours aimé. Les seules personnes qui laissaient Charity relativement indifférente étaient Marianne et Richard, dont elle adorait toutefois les enfants.

Oui, elle était assez stupide pour se faire du souci pour eux tous. Y compris pour cet homme tourmenté qui croyait maîtriser parfaitement son existence. Dieu que les hommes étaient sots parfois ! Au fond, ils ressemblaient à des enfants : ils fanfaronnaient, ils harcelaient, ils tempêtaient, alors qu'ils étaient si vulnérables.

Charity avait été presque effrayée par la vulnérabilité de son mari, un peu plus tôt, lorsqu'il avait crié en répandant sa semence en elle. Il avait semblé tellement perdu. Submergée par une vague de tendresse, elle l'avait enlacé et lui avait chuchoté des mots de réconfort, comme elle l'aurait fait avec un enfant qui se serait écorché le genou en tombant.

« Tout ira bien, lui avait-elle assuré. Tout ira bien, mon chéri. »

Mon chéri ! Seigneur, elle espérait qu'il ne l'avait pas entendue. Le marquis de Staunton n'était pas précisément le genre de personne qu'on appelait « mon chéri ». Ni qui suscitait des sentiments maternels. À ce moment précis pourtant, ce qu'elle avait ressenti avait quelque chose de maternel.

Charity réalisa soudain qu'il était réveillé.

Du bout de l'index, il se mit à dessiner des cercles légers sur son dos, puis sur ses fesses.

Sa main passa ensuite sur sa hanche et, s'insinuant entre leurs deux corps, se referma sur l'un de ses seins. Il le caressa avant d'en taquiner la pointe du pouce.

— Mmm, soupira-t-elle.

Ce fut tout ce qu'ils dirent. Levant la jambe de Charity pour la caler sur sa hanche, il l'attira à lui et la pénétra. Elle était tellement naïve ! Elle n'avait pas compris à quoi menaient ses caresses, elle ne savait pas que l'on pouvait recommencer aussi vite ni le faire en étant couchés sur le côté. Et pourtant, lorsqu'elle contracta ses muscles intimes – dont elle avait ignoré l'existence jusque-là –, elle sentit son sexe durcir davantage en elle.

Anthony se retira, puis revint à l'assaut.

Existait-il au monde une sensation plus délicieuse ? Elle aurait aimé que cela ne s'arrête jamais...

Après, il avait repoussé doucement sa jambe, avait remonté drap et couvertures sur eux. Leurs corps toujours unis, il l'avait gardée étroitement serrée contre lui.

Cette fois, elle s'était endormie profondément. Toutefois, avant de sombrer dans le sommeil, elle avait pris sa décision : le moment était venu de partir. Plus rien ne justifiait qu'elle prolonge son séjour. Le marquis avait obtenu ce qu'il voulait. Son mariage était indissoluble, et il s'était définitivement soustrait au pouvoir qu'il prêtait à son père. Elle allait reprendre le cours de sa vie, et se préparer à une existence heureuse avec sa famille et ses six mille livres de rente par an.

Il avait plu durant la nuit. Des gouttes d'eau scintillaient dans l'herbe et des écharpes de brume matinale voilaient encore les collines et les arbres au loin. C'était néanmoins une belle matinée pour monter à cheval. Immobile sur les marches du perron, Anthony inspira à pleins poumons l'air humide et frais.

Ce matin, il n'y avait pas de petite souris grise sur la terrasse en contrebas. Il l'avait laissée dans son lit. Après l'avoir réveillée pour lui faire l'amour, rapidement mais avec enthousiasme, il lui avait suggéré de se rendormir. Elle avait alors enfoncé le visage dans l'oreiller et l'avait entouré de ses bras. Elle dormait avant même qu'il ait fini de la border.

Il descendit les marches et se dirigea vers l'écurie. Avait-il complètement perdu la tête ? Trois fois cette nuit, et une fois trois nuits plus tôt. Que diable ferait-il s'il lui avait fait un enfant ? *Si ?* Ils avaient couché ensemble quatre fois, et il en était encore à formuler des « si » ?

Il était sorti afin d'y voir plus clair, et de reprendre des forces après avoir passé la nuit à les dépenser. Ce qui ne l'empêcha pas de s'interroger de nouveau, les sourcils froncés. Pourquoi diable sa femme était-elle en train d'écrire des lettres à une heure aussi tardive ? Si elle n'avait pas été dans le bureau, rien de tout cela ne serait arrivé. Quelques instants auparavant, il avait résisté à la tentation de lui rendre une visite conjugale.

Le hasard se chargea de chasser ces pensées dérangeantes. Lorsqu'il arriva devant la cour de l'écurie, Charles était déjà à cheval et s'employait avec fermeté à montrer à sa monture qui était le maître.

— Tu n'as manifestement pas oublié tes premières leçons d'équitation, lança Anthony depuis la barrière.

Son frère ne l'avait pas vu arriver. Portant sa cravache à son chapeau, il le salua d'un bref signe de tête.

— Bonjour, Staunton.

— Mais tu en as appris infiniment plus ces dernières années, bien sûr. Pour l'officier de cavalerie que tu es, chevaucher doit être aussi naturel que marcher, je suppose.

— Comme pour n'importe quel gentleman, je pense, répliqua Charles. Excuse-moi, Staunton, je m'apprêtais à sortir.

Anthony resta devant la barrière.

— Une promenade matinale ? C'était mon intention également. Veux-tu que nous la fassions ensemble ?

Son frère haussa les épaules.

— À ta guise.

Dans l'écurie, Anthony renvoya d'un geste le palefrenier qui accourait. Tout cela, c'était la faute de sa femme, songea-t-il en harnachant lui-même sa monture. La faute de cette petite prude, avec ses analyses de caractère et ses leçons de morale, qui prétendait qu'ils formaient une famille sous prétexte que Sa Grâce les avait tous engendrés. Pourquoi aurait-il imposé sa compagnie à quelqu'un qui aurait préféré le voir au diable ? À un jeune blanc-bec qui n'était qu'insolence à son égard ? C'était à cause de Charity s'il ressentait le besoin de parler à son frère.

— Tu as servi dans l'active ? lui demanda-t-il alors qu'ils quittaient la cour pour gagner les collines, derrière la maison.

— Pas à l'extérieur des frontières, répondit Charles. J'étais dans un régiment de réserve.

— Tu *étais* ?

Anthony lui coula un coup d'œil oblique et ne put retenir un sourire en coin. Les femmes devaient le trouver irrésistible, ainsi sanglé dans son uniforme écarlate. Il avait encore du mal à croire que son frère cadet n'était plus le garçon de douze ans qu'il avait quitté.

— Nous prenons la mer à destination de l'Espagne ce mois-ci, répondit Charles. J'ai bien l'intention d'en être.

— Sa Grâce s'y oppose ? demanda Anthony.

Son frère ne répondit pas.

— Je suppose qu'il n'approuve pas ton choix de carrière, reprit Anthony. Il te destinait à l'Église, non ?

Il se rappelait avoir abordé le sujet avec leur père. Et avoir promis au jeune rebelle qu'était Charles à l'époque de prendre son parti et de veiller à ce qu'il ne soit pas contraint de suivre une voie qui ne l'attirait pas le moins du monde. Sauf qu'Anthony était parti avant de pouvoir tenir sa promesse.

De toute évidence, Charles ne souhaitait pas poursuivre cette conversation car il mit son cheval au petit galop. Revenu à sa hauteur, Anthony continua néanmoins :

— Je ne me souviens pas, cependant, que tu souhaitais entrer dans l'armée. Ton intérêt pour la carrière militaire est assez récent, non ?

Son frère fixa sur lui un regard dur et hostile.

— Depuis quand t'intéresses-tu à ma carrière et à mes raisons de la choisir, Staunton ? Ne me dis pas que c'est parce que tu es mon frère. Tu n'es mon frère que par un accident de naissance.

Ah. Charles avait été beaucoup plus affecté par sa désertion qu'il ne l'imaginait. Anthony avait cru qu'il se remettrait rapidement et s'attacherait à quelqu'un d'autre – à William, par exemple. Quelle naïveté de sa part. Il est vrai que lui-même n'avait que vingt ans à ce moment-là, l'âge de Charles aujourd'hui.

— Tu voulais mener la vie d'un gentleman, insista-t-il. Tu voulais gérer des terres et des fermes, même si elles ne t'appartenaient pas, disais-tu. Tu espérais que William choisirait l'Église ou l'armée, et que Sa Grâce te permettrait de l'aider à s'occuper de ses propriétés, ou te confierait la gestion de l'une d'elle. Je comptais te donner un des domaines plus tard. C'était une plaisanterie entre nous : je te permettrais de vivre à Enfield Park et de t'occuper de tout, et moi j'irais mener la grande vie à Londres...

— Ce qui est exactement ce que tu as fait, rétorqua Charles d'une voix qui, pour la première fois, laissait transparaître son amertume. Avec le succès que l'on connaît.

— Sais-tu pourquoi je suis parti ?

— Oui, acquiesça son frère avec un rire bref. Sa Grâce t'interdisait de séduire les filles du coin. Après la mort de mère, il n'y avait plus rien ni personne pour te retenir ici.

Anthony tressaillit. Peut-être aurait-il dû se forcer à dire au revoir ? Essayer de s'expliquer ? Mais non, rien n'aurait pu expliquer la douleur, l'indignation, l'humiliation qui le tenaillaient.

— Et puis, ajouta Charles, William t'aurait cassé la figure si tu t'étais approché de Claudia.

Ainsi, un enfant de douze ans était capable de remarquer et de comprendre bien davantage que ce que croyaient les adultes.

— J'aimais Claudia, en effet, admit Anthony. Et je croyais qu'elle m'aimait. Pour autant, une fois qu'elle aurait été mariée à William, je ne me serais jamais approchée d'elle.

— Tu étais d'une arrogance insupportable, déclara avec mépris celui qui l'avait autrefois admiré. C'est William qu'elle voulait, cela sautait aux yeux de tout le monde, et il vivait un enfer parce qu'il croyait que tu la prendrais et qu'il n'osait pas te la disputer. Tu n'es pas le genre d'homme à plaire à Claudia, Staunton. Ce n'est pas parce qu'elle est très belle qu'elle n'aspire pas au calme, à la sécurité et à la tranquillité. Et elle aime William.

Bon sang, avait-il été aveugle à ce point ? S'était-il illusionné aussi grotesquement ? Il semblerait, oui.

— Je suis parti pour d'autres raisons, rétorqua Anthony. La vie à Enfield m'était devenue intolérable. Entre le mariage de William et la mort de mère, j'ai failli perdre la raison. Failli, seulement. Il y avait encore toi et le bébé.

Il prit une inspiration saccadée. Depuis des années, il se refusait à y penser, et il ne savait pas s'il parviendrait à trouver les mots.

— C'est à cause d'autre chose.

Si Charles ne l'interrogeait pas, il s'en tiendrait là. Tout cela appartenait au passé. Il avait surmonté l'épreuve, recouvré sa fierté, repris le contrôle de son existence et conquis son indépendance.

— Mais encore ? dit Charles avec une impatience doublée d'une certaine impertinence.

— Il m'a accusé de vol. Je parle de Sa Grâce. Il avait fouillé mon appartement en personne, et il l'avait trouvé. Il le tenait dans sa main ouverte et il m'a frappé avec au visage, si violemment que j'ai saigné.

Dans le bref silence qui s'ensuivit, il s'abstint de regarder son frère.

— Il m'a ordonné de descendre et de l'attendre dans la bibliothèque. Je savais évidemment ce qui m'attendait. Chacun de nous l'aurait su, n'est-ce pas ? J'avais vingt ans et j'étais innocent. Pourtant je lui ai dit que j'obéirais, que je l'attendrais dans la bibliothèque, que je ne chercherais pas à me justifier. Je lui ai dit que je me laisserais fouetter, comme si j'étais encore un enfant sans défense. Ce que je lui ai dit aussi, c'est que je serais parti avant la fin de la journée, que je ne remettrais pas les pieds à Enfield Park, et qu'il ne me reverrait plus jamais. Sa Grâce ne se serait pas inclinée face à de telles menaces, évidemment. Ce fut la correction la plus sévère qu'il m'ait jamais administrée. Il m'a été très difficile de monter à cheval ensuite, mais je n'aurais pas passé une autre nuit sous le même toit que lui.

Comme son frère ne disait rien, Anthony enchaîna :

— Cette menace, je ne l'avais pas proférée à la légère. Je savais que cela signifiait abandonner le bébé, que Sa Grâce ne voulait même pas voir. Et t'abandonner, toi, la personne la plus précieuse qui me restait... Je n'utiliserai cependant pas un tel argument pour me défendre. Tu étais encore un enfant et tu avais besoin de moi. Et je n'ai même pas eu le courage de te dire au revoir. Parce que je savais que j'aurais été incapable de partir. Or, il fallait que je m'en aille. Ce n'était pas seulement une question d'amour-propre, c'était ma vie, mon âme même qui était en jeu. À vingt ans, tu l'admettras peut-être, il arrive que la réalité nous apparaisse dramatique. Rétrospectivement, mon amour-propre, ma vie et mon âme avaient peut-être moins d'importance qu'un enfant qui me considérait pratiquement comme un héros.

Anthony comprit soudain, non sans consternation, la raison du silence de Charles.

— Bon sang, ce n'est pas un conte tire-larmes, Charles ! Juste un épisode idiot et sordide du passé. D'un passé depuis longtemps oublié. Vois, je n'ai même pas été capable de tenir parole. Seulement huit ans après, me voilà à Enfield Park, et en termes presque courtois avec Sa Grâce.

Abruptement, Charles éperonna son cheval, et Anthony n'essaya pas de le suivre. À vingt ans, et lorsqu'on est lieutenant de cavalerie, on ne tient pas à être vu en train de pleurer.

Il tira sur les rênes et arrêta sa monture. Il ne rejoindrait pas son frère, pas même dans quelques minutes. Celui-ci serait abominablement embarrassé, et jugerait peut-être nécessaire de commenter ce qu'il venait d'apprendre. Or, il n'y avait rien à ajouter. Charles savait désormais que si son frère aîné était parti, ce n'était pas juste pour mener une vie dissolue à Londres après la disparition de leur mère. Certes, la raison qu'il avait invoquée ne faisait pas une grande différence. En définitive, il avait brisé des liens d'amour et de confiance, et il n'était pas le seul à en avoir souffert.

Anthony fit pivoter son cheval vers la maison, puis changea d'avis et prit une direction différente. Il comptait galoper jusqu'à l'épuisement.

Charity ne dormit qu'une demi-heure supplémentaire. Pourtant, elle n'avait dormi que très peu à la toute fin de la nuit, et Anthony l'avait réveillée pour faire l'amour. Mais les vieilles habitudes ont la vie dure. Elle avait toujours été très matinale.

L'oreiller de son mari conservait son odeur, et elle l'inspira profondément tout en s'efforçant de faire le tri dans les sensations d'inconfort et de bien-être, de langueur et d'énergie qui se mêlaient en elle. Que ce serait agréable d'être mariée pour de bon, et de se réveiller ainsi chaque matin ! Son mariage n'était que provisoire, se rappela-t-elle, et elle ne souhaitait pas qu'il en aille autrement. Il y avait davantage de problèmes dans cette famille qu'elle n'avait de doigts aux deux mains. Et elle avait sa propre famille, qui la satisfaisait pleinement, et qu'elle retrouverait bientôt. Le bal avait lieu ce soir. Demain ou après-demain, le comte de Tillden quitterait Enfield Park avec la comtesse et leur fille. Les fonctions de Charity prendraient alors fin.

Demain matin, elle demanderait au marquis quand elle pourrait partir. Il désirerait sans doute qu'elle reste encore quelques jours, mais elle pouvait raisonnablement espérer être chez elle dans une semaine.

Elle s'assit au bord du lit. Ils allaient tous être tellement content de la revoir ! Et elle aussi ! Elle avait hâte de leur apprendre la merveilleuse nouvelle.

Penny ne l'approuverait pas. Quant à Philip, il tempêterait, bien sûr. Peut-être même refuserait-il son argent et lui interdirait-il de rembourser les dettes de leur père. Cela dit, Charity s'était chamaillée avec son frère toute sa vie. Et puis, elle était l'aînée. D'une manière ou d'une autre, elle parviendrait à le convaincre.

Elle connut un moment embarrassant lorsque, traversant le dressing de son mari en chemise de nuit et les cheveux en désordre, elle se retrouva nez à nez avec le valet de chambre du marquis occupé à ranger son nécessaire à raser.

Peu après, elle descendit prendre son petit déjeuner. Il était encore très tôt, et elle espérait que personne ne serait levé. Et surtout que *lui* ne serait pas là car elle ne saurait pas comment le regarder ni quoi lui dire. Seul Charles était attablé, si juvénile et fringant dans sa tenue d'équitation.

— Vous êtes du genre matinal, vous aussi ? commenta Charity, le sourire aux lèvres, après l'avoir salué. Sans doute, puisque vous êtes officier.

— Je suis sorti à cheval de bon matin.

Il s'était levé, et lorsque Charity s'approcha de la table, il s'empara de sa main et la porta à ses lèvres. C'était un geste délicieusement courtois de la part d'un si jeune homme.

— Vous avez peut-être vu Anthony ? hasarda-t-elle. Il s'est levé très tôt, lui aussi, et m'a dit qu'il partait se promener à cheval.

Charity rougit lorsqu'elle prit conscience de ce que ces mots révélaient.

— J'ai chevauché un moment en sa compagnie, répondit Charles.

— Vraiment ?

Elle s'assit et, tandis qu'un valet versait du café dans sa tasse, elle s'inclina légèrement vers le jeune homme.

— Avez-vous parlé, tous les deux ? Je n'ai jamais connu de famille dont les membres évitent à ce point d'évoquer les sujets importants.

— Nous avons parlé, oui, acquiesça-t-il, l'air soudain méfiant.

— C'est bien, approuva Charity en beurrant un toast. Et lui avez-vous pardonné de vous avoir abandonné lorsque vous étiez enfant ?

— Il vous en a parlé ?

— Non, répondit-elle avec un sourire. Même à moi, il en dit très peu sur son passé. J'ignore ce qui est arrivé. Je sais juste que quelque chose a eu lieu, et que tant que personne n'abordera la question la blessure restera ouverte. Il fut un temps où vous aimiez Anthony…

— Oui. Plus que tout autre personne au monde. À mes yeux, il ne pouvait rien faire de mal. Cela ne m'empêchait toutefois pas d'avoir conscience de ses défauts. De son arrogance, par exemple.

— Je pense que son arrogance découle de son rang, de son éducation… et de son physique, conclut-elle avec un sourire entendu.

— Est-ce que vous l'aimez ? demanda Charles à brûle-pourpoint.

Charity hésita. Comment répondre à une telle question ? En vérité, elle n'avait pas le choix.

Elle s'était engagée à mentir lorsqu'elle avait accepté la proposition du marquis de Staunton.

— Oui, répondit-elle. Avec ses défauts et tout le reste. Et même si j'ai eu envie de le secouer comme un prunier à l'instant où nous avons posé le pied à Enfield. Il se montre si bêtement... réticent.

Charles lui sourit, et Charity se surprit à plaindre la jeune fille qu'il gratifierait de ce sourire. Dans la mesure où il n'aurait pas l'intention de lui offrir également son cœur.

— Au début, je vous ai prise pour une femme intéressée, une aventurière, avoua-t-il. J'avais beau détester Anthony, je n'ai pas pu m'empêcher d'être navré pour lui. J'ai cru qu'il avait été dupé. Je suis désolé... Depuis, j'ai compris que je vous avais mal jugée ; et que je m'étais trompé sur la capacité d'Anthony à choisir une épouse. En fait, je vous apprécie.

— Merci. Merci beaucoup. Excusez-moi, balbutia Charity en cherchant vainement un mouchoir. Quelle sotte je suis !

Charles lui glissa un grand carré blanc dans la main.

— Mais non, protesta-t-il. Vous avez été abominablement traitée, même si Sa Grâce elle-même s'est montrée plus aimable avec vous hier soir. Vous avez fait preuve d'un grand courage en continuant à sourire et à vous montrer bienveillante alors que nous vous avions reçue si froidement.

— Eh bien, murmura Charity après s'être tamponné les yeux, je crois que j'ai assez mangé.

Elle avait grignoté la moitié de son toast et à peine touché à son café, mais elle n'avait qu'une envie : se précipiter hors de cette pièce et trouver un recoin obscur où se cacher. Charles avait cru qu'elle pleurait parce qu'il s'était montré gentil avec elle. À tort.

« Au début, je vous ai prise pour une femme intéressée, une aventurière… »

Cette phrase lui avait fait l'effet d'une gifle.

Elle n'eut hélas pas la possibilité de s'échapper car la porte de la salle du petit déjeuner s'ouvrit, livrant passage à lady Tillden et à sa fille. Il y eut un échange de salutations et de révérences embarrassées, puis Charity et lady Tillden se mirent à discuter du temps qu'il faisait, sujet aussi ennuyeux que prévisible. Il avait plu la nuit dernière, et il y avait un peu de brouillard ce matin, il était toutefois permis d'espérer que celui-ci se dissiperait et que le soleil ferait peut-être une apparition…

Cet échange n'empêcha pas Charity de remarquer que le lieutenant Charles Earheart s'inclinait sur la main de lady Marie. Les deux jeunes gens échangèrent un sourire, puis quelques mots.

— Je suis enchanté de vous revoir, lady Marie, dit-il. Cela faisait dix-huit mois.

— J'ignorais que vous seriez présent, avoua-t-elle. Je vous croyais au loin avec votre régiment.

— Je suis en permission.

— En vérité, j'espérais que vous ne seriez pas là, déclara-t-elle à mi-voix.

— Vraiment ? murmura Charles sans paraître surpris.

— Oui.

— Et vous en êtes désolée ?

Il avait pris un ton grave, et avait plongé son regard dans celui de la jeune fille.

Malheureusement, les ressources de la météorologie ayant été épuisées, lady Tillden se tourna vers sa fille et lord Charles.

Charity prit alors congé et sorti.

Après avoir gravi d'un pas normal les cinq premières marches, elle s'élança dans l'escalier en courant.

« Je vous ai prise pour une femme intéressée, une aventurière... »

13

Lorsque vint l'heure de se préparer pour la soirée, Anthony était plus satisfait qu'il ne s'y attendait de la journée écoulée. Il avait réussi à conserver quelque distance avec les invités tout en se montrant poli avec eux. Il est vrai que Marianne et Charles s'étaient employés à distraire la famille du comte. Le matin, sa sœur avait emmené lady Tillden et sa fille en voiture ; l'après-midi, c'était en barouche que Charles et les trois femmes s'étaient promenés dans le parc, avant de s'arrêter près des ruines pour une collation.

Le comte de Tillden avait apparemment estimé plus raisonnable de se conduire comme si l'idée de fiançailles entre sa fille et l'héritier du duc de Withingsby ne lui avait jamais traversé l'esprit.

Si Charles n'avait pas cherché à discuter avec Anthony de ce qu'il avait appris lors de leur promenade matinale, il ne l'avait pas non plus délibérément évité. L'hostilité avait disparu de son regard, mais son expression était désormais indéchiffrable. Toutefois, lors de l'unique occasion où il avait dû s'adresser directement à son aîné, il ne l'avait pas appelé « Staunton », ni même

« Anthony », mais « Tony ». L'usage de ce diminutif avait fait tellement plaisir à Anthony qu'il eut honte de lui.

Et puis, il y avait William. Il était passé dans la matinée pour discuter avec son père d'un détail concernant la propriété. Sa Grâce avait alors convoqué Anthony dans la bibliothèque. Après avoir ordonné à son fils cadet de faire à son aîné un résumé sur la situation des différents domaines, il était sorti.

Au début, les échanges avaient été guindés et s'étaient limités aux faits matériels. Et puis, un détail trivial les avait amusés et ils s'étaient esclaffés de concert. Même si une certaine gêne avait continué de se manifester de temps à autre, quelque chose avait changé. Ils étaient redevenus des frères sans que rien ait été dit.

Lorsqu'il avait repensé à Claudia, Anthony s'était rendu compte que toute cette histoire sordide, et plutôt humiliante, appartenait bel et bien au passé. Il ne ressentait rien pour elle, sinon une admiration tout à fait naturelle pour sa beauté. Il n'éprouvait plus d'amertume. Après tout, peut-être que – probablement même – personne n'avait exercé de contrainte sur elle ; et que William ne s'était pas conduit de manière déshonorante. Il avait juste éprouvé une répugnance très compréhensible à avouer à son frère qu'ils aimaient la même femme. À l'époque, il n'avait que dix-neuf ans. On pouvait difficilement attendre de lui qu'il agisse avec la fermeté et la maturité d'un homme fait.

Même Augusta s'était un peu réchauffée. Avec Charity plus qu'avec lui, du reste. Elle lui avait néanmoins souri, et elle s'était davantage conduite en enfant. Alors qu'il raccompagnait William jusqu'au pont pour profiter du soleil qui avait succédé à la brume matinale, il avait croisé Charity et Augusta. Sa femme s'était en effet rendue à la résidence de la douairière pour des essayages, dont celui de sa robe de bal que la couturière terminait en toute hâte. Elle avait emmené Augusta afin que celle-ci joue un peu avec les garçons. Comment était-elle parvenue à soustraire sa petite sœur à sa salle d'études au milieu de la matinée ? En le demandant au duc et à Mlle Pevensey, la gouvernante. Tout simplement.

Sa Grâce avait dispensé sa fille de leçons simplement parce que sa belle-fille le lui avait demandé ?

— Il a reconnu que ce serait dommage de ne pas profiter d'une aussi belle matinée, avait répondu Charity lorsqu'il lui avait posé la question.

Elle avait rougi en le découvrant sur le chemin, puis de nouveau tandis qu'ils parlaient. De toute évidence, elle se rappelait la nuit passée – nuit qu'il aurait préféré oublier.

Il s'était donc forcé à reporter son attention sur Augusta. Avec sa robe froissée et ses cheveux emmêlés, elle ressemblait à une enfant de huit ans pour une fois.

— Tu fais remonter beaucoup de souvenirs à ma mémoire, Augusta, avait-il avoué. Lorsque William, Charles et moi, et parfois même Marianne, grimpions aux arbres ou jouions à chat perché et à cache-cache, nous revenions non seulement sales, mais avec des égratignures, des bleus et des vêtements déchirés.

La fillette l'avait regardé avec effroi.

— Je ne doute pas que tu changeras de robe, avait-il poursuivi, que tu te laveras les mains et le visage, et que tu te brosseras les cheveux avant que Sa Grâce pose les yeux sur toi à la table du déjeuner. Sache toutefois que si le duc me convoque dans la bibliothèque entre-temps et m'interroge, je suis prêt à jurer que, lorsque je t'ai croisée sur le pont, il n'y avait pas le moindre soupçon de poussière sur toi, ni même sur la semelle de tes souliers.

C'est alors qu'elle lui avait souri, un sourire lumineux d'enfant accompagné d'un froncement de nez.

« Oui, songea Anthony alors que son valet de chambre lui présentait sa redingote noire, la journée s'est plutôt bien passée. »

Encore qu'avec les préparatifs du bal et la présence du comte de Tillden et de sa famille dans la maison, certaines affaires importantes étaient restées en suspens. Anthony avait réalisé qu'être de nouveau en bons termes avec ses frères et sœurs ne suffirait pas. Il devait mettre les choses au clair avec son père. Et il lui fallait régler la situation avec sa femme.

Il avait pris la décision de la renvoyer bientôt. Après tout, elle s'était d'ores et déjà acquittée de sa tâche. Mieux valait donc en finir une bonne fois pour toutes.

Mieux valait, également, qu'elle s'en aille avant que le risque, déjà très important, de lui faire un enfant augmente. Et avant qu'il s'habitue un peu trop à sa présence dans la chambre contiguë à la sienne.

Il avait engagé Mlle Charity Duncan pour qu'elle lui rende un service. Ce service n'incluait pas qu'elle réchauffe son lit la nuit.

Alors qu'il s'inclinait vers le miroir pour piquer une épingle à tête de diamants dans les plis de sa cravate, il suspendit son geste. Charity aurait certes une robe de soirée, dont il voulait croire qu'elle serait jolie, en revanche, elle n'aurait pas de bijoux pour rehausser sa toilette.

Évidemment, en amenant à Enfield Park une femme visiblement pauvre lorsqu'il l'avait épousée, il voulait montrer à sa famille que la naissance, la fortune, l'élégance et la beauté – tout ce qui, pour un homme de son rang, comptait chez une femme – ne signifiaient rien pour lui.

Or, il se sentait étrangement coupable à présent. Qu'avait ressenti Charity à se découvrir aussi différente que possible de sa famille et des invités de celle-ci ? Qu'allait-elle ressentir ce soir, dans sa robe de bal neuve, sans le moindre bijou pour orner son cou, ses poignets et ses oreilles ? Il s'agissait pourtant de sa femme, de celle qui, dans cette assemblée, était censée occuper le rang le plus élevé. Le mot s'était rapidement répandu dans le voisinage que le bal, dont la rumeur voulait qu'il soit donné pour les fiançailles du marquis de Staunton, était en réalité destiné à fêter son mariage.

Pourquoi diable n'avait-il pas pensé à lui acheter un cadeau de mariage, un bracelet, un collier ou une bague ? Même Anna, qui avait été sa maîtresse pendant six semaines au printemps, avait été remerciée avec des rubis.

Fermant les yeux, Anthony s'efforça de réfléchir. Il y avait la chaîne en or et le médaillon que sa mère lui avait donnés pour ses dix-huit ans, et qu'il avait constamment porté durant l'année qui avait suivi sa mort. Le médaillon contenait un portrait miniature de la duchesse. Il l'avait apporté à Enfield Park. Quoi d'autre ? Ah oui, un rang de perles destiné à la jeune danseuse sur laquelle il avait jeté son dévolu pour succéder à Anna ! Sauf qu'il avait finalement changé d'avis à propos de cette fille. Il possédait donc toujours ces perles, qu'il avait glissées dans ses bagages avec la vague idée de les offrir à Marianne ou à Augusta.

Après avoir renvoyé son valet de chambre, il sortit les perles de leur écrin. Elles étaient splendides. Il ne lésinait pas lorsqu'il s'agissait de gâter ses maîtresses ou futures maîtresses. Il pensait, non sans cynisme, qu'un protecteur généreux était en droit d'exiger la totale jouissance et l'exclusivité de leurs services.

Il ignorait à quoi ressemblait la robe de Charity. Il n'en connaissait même pas la couleur. Elle avait éclaté de rire lorsqu'il le lui avait demandé et, plus ravissante et juvénile que jamais, lui avait riposté que c'était un secret. Mais peu importait. Les perles se mariaient avec n'importe quelle toilette. Tout en les réchauffant au creux de sa main, Anthony se fit la réflexion qu'au fond, il ne lui devait rien puisque l'accord qu'ils avaient signé lui assurerait un revenu très confortable. Il n'empêche, elle avait fait du bon travail, et même plus que cela. Encore que les perles ne constitueraient pas un paiement pour ses faveurs sexuelles.

Les sourcils froncés, il contempla le collier. Cette pensée était répugnante. Charity était sa femme.

Et il lui donnerait les perles parce qu'elle était sa femme. Ce serait un cadeau de mariage, même si leur union sortait de l'ordinaire.

Une minute plus tard, il frappait à la porte de son dressing. La femme de chambre lui apprit que milady était descendue dans le grand salon, où Sa Grâce l'avait fait appeler.

Anthony glissa les perles dans sa poche et se dirigea vers l'escalier. Sa Grâce avait décidé de montrer pour sa belle-fille une affection qu'il n'avait jamais accordée à ses propres enfants. C'était délibéré de sa part, bien sûr. Il essayait de déstabiliser son fils aîné, de le convaincre qu'il n'était pas du tout affecté par son choix d'une future duchesse issue des rangs les plus modestes de la bonne société et qui, voilà peu, gagnait sa vie comme gouvernante.

Quelle importance ? Non seulement Anthony n'était pas déstabilisé, mais voir Sa Grâce combler Charity d'attentions avait tendance à l'amuser. Il lui offrirait les perles dans un cadre moins intime que prévu, voilà tout, et peut-être lui offrirait-elle l'un de ces sourires chaleureux dont elle avait le secret.

La robe de Charity était de soie blanche, recouverte d'une tunique de dentelle blanche rebrodée de boutons de rose dorés. La broderie était plus large et plus dense à l'ourlet, au bord des courtes manches et autour du décolleté, profond comme l'exigeait la mode. Claudia avait insisté pour qu'elle porte une paire de longs gants de soirée dorés. Sa nouvelle femme de chambre, très habile de ses mains, avait fait des merveilles avec sa chevelure.

Elle se sentait belle. Devant le miroir, elle se déclara même fascinante, et sourit à son reflet avant de se moquer d'elle-même et de sa vanité. Et si elle se montrait vaniteuse, quelle importance ? Après tout, personne d'autre qu'elle ne le savait. Elle avait l'impression d'être une princesse se rendant à un bal prestigieux. Ce n'était d'ailleurs pas loin d'être le cas. N'était-elle pas marquise de Staunton, belle-fille du duc de Withingsby ? Et le tout premier bal auquel elle assisterait, dans une salle dont la splendeur lui avait coupé le souffle lorsqu'elle y avait jeté un coup d'œil en fin d'après-midi, était donné en son honneur. Elle accueillerait même les invités à l'entrée de la salle avec Sa Grâce et son mari.

Ce dernier la trouverait-il belle ? Elle décida qu'elle s'en moquait. Elle se mentait à elle-même, évidemment. Cette nuit, il l'avait trouvée désirable, et elle n'avait cessé de rougir toute la journée au souvenir de leurs ébats. Mais elle ignorait si Anthony la désirait simplement parce qu'elle était là, disponible – et plus que consentante – ou parce qu'il la trouvait réellement séduisante. Oh, et puis, peu lui importait qu'il la trouve séduisante ou pas ! Nouveau mensonge, admit-elle en s'adressant un autre sourire dans le miroir. Elle allait passer une excellente soirée. Elle oublierait que tout cela n'était qu'un arrangement temporaire et qu'elle n'était qu'une espèce de Cendrillon. Sauf qu'aucun prince n'allait battre la campagne, une pantoufle à la main, une fois qu'elle serait partie.

Charity attendit avec impatience que son mari la rejoigne pour l'accompagner au salon. Avant que les invités commencent à arriver pour le bal, il y aurait d'abord le dîner, bien sûr. Pour elle toutefois, la soirée commencerait dès qu'elle aurait quitté sa chambre. La regarderaient-ils tous avec stupeur, à présent qu'elle portait le costume adapté à son rôle ? Comment *lui* la regarderait-il lorsqu'il entrerait dans son dressing ? Elle comptait bien scruter son visage.

Elle espérait vraiment que son apparence lui plairait.

Lorsqu'on frappa à la porte, Charity ne put retenir un sourire joyeux en faisant signe à la femme de chambre d'aller ouvrir. Puis elle tempéra son sourire car elle ne voulait pas ressembler à une écolière exubérante. Son sourire s'effaça toutefois complètement lorsque ce fut un valet qui se présenta, et non pas son mari. Sa Grâce requérait l'honneur de sa compagnie dans le grand salon. Immédiatement.

Charity hésita. Son mari n'allait plus tarder. Devait-elle frapper à la porte de son dressing ? En dépit de l'évolution de leur relation et de l'intimité qu'ils avaient partagée, il ne lui sembla pas souhaitable de prendre une telle liberté.

— Winnie, dit-elle à sa femme de chambre, lorsque milord viendra, dites-lui, s'il vous plaît, que Sa Grâce m'a demandée au salon.

Dieu merci, elle se sentait désormais suffisamment à l'aise avec la famille pour ne pas être trop impressionnée à l'idée d'entrer seule dans une pièce. Ce soir, ce serait plus difficile, bien sûr, car elle avait une conscience aiguë de son apparence, tellement différente. Il lui sembla que le valet de pied en faction devant la porte du salon la regardait d'un air stupéfait. Quelle absurdité ! Un valet de pied digne de ce nom demeurerait impassible, quand bien même un troupeau d'éléphants en jupons roses défilerait sous son nez.

Claudia l'accueillit avec un grand sourire ; William pinça les lèvres, ressemblant soudain énormément à son frère ; Marianne arqua les sourcils et Richard prit la peine de saluer Charity d'une inclinaison du buste. Quant à Charles – irrésistiblement beau –, il se pencha sur sa main et, avec un clin d'œil malicieux, lui murmura qu'Anthony avait une chance de tous les diables. Le comte de Tillden et sa famille n'étaient pas encore là.

Debout devant la cheminée, les mains dans le dos, Sa Grâce l'étudia d'un œil aigu. Elle lui sourit tout en exécutant une révérence.

— Vous vouliez me voir, père ?

Le duc avait le visage moins gris qu'à l'ordinaire. Il avait dû se reposer, comme Charity le lui avait conseillé, et comme il lui avait promis de le faire.

— Oui. Approchez, très chère.

Elle le rejoignit. L'attention de toute la famille s'était évidemment portée sur eux. Lorsque le duc ramena les mains devant lui, Charity s'aperçut qu'il tenait quelque chose dans l'une d'elles.

— J'ai offert un présent à Sa Grâce le jour de notre mariage, dit-il. À sa mort, ce présent m'est revenu. Je souhaite l'offrir à la femme qui héritera un jour du titre et du rang de Sa Grâce. À la femme de mon fils aîné. À vous, ma chère.

Charity baissa les yeux. Sur la paume du duc reposait une rivière de diamants au milieu de laquelle était enchâssée une superbe topaze, elle-même entourée de diamants. C'était un bijou lourd et très travaillé, qui devait valoir une fortune. Mais ce n'est pas pour cela que la bouche de Charity s'assécha. À ses yeux, la valeur de ce joyau allait bien au-delà de son coût. Le duc l'avait offert à sa femme en cadeau de mariage. Et c'était à elle qu'il l'offrait à présent ? Que le collier fût trop opulent pour sa robe si délicate lui importait peu. Sa vision se brouilla et elle battit des paupières.

— Père, dit-elle en regardant le duc droit dans les yeux, vous avez dû beaucoup l'aimer.

Des paroles ridicules, dont elle ignorait pourquoi elle les avait prononcées ou, plutôt, chuchotées.

Si on le lui avait demandé, elle aurait été bien en peine de décrire ce qui passa alors dans le regard de Sa Grâce. Ses yeux prirent la dureté de l'acier et, en même temps, s'emplirent d'une chaleur liquide. Bien qu'inadéquats et en apparence contradictoires, c'étaient ces mots qui s'approchaient le plus de ce qu'elle constata.

— Oh oui !

Ce fut tout ce qu'il dit, et à voix si basse que Charity douta que quiconque, dans la pièce pourtant silencieuse, l'ait entendu.

Plus haut, il ajouta :

— Tournez-vous. Je vais l'attacher à votre cou.

Elle se retourna… et croisa le regard de Marianne. Un regard empreint d'un mélange d'incrédulité, de ressentiment et de jalousie. En tant que fille aînée, elle s'attendait sans doute que le bijou le plus précieux de sa mère lui revienne à la mort de son père. Lorsque les pierres se posèrent sur son décolleté, Charity les trouva pesantes et froides... Étrangères. Le collier attaché, son beau-père posa les mains sur ses épaules et la fit pivoter.

— Il a trouvé sa place, déclara-t-il.

Puis, à sa grande stupéfaction, il se pencha et l'embrassa sur les deux joues.

— Je vous remercie, père.

Sa voix s'étranglait de gratitude, d'embarras et de... d'amour. Oui, elle était attachée au duc. Elle n'aurait su dire pourquoi, sinon qu'elle ressentait pour lui une profonde tristesse, ainsi qu'une véritable tendresse. Elle l'aimait. Il était un père pour elle... le père de son mari.

C'était là une pensée très dangereuse.

Charity s'écarta alors et, histoire de se ressaisir, s'empara d'un verre de ratafia sur le plateau tout proche. Elle le terminait à peine lorsque la porte s'ouvrit sur son mari. Charity se figea et attendit, anxieuse, qu'il la remarque. Dans son habit de soirée noir sur lequel se détachait sa cravate immaculée, il était plus séduisant que jamais. Plus inquiétant, aussi. Mais s'il était arrivé à Charity d'éprouver de la crainte en sa présence, ce n'était plus le cas. Elle aurait certes préféré ne pas avoir certains souvenirs... Ce soir cependant, elle n'essaierait pas de les chasser. Elle avait décidé de savourer cette soirée.

Anthony la repéra presque aussitôt. Comme son père un peu plus tôt, il la parcourut du regard. Et dans ce regard, elle lut de l'admiration, et quelque chose de plus... ardent. Elle lui sourit.

C'est alors qu'il fixa les yeux sur sa gorge.

Quelque chose dans son attitude alerta Charity. Un grand froid se fit en elle, le souffle lui manqua. Elle pressentit un danger alors même que l'expression du marquis n'avait pas changé et qu'il ne bougeait pas. Puis il s'avança lentement vers elle. La panique empêchait Charity de respirer, elle n'avait qu'une envie : fuir. Pourtant, l'instant lui restait incompréhensible et elle continuait de sourire.

— Où l'avez-vous eu ?

La voix d'Anthony, parfaitement égale, la transperça telle une lame aiguisée. Ses yeux lui parurent soudain très noirs.

Elle porta la main au collier.

— Il était à votre mère, répondit-elle sottement.

— Où l'avez-vous eu ? articula-t-il, les narines frémissantes.

— Votre père me l'a offert. En cadeau de mariage. Il est très beau.

Et je le rendrai avant de partir. Impossible, bien sûr, de prononcer ces mots à voix haute. Ils avaient un public – un public très attentif.

— Enlevez-le.

— Votre père…

— Enlevez-le.

Le visage du marquis était très pâle soudain. Charity fut saisie d'effroi.

Elle ne réagit toutefois pas assez vite. Levant la main, il la referma d'un geste brusque sur la topaze et tira sur le collier d'un coup sec. Le fermoir ne céda pas, et Charity ne put retenir une grimace de douleur.

— Tournez-vous.

Elle obtempéra et pencha la tête en avant. Il lui sembla qu'Anthony bataillait avec le fermoir pendant un temps infini avant qu'elle sente le collier glisser sur sa peau. Elle ne releva pas la tête, ne se retourna pas. Le silence était absolu. Elle put donc entendre les paroles que son mari adressait au duc après avoir traversé la pièce.

— Je crois que ceci vous appartient, monsieur.

— Pas du tout, Staunton, il appartient à lady Staunton. C'est un présent que je lui ai fait.

— Je refuse ce présent, répliqua son fils. J'offrirai à ma femme les vêtements et les bijoux qu'elle portera.

— Ce bijou lui appartient, rétorqua Sa Grâce. Je n'en veux pas.

— Alors, il restera par terre jusqu'à ce que quelqu'un se décide à le ramasser.

Les pierres heurtèrent bruyamment le sol.

À cet instant, la porte s'ouvrit et le comte de Tillden, son épouse, et sa fille entrèrent.

Lorsque Charity se retourna, William ramassait discrètement le collier. Ce fut tout ce qu'elle vit car elle se précipita hors de la pièce. Elle ne savait pas si elle supporterait de rester à Enfield Park le temps nécessaire. Elle n'avait fait que quelques pas hors du salon lorsqu'une main se referma sur son bras.

— Charity…, fit la voix de Charles.

— Non, dit-elle en se libérant d'un geste brusque. S'il vous plaît.

Il refusa de la lâcher. La contournant, il lui barra le passage et elle alla donner de la tête contre son torse. Faute d'énergie pour le repousser, elle demeura immobile, le visage appuyé contre sa poitrine, la respiration bruyante et laborieuse.

— Laissez-moi vous emmener dans une autre pièce où vous pourrez vous reprendre, assura-t-il. Vous n'avez aucun tort, sachez-le. Vous avez été impliquée malgré vous. Je le répète : vous n'avez aucun tort.

— Non, aucun tort, confirma une voix derrière elle. Je vais m'occuper d'elle, Charles.

— Uniquement si tu jures de ne pas lui faire de mal, répliqua Charles d'une voix dure. Il y a du sang sur sa nuque.

— Je le jure, répondit le marquis.

— Je suppose que c'est à *cela* que tu faisais allusion ce matin ?

— Oui. Cet homme vient tout droit de l'enfer, Charles. Notre père est le diable en personne. Quel honneur insigne !

Il posa alors les mains sur les épaules de Charity, toujours appuyée contre Charles.

— Venez avec moi. Je vous en prie…

Elle se redressa lentement.

— Je vous remercie, Charles. J'espère ne pas avoir froissé votre cravate.

— Aucune importance, elle n'était pas aussi artistement arrangée que celle d'Anthony, répliqua-t-il en souriant. Je l'ai nouée moi-même.

— Venez avec moi, répéta le marquis tandis que Charles regagnait le grand salon.

Charity sentit qu'il pressait doucement son mouchoir contre sa nuque, dont elle réalisait seulement maintenant qu'elle était douloureuse.

— Vous voulez bien ? Je ne vous ferai plus mal, je vous le promets.

Il l'entraîna dans un petit salon proche, dont il referma la porte.

— Comme Charles l'a dit très justement, vous avez été impliquée malgré vous.

Après l'avoir fait asseoir, Anthony tamponna de nouveau sa coupure, avec précaution.

— Ce collier appartenait à ma mère, continua-t-il. Elle m'a toujours dit qu'il serait à moi lorsqu'elle ne serait plus là. Elle me l'a donné avant de mourir, et elle a insisté sur le fait qu'il devait me revenir. J'étais la personne la plus précieuse à ses yeux, me disait-elle souvent... Après les obsèques, mon père s'est aperçu que le collier n'était plus dans la collection de bijoux. J'étais alors parti à cheval pour essayer de me remettre des émotions de la journée. Lorsque je suis rentré, le duc était dans ma chambre, le collier à la main, et m'a accusé de l'avoir volé. Il a refusé d'entendre mes explications, mes justifications, et il m'a puni à coups de fouet. J'aurais facilement pu me soustraire à cette correction. J'avais vingt ans et j'étais au moins aussi fort que lui. Je n'ai même pas essayé. Toutefois, avant qu'il commence, je lui ai dit ce qui arriverait s'il s'entêtait.

— Que vous quitteriez la maison ?

Il souffla doucement sur l'écorchure avant de répondre.

— Oui. Et j'ai juré de ne jamais revenir. Pourtant je suis revenu. Selon mes propres conditions, cependant.

— Avec moi, dit Charity.

— Oui. Ma colère n'était pas dirigée contre vous. J'étais aveuglée par la fureur. Ce n'est pas une excuse, bien sûr. Je vous demande pardon.

— Le duc m'a offert ce collier délibérément. Il savait que ce geste vous affecterait plus que tout ce qu'il aurait pu faire.

— Vous n'aviez pas tort lorsque vous disiez que vous seriez un pion dans un jeu. Je suis désolé que vous ayez dû, de surcroît, souffrir physiquement. Est-ce que cela fait très mal ?

— Non, presque pas, répondit Charity, qui se leva. Nous devons aller dîner.

— Non, je vous emmène loin d'ici sans perdre un instant, déclara-t-il. Une fois à Londres, vous me direz où vous souhaitez vous installer et je veillerai à ce que vous obteniez satisfaction le plus vite possible. Vous avez fait du bon travail. Vous avez amplement mérité l'existence confortable qui vous attend.

— Nous sommes censés assister à un dîner, répliqua Charity avec fermeté. Et à un bal. Peut-être manquez-vous de courage, milord, mais pas moi. Vous avez fui une fois, et vous n'avez jamais pu échapper aux démons, aux fantômes, peu importe comment vous les nommez. Vous ne fuirez pas de nouveau, je pense, lorsque vous aurez pris le temps de réfléchir.

Anthony la dévisagea longuement, le regard insondable. Puis il prit une profonde inspiration.

— Allons donc dîner, ma petite souris grise. Avant cependant, accepterez-vous de porter ceci ?

Il avait sorti de sa poche un collier de perles. Elles étaient délicates, de forme parfaite, et Charity eut envie de pleurer.

— C'est un cadeau, ajouta-t-il. Un remerciement, si vous préférez. Peut-être un cadeau de mariage.

— Oui, je vais les porter, dit-elle en se retournant et en baissant de nouveau la tête pour qu'il attache le collier. Elles sont magnifiques.

— Mais loin d'être aussi belles que celle qui les porte.

14

Finalement, assister au dîner fut moins pénible que prévu, réalisa Anthony. Sa Grâce se comporta comme à l'accoutumée, et lui aussi. Autrement dit, tous deux se montrèrent distants et d'une courtoisie guindée. Pour Anthony, dissimuler ses sentiments si profondément que personne ne pouvait les soupçonner était devenu une seconde nature.

Personne, sauf sa femme. Elle présidait à l'extrémité de la table, souriante, animée, les yeux brillants, d'une beauté presque étourdissante. Mais elle voyait au-delà des défenses qui, depuis des années, lui permettaient de tenir les autres à l'écart, et elle comprenait qu'il était gravement ébranlé par l'incident qui venait de se produire. Du moins en avait-il l'impression. Ou peut-être se faisait-il des idées. Et s'en faisait-il aussi en imaginant qu'elle dardait le même regard pénétrant sur le duc, et qu'elle avait compris qu'il n'y avait rien derrière la façade. Uniquement de la froideur, de l'indifférence, et peut-être même de la pure méchanceté.

Il ne trouva pas davantage pénible de se tenir ensuite à l'entrée de la salle de bal pour accueillir les invités, et leur présenter la nouvelle marquise. Si ce n'était pas difficile, malgré la proximité de son père, c'était parce que Charity se tenait entre eux, et qu'elle se montrait aussi charmante et rayonnante qu'elle l'avait été à la table du dîner.

Tout en saluant et en échangeant quelques paroles anodines avec les nouveaux venus, Anthony se surprit à faire le décompte des jours écoulés. Il eut beau recommencer plusieurs fois, il parvenait toujours à la même conclusion : une semaine plus tôt, il ne connaissait pas Mlle Charity Duncan. Une semaine plus tôt, il lisait sa lettre de candidature, puis la posait sur la pile de celles qu'il étudierait plus attentivement.

Et voilà qu'une semaine plus tard, il était en train de tomber amoureux d'elle. Cette pensée le prit par surprise, et il la repoussa avec impatience. Il n'était pas dupe de ce genre de sentiment superficiel.

Alors que le flot des invités se tarissait, Charity se tourna vers lui.

— Je n'ai jamais été aussi nerveuse de ma vie, souffla-t-elle.

Étonné, Anthony haussa les sourcils. Il ne l'aurait jamais deviné. On aurait pu croire qu'elle avait l'habitude d'accueillir les invités de grandes réceptions depuis des années.

— Pas même à votre arrivée à Enfield Park ?

— Oh, je n'étais pas nerveuse ! s'esclaffa-t-elle. J'étais terrifiée !

Évidemment, elle n'allait pas exclure de duc de la conversation, bien que ce dernier se soit servi d'elle de manière éhontée. Reportant son attention sur lui, elle posa la main sur son bras.

— Vous ne voulez pas vous asseoir un peu, père ? Personne ne s'en offusquerait. Presque tous les invités doivent être arrivés, à présent. Anthony et moi pouvons accueillir les retardataires.

Elle s'exprimait avec une sollicitude presque affectueuse.

Anthony fut surpris que son père consente à être conduit vers un fauteuil. Lui-même se souciait comme d'une guigne de ce qui lui arrivait. Dès demain, il retournerait à Londres avec sa femme. Après s'être assuré qu'elle était confortablement installée, il reprendrait le cours de son existence, comme si cette interruption de quelques jours n'avait jamais eu lieu. Car ce n'était rien d'autre que cela : une courte interruption.

Une fois les derniers invités accueillis vint, pour Anthony et Charity, le moment d'ouvrir le bal. Il était obligé de reconnaître que la salle de bal d'Enfield Park, plus impressionnante que la plupart de celles qu'il connaissait à Londres, était magnifiquement décorée. Le bal prévu étant censé célébrer des fiançailles, et non un mariage, Sa Grâce avait bien sûr veillé à ce que les arrangements soient modifiés en conséquence. Aussi les fleurs, les rubans et les nœuds qui ornaient la vaste salle étaient-ils presque tous blancs.

Anthony s'interrogea soudain : sa femme dansait-elle ? Il supposa qu'elle le lui aurait dit si ce n'était pas le cas.

Et en effet, Charity enchaîna les pas de la première contredanse avec grâce et aisance. William avait invité lady Marie, nota-t-il. Lui-même n'avait échangé avec la jeune fille que les quelques paroles polies d'usage. Il ne lui semblait toutefois pas qu'elle eût le cœur brisé. Il espérait sincèrement que ce n'était pas le cas. Comme lui, elle avait été victime de deux despotes qui s'arrogeaient le droit de régenter la vie de leurs enfants jusque dans le moindre détail. Il voulait croire, sans grande conviction, qu'on lui laisserait à l'avenir un peu plus de liberté dans le choix d'un mari.

Tel un roi sur son trône, Sa Grâce observait le déroulement des festivités. Son visage ne révélait rien d'autre qu'une fierté hautaine. Il avait le teint grisâtre, mais Anthony décida de ne pas s'appesantir sur cette constatation. Être malade n'empêchait pas le duc de chercher à nuire. Il avait réussi à le faire sortir de ses gonds, quelques heures plus tôt.

Il se rappelait ce jour où il avait enterré sa mère. Il était rentré d'une chevauchée à bride abattue, épuisé par les émotions et le chagrin, et il avait trouvé son père qui l'attendait dans sa chambre. L'espace d'un instant, peut-être une fraction de seconde, son cœur avait bondi, comme de joie, à l'idée que celui-ci était venu partager sa tristesse. Et puis, il avait vu dans sa main le collier avec la topaze…

Les figures de la contredanse le rapprochèrent de sa femme, et ils se retrouvèrent dos à dos.

— Souriez, milord, lui glissa-t-elle. C'est de loin la meilleure des vengeances.

Ils rejoignirent chacun leur rangée, et exécutèrent les pas requis sans pouvoir échanger autre chose que des regards. Charity souriait toujours, et son visage entier semblait illuminé par ce sourire. Qui sait, songea Anthony non sans surprise, peut-être qu'elle portait un masque aussi impénétrable que le sien. Se pouvait-il qu'elle soit vraiment aussi heureuse qu'il y paraissait ? Elle avait subi une offense odieuse, devant toute la famille réunie qui plus est. On lui avait fait un cadeau somptueux, censé confirmer qu'elle était acceptée comme future duchesse par le duc de Withingsby en personne. Puis son mari était arrivé, s'était adressé à elle avec froideur devant tous les autres, lui avait arraché le collier et l'avait abandonnée à son embarras et à son humiliation pour aller affronter le duc.

C'était Charles qui l'avait réconfortée le premier. Pour une fois, et c'était la seule depuis qu'Anthony la connaissait, Charity avait perdu son sang-froid. Elle s'était effondrée contre le jeune homme.

Et pourtant, au lieu de fuir comme elle en avait la possibilité, elle s'était de nouveau présentée devant sa famille. Anthony était sérieux lorsqu'il lui avait fait part de son intention de quitter Enfield Park avec elle sur-le-champ. Pourtant elle avait choisi de leur faire face. Et pas avec colère, dédain ou indignation, mais en demeurant souriante, charmante et gracieuse. Elle s'était comportée avec une dignité de duchesse… ou de marquise, peut-être.

Agissait-elle ainsi pour lui ? Parce qu'ils avaient conclu un accord et qu'elle tenait à mériter le revenu généreux qu'il comptait lui octroyer ? Ou le faisait-elle pour elle-même ? Pour leur montrer à tous qu'elle n'avait pas honte de celle qu'elle était, et qu'elle pouvait faire preuve d'une noblesse véritable, contrairement aux meilleurs d'entre eux ?

Anthony était réellement en train de tomber amoureux d'elle. Cette fois, il ne repoussa pas cette pensée. Quand la danse les amena à se croiser, il lui sourit.

— Vous devriez vraiment faire cela plus souvent. C'est une arme fatale, murmura-t-elle avant de s'éloigner de nouveau.

Il fallut un instant à Anthony pour comprendre qu'elle faisait allusion à son sourire. Elle flirtait donc avec lui ? Il sentit son pouls s'emballer au moment même où il se ravisait. Non, elle ne flirtait pas. Elle jouait un rôle, et elle le jouait à merveille. Elle s'attirait des regards admiratifs malgré la relative simplicité de son apparence – ou à cause d'elle, peut-être. Elle paraissait fraîche, innocente et...

Et plus tôt il l'installerait dans sa nouvelle existence, plus tôt il retrouverait sa vie d'avant. Une vie d'indifférence dénuée de souffrances.

À la fin de la contredanse, les hommes alignés s'inclinèrent tandis que les femmes en face d'eux exécutaient une révérence. Anthony emmena ensuite Charity près de Claudia.

— J'aimerais avoir l'honneur d'une valse avec vous après le souper, mon cœur, lui dit-il, saisissant l'occasion d'utiliser ce terme affectueux.

Il s'inclina et porta la main de Charity à ses lèvres.

— Vous me la réserverez ?

— Une valse ? Oh, volontiers ! acquiesça Charity. Mais je doute d'être si demandée que vous ayez besoin de réserver cette danse.

La conversation n'alla pas plus loin car sir John Symonds, le frère aîné de Claudia, s'approcha pour inviter la marquise de Staunton à danser le quadrille sur le point de débuter.

Elle afficha une expression de surprise qu'Anthony trouva charmante.

Au cours du bal, Charity fit une découverte. Deux, en vérité. La première était que la marquise de Staunton était une personne très importante, et qu'il y avait plus de gentlemen désireux de danser avec elle que de danses prévues pour la soirée. Elle ne put s'empêcher de s'interroger : parmi ces gentlemen, combien l'auraient remarquée si elle était venue au bal comme la personne qu'elle était encore une semaine plus tôt, vêtue de sa robe de soie grise ?

La seconde découverte était plus importante et elle brûlait d'envie d'en discuter avec quelqu'un. Malheureusement, Claudia, la confidente par excellence, était toujours entourée de monde entre les danses. Comme elle-même, du reste.

Charles n'avait d'yeux que pour lady Marie Lucas. Et lady Marie Lucas n'avait d'yeux que pour Charles. Ils avaient dansé ensemble la deuxième danse, et, durant les suivantes – qu'ils dansèrent avec d'autres partenaires –, ils ne cessèrent d'échanger des regards à la dérobée. Lors du souper, bien que n'étant pas voisins de table, ils parvinrent néanmoins à se parler.

Ils étaient faits l'un pour l'autre, cela ne faisait aucun doute. L'instinct de marieuse de Charity s'était réveillé. Sa sœur Penny aurait reconnu la lueur dans son regard, et n'aurait pas manqué de protester. Aussi Charity s'efforça-t-elle de ne pas trahir son intérêt. Les deux jeunes gens étaient d'âges concordants, ils étaient beaux et ils étaient probablement amis. N'avait-elle pas entendu dire que le comte de Tillden avait amené sa famille à Enfield Park à plusieurs reprises au fil des années ? Enfants, Charles et Marie avaient probablement joué ensemble. Comme il avait trois ans de plus qu'elle, elle l'avait sans doute considéré comme un héros, et lui s'était probablement montré protecteur à son égard. À quel moment cette amitié d'enfance s'était-elle muée en amour ? Le comte de Tillden accepterait-il un mariage entre sa fille unique et le fils cadet d'un duc, simple lieutenant de cavalerie ?

Charity avait laissé vagabonder ses pensées et n'accordait pas à son voisin de table l'attention requise. Elle revint au présent lorsqu'elle croisa le regard de son mari, de l'autre côté de la pièce. Comme toujours, il arborait une expression froide, arrogante, les yeux étrécis et la bouche sévère. Pourtant elle ne fut pas dupe. L'incident du collier l'avait bouleversé – bien plus qu'elle, en vérité. Il avait été ébranlé jusqu'au tréfonds, et avait dévoilé des blessures qu'il avait si longtemps niées ou dissimulées qu'il avait dû les croire cicatrisées.

Charity porta son attention sur son beau-père, assis en compagnie du comte de Tillden et de deux dames dont elle avait oublié le nom. Sur son visage, la même expression hautaine et fermée. Dieu que les hommes étaient sots parfois ! songea-t-elle en retenant un soupir.

La valse promise à son mari aurait lieu juste après la fin du souper. Dans les soirées auxquelles Charity avait assisté, on n'avait jamais joué de valses. Toutefois, Philip ayant appris les pas, il les avait montrés à ses sœurs. Ils s'étaient amusés comme des fous, et depuis, Charity rêvait de valser dans une vraie salle de bal avec un vrai cavalier – un frère, cela ne comptait pas. Son mari, en revanche…

— Je connais les pas de la valse, dit-elle à Anthony alors qu'ils prenaient place, mais je ne l'ai jamais dansée. J'espère ne pas vous faire honte en vous écrasant les orteils ou en trébuchant.

— Le cas échéant, cela me fournira une excuse pour vous enlacer plus étroitement, répliqua-t-il.

Elle ne put que déplorer cette habitude exaspérante qu'elle avait de rougir dès qu'elle soupçonnait un compliment. Déjà, un peu plus tôt, elle s'était empourprée lorsqu'il avait déclaré que la beauté des perles de son collier n'était rien comparée à celle qui le portait. Et ce fut de nouveau le cas. D'autant qu'il y avait dans le regard un peu voilé d'Anthony une indubitable sensualité.

— J'essaierai de ne pas vous pousser à cette extrémité, murmura-t-elle.

Si le visage du marquis ne changea pas, ses yeux s'illuminèrent. Et Charity songea, bien trop tard, qu'elle aurait dû consentir à partir toutes affaires cessantes pour Londres, comme il le lui avait proposé.

Elle n'aurait pas dû s'inquiéter pour la valse. Après quelques premiers pas mal assurés, elle épousa le rythme de la danse sans difficulté. Comment aurait-il pu en être autrement avec un cavalier aussi doué ? Tandis qu'Anthony la faisait tourbillonner autour de la salle de bal, elle avait l'impression que ses pieds frôlaient à peine le sol. Jamais elle ne s'était sentie aussi exaltée. Et pas seulement exaltée. Anthony gardait les yeux rivés aux siens, ne s'en détachant que pour promener le regard sur son visage et ses épaules. Et l'étrange lumière s'attardait dans ses prunelles sombres, qui avaient de nouveau perdu leur déplaisante opacité.

— Quelqu'un a-t-il réservé la danse suivante ? s'enquit-il alors qu'elle commençait à déplorer la fin inéluctable de la valse.

Charity secoua la tête. Elle n'avait pas manqué une seule danse mais, hormis celle-ci, aucune n'avait été réservée.

— En ce cas, vous resterez avec moi. Et puisque, à Enfield Park, on se doit de respecter strictement l'étiquette, et que je n'oserai donc pas danser une troisième fois avec vous, bien que vous soyez ma femme, nous sortirons. Je vous propose une promenade jusqu'au lac. À moins, évidemment, que vous refusiez de manquer une demi-heure des festivités.

La première pensée de Charity, ridicule, fut qu'être seule avec lui serait inconvenant. Car elle savait désormais quand un gentleman souhaitait juste prendre l'air avec une femme, et quand il espérait davantage. Or, le marquis de Staunton entendait s'octroyer des libertés avec elle, c'était évident.

Sa seconde pensée fut qu'elle avait peur qu'il l'embrasse. Là encore, c'était ridicule, vu ce qu'ils avaient fait ensemble dans le lit du marquis. Et vu qu'elle était sa femme. Curieusement cependant, les enjeux entre coucher avec son mari et se promener avec lui au clair de lune alors qu'une réception battait son plein lui semblaient fort différents. Se promener lui paraissait infiniment plus dangereux.

Et tout aussi tentant.

Irrésistible, en vérité.

— Une promenade serait très agréable, milord, souffla-t-elle finalement.

La lumière, dans les yeux d'Anthony, se mua en amusement.

— Vous donnez l'impression de consentir à vous rendre à votre exécution.

— Vraiment ? murmura-t-elle, consciente de rougir de nouveau.

Anthony savait qu'elle avait deviné ce qu'il avait en tête. Elle jeta un regard furtif à sa bouche. Une seule fois, le jour de leur mariage, il avait effleuré la commissure de ses lèvres d'un baiser. Elle en avait été terriblement troublée. Que ressentirait-elle lorsque sa bouche couvrirait la sienne ? Elle avait le souffle coupé rien que d'y penser, ce qui lui semblait d'autant plus ridicule qu'elle avait accueilli son sexe en elle à quatre reprises.

Il n'empêche, un baiser, c'était différent. Les battements de son cœur s'accélérèrent tandis que la valse touchait à sa fin.

Ils assisteraient au dîner et au bal, avait décrété Charity. Au lieu de fuir, ils feraient preuve de courage face à sa famille. Ils étaient donc restés, et le duc lui-même devait admettre que tout s'était passé pour le mieux. Le bal était un immense succès. Visiblement, personne n'avait décliné l'invitation, et la cohue pouvait se comparer à celle des réceptions londoniennes.

Anthony avait atteint son objectif. Demain, Charity et lui regagneraient la capitale et reprendraient – séparément – le cours de leur vie. La soirée était presque terminée, et demain n'était pas encore là. Entre les deux, il y avait cet instant. Cette nuit... Il n'avait pas encore décidé s'il inviterait de nouveau Charity à partager son lit. Il la désirait, évidemment. Un certain temps s'écoulerait avant que s'estompe l'attrait sexuel qu'elle exerçait sur lui. Il allait devoir s'astreindre à le dominer. Mieux valait qu'il résiste à la tentation dès ce soir car s'il lui faisait l'amour, il aurait envie de recommencer, il le savait, avec chaque fois un risque accru de la féconder.

Ce soir, Anthony voulait autre chose. Quoi ? Il ne trouvait pas de terme pour décrire cet « autre chose ». Ou plutôt, le terme existait, mais il se refusait à l'utiliser, ne serait-ce que mentalement. Ce qu'il désirait, c'était un peu de chaleur, d'intimité, de tendresse... d'amour. Voilà, c'était dit. Il voulait un peu d'amour. Il ne put s'empêcher de se moquer de lui-même, à la fois à cause du mot et du sentiment qu'il lui évoquait. Il n'empêche, c'était bel et bien ce dont il avait envie.

Aussi invita-t-il Charity à marcher jusqu'au lac après la valse. Il vit sans son regard qu'elle l'avait parfaitement compris. Il trouvait assez dérangeant qu'en quelques jours seulement, elle ait acquis ce don de lire en lui comme personne n'en avait été capable depuis l'époque où William était son meilleur ami. Et William lui-même ne possédait pas sa sagacité. Il surprit également dans son regard le reflet de ses propres sentiments. Elle aussi avait envie d'un peu d'amour cette nuit. Cette constatation l'alarma. Il aurait dû partir en courant, ou confier Charity à un autre cavalier et se trouver une autre partenaire. Il aurait dû prendre la décision irrévocable de retourner directement dans sa chambre sitôt le bal fini, et de verrouiller la porte.

Au lieu de cela, il la guida vers les portes-fenêtres. Plusieurs couples déambulaient sur la terrasse, profitant de la fraîcheur nocturne. Il l'entraîna vers la pelouse qui descendait jusqu'au lac. Il l'avait prise par la main, et elle avait entrelacé ses doigts aux siens.

Lorsqu'ils furent hors de vue, Anthony lâcha sa main douce et tiède et, glissant le bras autour de sa taille, il l'attira tout contre lui. Après une seconde d'hésitation, Charity l'enlaça à son tour. Puis elle appuya la tête contre son épaule. Ils n'avaient pas prononcé un mot depuis qu'ils avaient quitté la salle de bal.

La nuit n'aurait pas pu être plus parfaite pour ce genre de promenade. L'air était frais, le ciel clair, constellé d'étoiles. Ils s'arrêtèrent au bord de l'eau, sur laquelle se reflétait le disque pâle de la lune.

— Avez-vous jamais rien vu d'aussi beau ? murmura-t-elle dans un soupir, après un silence prolongé.

— Il me suffit de tourner la tête.

Anthony joignit le geste à la parole et lui effleura la tempe de ses lèvres.

— Où avez-vous appris ce genre de galanteries ? demanda-t-elle, amusée.

— Ici, à Enfield Park. Aujourd'hui, hier, et le jour d'avant…

« Du calme, s'intima-t-il. Ne dis rien que tu risquerais de regretter. Attention ! »

Comme Charity demeurait silencieuse, il reprit :

— Il nous arrivait, à William et à moi, de nous glisser dehors la nuit. Je me souviens d'avoir nagé au moins une fois ici. Même maintenant, je n'ose imaginer ce qui se serait passé si nous avions été surpris.

— Ou si l'un de vous deux avait eu une crampe.

— Je suppose que les règles qui interdisent aux enfants de sortir seuls la nuit sont fondées, n'est-ce pas ?

— En général, elles le sont, oui, confirma-t-elle.

— Et je suppose que je serai aussi inflexible avec mes propres enfants.

Elle ne répondit pas, et Anthony réprima une grimace.

— S'il était dans mes projets d'avoir des enfants, bien sûr, enchaîna-t-il. Mais en dépit des interdictions et des punitions, l'enfance peut être un âge d'or. Je suis désolé que vous n'ayez pas de frères et de sœurs.

— J'ai eu des compagnons. Mon enfance a été heureuse.

— Je m'en réjouis, avoua Anthony en resserrant légèrement son étreinte. Je n'aime pas l'idée que vous ayez souffert de la solitude.

C'est alors qu'il l'éprouva lui-même, cette solitude. Ici, avec elle, il en était protégé. En revanche, il avait la conscience aiguë que demain tout serait différent. Que chacun irait son chemin. Il aurait beau être marié avec elle, il ne connaîtrait sans doute plus jamais un moment aussi serein, cette sensation d'être aussi proche qu'il était possible d'un autre être vivant.

Il n'y aurait que cette nuit.

La pensée de la solitude à venir le submergea.

Lorsqu'il fit pivoter Charity entre ses bras, elle le fixa de ses grands yeux. Il ne l'embrassa pas aussitôt. Il hésitait car il ignorait où le mènerait un baiser. Il n'était pas certain d'être capable de se dominer, ni de retrouver la maîtrise de son existence une fois qu'il l'aurait embrassée. Il ne s'expliquait toutefois pas sa crainte.

La retenant contre lui d'un bras, il fit courir doucement les doigts de sa main libre sur sa joue, puis les glissa sous son menton pour lui relever le visage.

— Pourquoi ne m'avez-vous pas laissé voir ce jour-là que vous étiez belle ? demanda-t-il.

— On ne m'avait encore jamais qualifiée de belle, dit-elle tout bas, avant d'ajouter : Je voulais la place.

— Ma discrète souris grise…

Du pouce, Anthony suivit le dessin de ses lèvres. Il l'entendit prendre une brève inspiration.

— Vous a-t-on déjà embrassée, petite souris ?

— Non, répondit-elle dans un souffle.

Elle avait fait l'amour, mais on ne l'avait jamais embrassée. Il avait fait l'amour, mais il avait rarement embrassé. Il approcha ses lèvres si près des siennes qu'il en sentit la chaleur.

— Le lieu est-il assez enchanteur pour un premier baiser ? murmura-t-il. Est-ce le bon moment ? Suis-je le bon partenaire ?

— Oui.

Lorsqu'elle articula ce mot, ses lèvres frôlèrent celles d'Anthony.

Il posa sa bouche sur la sienne, quoique à peine. Au-delà de sa chaleur et de sa douceur, il perçut une discrète invitation. Le souffle de Charity lui caressait la joue. Il entrouvrit les lèvres, attentif à sa présence, attentif à ce qu'elle provoquait en lui. Non pas dans son corps, mais dans son cœur, ou du moins dans cette partie inconnue de lui qui portait le nom d'un simple organe.

Lui entourant les épaules de son bras libre, il appuya plus fermement sa bouche sur la sienne. Et se sentit réchauffé, apaisé, guéri de ses blessures.

Il connaissait tout des jeux sensuels que l'on pouvait pratiquer avec la langue. À une époque pas si lointaine, il s'y adonnait et en tirait plaisir. Pourtant il ne rechercha pas ce contact. Charity entrouvrit les lèvres juste assez pour lui offrir la douceur et la chaleur de son être le plus intime. Ce n'était pas un acte à caractère sexuel, et il sut qu'il avait eu raison de le redouter.

Relevant la tête, il s'entendit chuchoter :

— Merci.

Les yeux de Charity s'emplirent de larmes et, instinctivement, il sut qu'il ne s'agissait pas de larmes de chagrin, de colère ou de déception. Il attira sa tête contre son épaule, et ils demeurèrent ainsi un long moment.

Finalement, il n'était pas amoureux d'elle, songea-t-il, saisi de terreur. Ce n'était pas du tout cela, hélas ! Être amoureux, c'était léger, juvénile, essentiellement anodin. Non, il n'était pas amoureux de sa femme.

Il l'aimait.

— Je ferais mieux de vous ramener dans la salle de bal, dit-il.

— Oui.

Elle s'écarta et le dévisagea. Puis :

— Voulez-vous faire quelque chose pour moi ? S'il vous plaît ?

— Oui.

— Voulez-vous m'accompagner dans la bibliothèque et m'y attendre pendant que je… jusqu'à ce que je revienne ?

Anthony la scruta. Elle ne lui offrit pas d'explication. Il n'en demanderait pas. Il avait accepté.

— Oui. Je vous attendrai.

Elle fronça brièvement les sourcils, néanmoins, quand il lui prit la main, elle entrelaça ses doigts aux siens. Côte à côte, ils regagnèrent la maison.

Ce soir, il aurait fait n'importe quoi pour elle.

Demain, il lui rendrait sa liberté.

15

Charity commençait à prendre conscience de l'énormité de son erreur. Elle avait accepté un mariage qui n'en était pas vraiment un uniquement parce qu'il lui apporterait argent et sécurité. Elle avait commis un épouvantable péché.

« Je vous ai prise pour une femme intéressée, une aventurière... » Les paroles de Charles l'avaient hantée toute la journée. Elle s'était bêtement convaincue que ses sentiments ne seraient pas engagés durant les quelques semaines que durerait cette union pour la forme. Pas plus qu'ils ne l'auraient été si elle avait été employée en tant que gouvernante. Or, elle éprouvait désormais des sentiments pour presque tous les habitants d'Enfield Park.

Elle se rendait compte qu'elle était sur le point de subir la punition ultime pour son péché et sa folie. Car ses sentiments allaient bien au-delà de la simple inquiétude pour une famille vivant un enfer qu'elle s'était elle-même créé.

Lors de sa nuit de noces, puis la veille, éblouie sans doute par le plaisir physique dont elle faisait l'expérience pour la première fois, elle n'avait pas pris la mesure de ce qui se passait dans son cœur. C'est avec ce baiser au bord du lac que la réalité lui était apparue avec une clarté aveuglante. D'une douceur exquise, il n'avait ressemblé en rien à ce qu'elle attendait. Elle avait anticipé de la passion, elle avait trouvé de la tendresse. Un sentiment qu'elle n'aurait pas attribué d'emblée au marquis de Staunton si elle ne l'avait expérimentée entre ses bras. Elle avait même senti ses lèvres trembler contre les siennes.

Elle ne rêvait pourtant pas tandis qu'elle foulait la pelouse en direction de la maison. La perspective de ce qu'elle allait faire l'en empêchait. Ce soir cependant, tout semblait possible. C'était une nuit magique, qui échappait à la réalité. Mue par une impulsion, elle avait proposé à Anthony de l'accompagner dans la bibliothèque et de l'y attendre.

Elle s'immobilisa soudain, et étreignit la main de son mari. Décidément, la magie de la nuit était partout…

— Regardez, souffla-t-elle, parce qu'elle sentait que lui aussi était d'une humeur particulière.

Non loin de la maison, quoique dissimulé par le tronc massif d'un chêne, se tenait un couple. L'homme en habit de soirée faisait face à une femme gracile vêtue d'une robe blanche. Il avait les mains sur sa taille et s'inclinait sur elle. Et sous les yeux de Charity et d'Anthony, ils s'embrassèrent. Charles et Marie.

— Ils sont voués à avoir le cœur brisé, murmura Anthony, qui invita Charity à se remettre en marche. Il est certes fils de duc, mais il n'est que le dernier garçon de la fratrie. Pas vraiment le remplaçant idéal de l'héritier qui aurait fait d'elle une duchesse. Son père n'acceptera jamais.

Il semblait plus triste que cynique.

— Peut-être qu'il se laissera persuader. Charles est un jeune homme merveilleux. J'imagine qu'ils ont été amis toute leur vie, et qu'ils s'aiment depuis un an, voire davantage. Peut-être que tout se passera bien pour eux.

— Vous devez être du genre à croire aux fins heureuses des contes de fées, commenta-t-il d'un ton qui n'avait cependant rien de réprobateur.

— Non. Certainement pas, assura-t-elle.

Et elle le regrettait.

Ils poursuivirent leur chemin en silence. La bibliothèque était plongée dans l'obscurité lorsqu'ils y pénétrèrent. Après avoir allumé les bougies d'un candélabre, Anthony se tourna vers Charity et lui adressa un regard interrogateur.

— Je ne serai pas longue. Vous m'attendrez ?

— Je vous attendrai.

Dans ses yeux, elle vit… Elle en fut presque effrayée. Ce soir, elle pouvait plonger dans leurs profondeurs.

Le duc de Withingsby déambulait dans la salle de bal, s'entretenant aimablement avec ses invités. Quand Charity le rejoignit, il discutait avec un groupe de voisins dont elle avait oublié les noms. Après avoir glissé son bras sous celui du duc, elle lui sourit, sourit à ses interlocuteurs, et attendit la fin de la conversation.

— Eh bien, ma chère, déclara le duc peu après, votre succès semble assuré.

— Père, cela vous ennuierait-il de m'accompagner dans la bibliothèque ?

Comme il haussait les sourcils, elle insista :

— S'il vous plaît. C'est important.

— Suffisamment important pour que je délaisse mes invités ? Très bien. Cela dit, je ne pense pas manquer à quiconque.

Le cœur battant, Charity retourna avec lui dans la bibliothèque. Elle avait toujours eu tendance à affronter les problèmes sans détour et à s'efforcer de convaincre les autres de l'imiter. Ses tentatives étaient parfois couronnées de succès, parfois pas. Elle doutait cependant de s'être jamais attaquée à une entreprise de cette envergure. Et si elle se trompait du tout au tout ? Si elle provoquait un désastre ? Que la situation empire lui apparaissait cependant peu probable dans la mesure où elle était déjà catastrophique.

Son mari se tenait le dos à la fenêtre. Il ne bougea pas, ne prononça pas une parole lorsque Charity entra avec son père. Il se contenta de pincer les lèvres. Le duc non plus ne dit rien. Il s'arrêta un instant sur le seuil, seule manifestation de surprise.

— Père, voulez-vous vous asseoir ? proposa Charity. Dans ce fauteuil, près de la cheminée ? Il semble plus confortable que celui du bureau. Voulez-vous que j'aille vous chercher quelque chose ? Une boisson, peut-être ?

Le duc s'assit dans ledit fauteuil. Après avoir regardé son fils, il revint à elle.

— Non, rien, répondit-il. À présent pouvez-vous m'expliquer ce qu'est cette affaire « importante » ?

Charity posa la main sur l'épaule du duc. Elle s'adressa d'abord à son mari :

— Anthony, vous m'avez amenée ici il y a deux jours dans l'unique intention de blesser votre père et de ruiner ses espoirs et ses projets. Vous avez épousé délibérément une femme d'un rang très inférieur au vôtre, et qui, honte à elle, a dû travailler pour subvenir à ses besoins.

— Je ne vous ai jamais trompée sur mes intentions, lui rappela-t-il.

— Père, enchaîna-t-elle, vous m'avez montré de l'affection hier et aujourd'hui dans le seul but d'exaspérer Anthony. Le point culminant a été atteint ce soir, avec ce collier que vous ne m'avez offert que pour rendre votre fils furieux.

— Ce bijou est toujours à vous. Je ne le reprendrai pas.

— Vous avez tous deux admirablement réussi, continua Charity. J'ai été blessée au passage, moi aussi, mais je ne suis pas là pour m'appesantir sur ce fait. Vous avez atteint votre but : vous êtes l'un et l'autre profondément blessés.

— Vous jugez la situation avec ce cœur tendre qui est le vôtre, mon ange, déclara Anthony. Sa Grâce et moi n'avons pas le cœur tendre. Je doute même que nous ayons seulement un cœur.

— Pourquoi avoir choisi cette façon particulière de vous venger, Anthony ? lui demanda-t-elle. Vous auriez pu refuser de revenir à Enfield Park lorsqu'on vous a convoqué ; ou vous auriez pu venir et refuser d'épouser lady Marie. Cela aurait suffi à montrer à votre père que vous ne l'autorisiez pas à contrôler votre existence. Pourquoi avoir opté pour un procédé aussi drastique ?

Anthony garda le silence un long moment. Son regard passa de Charity au duc, puis revint se poser sur elle. Il esquissa un curieux sourire en coin.

— Parce qu'épouser la femme qui convient a toujours été considéré comme le devoir le plus important des ducs de Withingsby et de leurs héritiers, répondit-il enfin. Sans tenir aucun compte des inclinations personnelles des futurs époux. Si on lui a choisi sa future femme au berceau, l'héritier l'épousera, même si elle ressent de l'aversion pour lui, même si elle en aime un autre. Seuls le mariage qui convient, la lignée qui convient sont à prendre en considération. C'est pourquoi je vous ai épousée, Charity. Vous, une femme en quête d'un emploi de gouvernante, qui aviez répondu à une annonce. Oui, monsieur, conclut-il à l'adresse de son père, c'est ainsi que les choses se sont passées.

Charity avait senti l'épaule du duc se raidir sous sa main avant même la fin du discours de son fils.

— Et vous, père, pourquoi avez-vous choisi de me donner, entre tous les bijoux que vous avez certainement en votre possession, le collier avec la topaze ?

Comme son fils, le duc ne répondit pas immédiatement. Le silence se prolongea avant qu'il déclare :

— C'était le cadeau de mariage que je lui avais offert...

Le silence qui s'ensuivit fut presque aussi long que le premier.

— Un cadeau *d'amour*. Un amour qu'elle a rejeté durant plus de vingt ans. Elle n'était que devoir et froideur. Sa chaleur, sa faiblesse, son insatisfaction, elle les réservait à ses enfants. À son fils aîné surtout. Elle lui a fait don de mon cadeau avant sa mort, et je l'ai fouetté, lui, parce que je ne l'avais pas fouettée, elle. Et je ne l'aurais jamais fait, même si la glace qui coulait dans mes veines par sa faute avait continué de s'y répandre encore vingt ans. Ce soir, en offrant ce cadeau à la femme censée être la preuve de son mépris, je l'ai fouetté de nouveau.

— Vous n'avez jamais connu le sens du mot « amour », répliqua Anthony.

— Si vous le dites. Ainsi, ma chère, vous avez entrepris de nous amener ici, mon fils et moi, afin que nous nous demandions mutuellement pardon, et que nous vivions dans une harmonie empreinte d'affection durant les quelques jours qu'il me reste.

Oui, c'était l'espoir que Charity avait caressé. La chose semblait ridicule, exprimée d'une manière aussi froide et hautaine.

— Je vous avais prévenue. Il ne fallait pas s'attendre à une réconciliation et à des embrassades, dit Anthony. Vous avez le cœur trop tendre, mon ange.

— La duchesse est à l'origine de cette situation, déclara Charity. Vous l'aimiez tous les deux. Et en conséquence, vous vous haïssez. Du moins, vous le croyez.

Anthony eut un rire bref.

— Il ne l'aimait pas. Il la gardait ici, alors qu'elle aurait aimé se rendre à Londres et dans des villes d'eau. Il lui imposait une grossesse annuelle, et elle pleurait d'angoisse auprès de moi. Elle n'était rien d'autre pour lui qu'une femme de la lignée et du rang adéquats, à engrosser jusqu'à ce qu'elle en meure. Je vous présente mes excuses, milady, pour la brutalité de mon langage.

Le duc avait relevé le menton. Les yeux à demi clos, il rétorqua :

— Elle vous a volé votre enfance et votre jeunesse. De son refus ou de son incapacité à accepter une union dynastique, elle a fait un boulet qu'elle a attaché à la cheville de son fils aîné. Son mariage, et ce qui se passait à l'intérieur de celui-ci, était son problème – et le mien. Il n'aurait pas dû être celui de ses enfants. Pourtant, elle en a fait le vôtre. L'amour qu'elle exigeait de vous a jeté une ombre sur votre vie.

— Je trouve triste qu'une femme en quête d'amour et de compréhension ne puisse se tourner que vers ses enfants, fit remarquer Anthony.

— Triste pour les enfants, oui, acquiesça le duc. Je n'avais jamais prononcé un mot de critique au sujet de Sa Grâce jusqu'à ce soir, et je n'en prononcerai plus un seul. Elle était ma duchesse, mon épouse, et il n'existe pas de relation plus intime, Staunton. Si vous dénigrez de nouveau votre propre épouse, comme vous l'avez fait ce soir en révélant la manière dont vous avez obtenu sa main, vous vous conduirez non seulement en imbécile, mais en homme sans honneur.

Ils se dévisagèrent, raides, froids, inflexibles.

— Nous pouvons regagner la salle de bal, suggéra Charity. Il est évident que rien de plus ne sera obtenu, et j'en suis navrée. Vos vies n'en sont que plus tristes. Pour autant, peut-être que vous vous souviendrez du chagrin de l'autre, et de l'amour de l'autre.

— Je pense, monsieur, que vous devriez vous retirer dans votre chambre, déclara Anthony.

Ma femme et moi nous occuperons des invités. Souhaitez-vous que je vous accompagne ?

Son père le dévisagea froidement.

— Vous pouvez sonner mon valet de chambre.

Anthony s'exécuta, et ils attendirent en silence l'arrivée du domestique. Le duc, l'air éreinté, s'appuya lourdement sur l'épaule de ce dernier. Charity déposa un baiser sur sa joue avant qu'il sorte.

— Dormez bien, père.

Lorsqu'elle se tourna vers son mari, il la prit de court en l'étreignant avec une force qui lui coupa le souffle. Puis il s'empara de ses lèvres et l'embrassa avec la fougue à laquelle elle s'était attendue au bord du lac.

— Ma petite souris est partie en croisade, murmura-t-il ensuite. La tête dans les nuages, les pieds dans les sables mouvants.

Son visage était pâle et sévère, mais sa voix n'était pas dépourvue de tendresse, alors que Charity avait plus ou moins craint une tirade furieuse de sa part.

— Nous devons nous occuper de nos invités, dit-elle.

— Vous avez raison.

Il lui présenta son bras tout en s'inclinant, avec courtoisie et sans la moindre trace de moquerie.

Maintenant plus que jamais, il devait quitter Enfield Park. Dès demain, et le plus tôt possible. Sauf que l'on était déjà demain puisqu'il était minuit passé.

Anthony n'avait pas encore donné l'ordre à son valet ou à la femme de chambre de Charity de préparer leurs bagages. Le bal terminé, l'heure était trop tardive pour leur imposer une telle corvée. En outre, un départ très matinal était inenvisageable dans la mesure où il voulait faire ses adieux à Charles, à Marianne, à Augusta et à William. Et à son père également. Cette fois, il ne partirait pas comme un voleur.

Après avoir arpenté sa chambre de long en large, il s'immobilisa et ferma les yeux. « Peut-être que vous vous souviendrez du chagrin de l'autre, et de l'amour de l'autre », avait dit Charity. Et son père, à propos du collier : « Un cadeau d'amour. » Sa mère avait toujours prétendu que Sa Grâce n'était que froideur jusqu'au plus profond du cœur. C'était ainsi qu'elle le décrivait à son fils. Se trompait-elle ? Savait-elle qu'elle se trompait ?

Anthony avait décidé de passer la nuit seul, mais le besoin de sa femme le rongeait. Il doutait d'être capable d'arriver au bout de la nuit sans elle. Une fois qu'il aurait installé Charity dans sa nouvelle vie, il lui faudrait apprendre à se passer de sa présence jusqu'à la fin de ses jours. Lorsqu'il serait loin d'Enfield Park, il supporterait d'être de nouveau seul.

Anthony sentait sa résolution faiblir. Il aurait peut-être réussi à s'y tenir si ce besoin avait été sexuel. Or, ce n'était pas le cas.

Il finit par frapper doucement à la porte de la chambre de sa femme, puis l'ouvrit avec précaution. Si elle dormait, il la laisserait tranquille.

Tout d'abord, il ne la vit pas. Il constata que le drap et les couvertures étaient rabattus et qu'elle n'était pas dans son lit. Elle se tenait devant la fenêtre, un châle drapé sur sa chemise de nuit. Elle lui jeta un coup d'œil par-dessus son épaule.

— Vous n'arrivez pas à dormir ? s'enquit-il en la rejoignant.

Elle secoua la tête.

— Ai-je mal agi ? demanda-t-elle.

— Non.

Anthony s'empara de ses mains. Elles étaient glacées.

— Et vous ne devez pas vous reprocher votre échec, poursuivit-il. Comme vous avez pu le constater, il ne s'agissait pas d'une simple querelle ponctuelle. Nos différends remontent pratiquement à ma naissance. Vous avez fait ce que vous pouviez. Rien ne vous obligeait à éprouver des sentiments pour quiconque dans cette famille, et surtout pas pour mon père et moi, qui vous avons tous deux utilisée. Cela ne vous a pas empêchée d'essayer, et je vous en remercie. Je n'oublierai jamais votre bonté. Et Sa Grâce non plus, je pense.

— Il est tellement malade...

— Oui.

— Vous l'aimez.

— N'en parlons plus. Vous avez froid. Voulez-vous venir dans mon lit ?

— Oui, souffla-t-elle.

Elle se rapprocha de lui, posa la tête sur son épaule et se laissa aller contre lui dans un soupir. Elle était recrue de fatigue, devina Anthony.

S'il n'avait pas perçu son extrême lassitude, il lui aurait fait l'amour. Il ne lui serait pas venu à l'esprit de s'en abstenir une fois au lit, même s'il avait reconnu que son besoin d'elle cette nuit n'était pas sexuel. Soudain, il fut submergé par l'envie de lui offrir quelque chose pour la remercier d'avoir essayé d'alléger son fardeau.

Il ramena les couvertures sur elle, l'attira tout contre lui, l'enveloppa de ses bras et l'embrassa sur la tempe.

— Dormez, murmura-t-il. Je vais vous réchauffer. Dormez, tout simplement. Je vous interdis de penser à des moutons et à leurs pattes.

— Des moutons..., murmura-t-elle d'une voix pâteuse. Quels moutons ?

Elle sombra presque instantanément dans le sommeil. Anthony aussi, ce dont il prit conscience deux courtes heures plus tard, quand le majordome entra dans la chambre sans s'être fait annoncer au préalable.

Réveillé en sursaut, Anthony ramena instinctivement les couvertures sur les épaules de sa femme. Avant de se rappeler qu'elle n'était pas nue, Dieu merci.

— Que se passe-t-il ? demanda-t-il, et Charity tressaillit entre ses bras.

Dans la lueur grise de l'aube, il vit que le majordome était habillé, quoique sans le soin maniaque qu'il apportait d'ordinaire à sa tenue.

— J'ai frappé, milord, assura-t-il. C'est Sa Grâce...

Anthony bondit hors du lit et attrapa le peignoir qu'il avait jeté sur le dossier d'une chaise.

— Il n'est pas bien ?

— En effet, milord, répondit le majordome. Brixton pense que vous devez vous rendre à son chevet.

Brixton était le valet de chambre de son père.

— Qu'on aille chercher immédiatement le médecin si ce n'est déjà fait, ordonna Anthony, qui se dirigea vers la porte en nouant sa ceinture. Et que l'on prévienne lord William, lady Twynham et lord Charles. Je préfère qu'on laisse dormir lady Augusta pour le moment.

— Bien, milord.

Pour une fois, le majordome semblait soulagé de ne pas avoir à prendre les choses en main.

Anthony se rua hors de la chambre.

Son père avait eu une nouvelle crise cardiaque. Et celle-ci lui serait fatale. Anthony le pressentit à l'instant où il le vit, gisant sur son lit, le souffle rauque et laborieux. Brixton agitait un linge devant son visage, s'efforçant de lui procurer un peu d'air.

Anthony entreprit de frotter les mains de son père entre les siennes – un geste dont il savait pourtant qu'il était inutile.

Il n'aurait su dire au bout de combien de temps Marianne entra dans la chambre, rejointe peu après par Charles. Puis vinrent Twynham, William et Claudia. Et Charity. Enfin, le médecin fut là et tous reculèrent au fond de la pièce afin qu'il examine son patient. Quand il eut terminé, il se redressa, secoua légèrement la tête, et tous comprirent.

Le duc de Withingsby était à l'agonie.

— Allez chercher lady Augusta, murmura Anthony à Mme Aylward, qui se tenait sur le seuil de la chambre.

— J'y vais, proposa Charity.

Si le duc respirait toujours avec difficulté, il était conscient. Il avait les yeux ouverts.

— Le moment est venu de faire nos adieux, déclara Anthony.

Il venait de réaliser que tous, proches, domestiques, médecin, le regardaient pour savoir quelle conduite adopter. Le duc en titre était agonisant, on le considérait déjà comme le chef de la famille.

— William ? Claudia ? Si vous le voulez…

Tous deux s'avancèrent vers le lit. Claudia était blême, William à peine moins pâle. Puis ce fut le tour de Marianne et de Twynham, suivis par Charles. D'un signe de tête, Anthony indiqua ensuite au majordome et à l'intendante qu'ils pouvaient s'approcher. Il avait beau avoir l'esprit engourdi, Anthony songea que c'était la cérémonie d'adieu, digne et solennelle, que son père aurait souhaitée.

Charity revint avec une Augusta pâle et visiblement effrayée. La fillette s'accrochait à elle, et elle enfouit le visage dans ses jupes lorsque Marianne voulut lui prendre la main. Ce fut donc Charity qui la conduisit jusqu'au lit.

— Tu dois dire au revoir à ton père, dit-elle doucement. Tu vois, il te regarde.

— Au revoir, milord, chuchota l'enfant.

Anthony remarqua que la main du duc étreignait le couvre-lit. Charity aussi, car elle murmura :

— Sa Grâce aimerait que tu l'embrasses. Il voudrait que tu saches qu'il t'aime, et qu'il te confie aux bons soins d'Anthony.

Augusta dut se mettre sur la pointe des pieds pour s'incliner au-dessus du lit et embrasser son père sur la joue.

— Je serai sage avec Anthony, milord, promit-elle. Et j'apprendrai mieux mes leçons.

De nouveau, elle cacha son visage dans les jupes de Charity. Celle-ci posa sa main sur celle du duc.

— Père… vous avez été gentil avec moi. Je vous en remercie. Je me souviendrai toujours de vous et de votre gentillesse.

À son tour, elle s'inclina vers lui, l'embrassa sur le front, et elle ajouta avec un sourire, en le regardant dans les yeux :

— Avec amour.

Elle se pencha ensuite vers Augusta, la souleva dans ses bras et gagna l'antichambre.

Anthony s'avança alors, les mains croisées dans le dos, et regarda son père.

— Qu'ils sortent de la chambre…

Les mots avaient été articulés d'une voix rauque et haletante, mais ils étaient parfaitement audibles.

— Si vous voulez bien attendre quelques instants dehors, dit Anthony, sans quitter des yeux le visage de son père.

Tous s'exécutèrent sans protester, à l'exception de Marianne, qui marmonna à l'adresse de son mari qu'elle était la fille de Sa Grâce, et que son propre frère la traitait comme une domestique.

Le duc de Withingsby n'était pas le genre de personne que l'on touchait sans y avoir été invité, et les invitations étaient rares. Toutefois, après avoir regardé la main pâle et inerte sur le couvre-lit, Anthony s'en empara. Elle était froide en dépit de ses efforts pour la réchauffer quelques minutes plus tôt.

Lui revint alors en mémoire la scène touchante, sentimentale, autour du lit de mort, qu'il avait évoquée pour se moquer de sa femme.

— Père, dit-il, je vous ai toujours aimé. Bien plus profondément que les mots ne permettent de le dire. Si je ne vous avais pas aimé, je n'aurais pas pu vous haïr. Et je vous ai haï. Je vous aime.

Il porta brièvement la main de son père à ses lèvres.

Les yeux de son père, pénétrants, hautains, brillèrent d'un éclat inattendu sous ses paupières à demi baissées.

— Vous êtes mon fils, murmura-t-il avec difficulté. Mon fils favori, comme vous étiez le fils favori de la duchesse. Vous aurez des enfants, Anthony. Votre femme sera une bonne mère et une bonne épouse. Vous avez bien choisi. L'amour sera réciproque dans votre foyer. Je vous envie. Vous n'avez pas réussi à me fâcher contre vous.

À bout de force, il ferma les yeux. Après l'avoir regardé un long moment, Anthony s'agenouilla et, appuyant le visage sur le lit, à côté de la main de son père, il pleura. Il se sentait stupide de pleurer à cause d'un homme qu'il avait haï – et aimé. Mais il était incapable de retenir les sanglots qui le déchiraient. Et soudain la main se leva et se posa sur sa tête. Elle bougea une fois, puis une autre, et s'immobilisa.

C'était comme un pardon, une absolution, une bénédiction, une caresse consolatrice. La caresse aimante d'un père… Anthony méprisait ces sentiments, pourtant il les accueillit avec gratitude. Son père l'avait touché avec amour.

Le souffle du mourant se modifia. Anthony se releva et gagna la porte. Il était temps de faire revenir les siens dans la chambre. Ils avaient le droit d'assister à la fin du duc, et celle-ci était imminente.

16

Charity était assise dans un fauteuil de l'antichambre, Augusta sur ses genoux, blottie contre elle. La petite fille ne dormait pas. Elle ne l'avait toutefois pas ramenée dans la chambre du duc avec les autres membres de la famille. S'il était important qu'Augusta dise au revoir à son père et qu'elle comprenne ce qui se passait, il n'était pas nécessaire qu'elle assiste à sa mort. Charity lui caressait doucement les cheveux.

Anthony fut le premier à sortir de la chambre. Il s'approcha de Charity et chercha son regard. Il était pâle, les traits tirés. Elle devina qu'il avait pleuré, et elle en fut heureuse. Après s'être accroupi, il posa la main sur la tête d'Augusta.

— Il est parti, ma chérie, dit-il, d'une voix si douce que les yeux de Charity s'emplirent de larmes. Il était en paix. Il est heureux à présent. Il sera... avec mère.

Augusta ouvrit les yeux, mais elle ne bougea pas et ne dit pas un mot.

— Et tu seras toujours en sécurité, continua Anthony. Je serai ici pour toi, toujours, et William, Claudia et les garçons seront tout près.

Nous formerons une famille. Tu sais, je t'ai tenue dans mes bras lorsque tu étais bébé. J'ignorais que l'on pouvait aimer quelqu'un autant que je t'aimais. J'ai dû m'en aller peu de temps après et rester absent un long moment, et je n'ai pas cessé de t'aimer pour autant. À présent, je suis de nouveau à la maison. Je suis ton frère et tu es ma sœur, mais, heureusement, je suis assez vieux pour veiller sur toi presque comme un père.

Si Augusta continuait de le dévisager en silence, Charity sentit que la tension en elle refluait. Encore quelques minutes et elle dormirait.

— Sa Grâce savait qu'elle ne tarderait pas à te quitter, poursuivit-il. Il m'a rappelé à la maison afin que je puisse veiller sur toi à sa place. Parce qu'il t'aimait, Augusta, et parce qu'il m'aimait. Nous étions ses enfants. Tout ira bien, ma chérie. Tu peux retourner dormir, maintenant. Je vais te porter dans ton lit et Charity va venir avec nous.

Anthony adressa un regard interrogateur à sa femme, qui acquiesça d'un signe de tête.

— Elle restera avec toi. Et quand tu te réveilleras, elle sera là pour te conduire auprès de moi, de Marianne ou de Charles.

Au moment où Anthony se redressait, le majordome sortit de la chambre du duc. Il se racla la gorge.

— Votre Grâce..., commença-t-il.

Charity surprit le tressaillement d'Anthony.

— Le médecin souhaite s'entretenir avec vous, Votre Grâce, déclara le majordome.

— Qu'il attende un instant. Je dois emmener lady Augusta dans la nursery.

Il souleva l'enfant à demi endormie et attendit que Charity se lève à son tour. Elle songea alors, pour la première fois depuis que la voix de son mari l'avait réveillée en sursaut, qu'ils étaient censés partir pour Londres ce matin. Cette journée aurait dû marquer la fin de la farce et le début de cette vie magnifique, avec sa famille, dont elle rêvait depuis le décès de son propre père.

Finalement, elle n'en avait pas terminé avec son rôle. Il ne s'agissait même plus d'un rôle, du reste. Augusta allait avoir besoin d'elle aujourd'hui. Quel événement bouleversait davantage l'existence d'un enfant que la mort d'un de ses parents ? L'attention dont Augusta allait avoir besoin passerait avant tout, non seulement aujourd'hui, mais peut-être même après. Charity s'était aperçue que l'enfant se tournait davantage vers elle pour être consolée que vers Marianne ou Claudia.

Anthony aussi allait avoir besoin d'elle aujourd'hui, et peut-être les jours suivants. Il avait perdu son père dans des circonstances difficiles. Charity espérait de tout cœur qu'il avait pris conscience de l'amour qu'il portait à celui-ci avant qu'il ait été trop tard. Et elle espérait que son père avait pu lui manifester son amour par un signe quelconque. Quel gâchis et quelle sottise de leur part d'avoir attendu jusqu'à la toute dernière extrémité, et peut-être même au-delà. Cependant, si elle se fiait à l'expression d'Anthony, sans parler des larmes séchées sur ses joues, elle voulait croire que, durant les quelques minutes qu'ils avaient passées en tête à tête, le père et le fils s'étaient compris. Avant d'être séparés pour l'éternité.

Anthony déposa avec précaution Augusta sur son lit tandis que sa nourrice et sa gouvernante attendaient sur le seuil de la chambre. La nourrice avait les yeux rougis – les nouvelles se répandaient rapidement dans une grande maison. La fillette dormait déjà. Quand il la borda, Charity se rappela comment il avait rabattu les couvertures sur elle, quelques heures plus tôt, et l'avait réchauffée alors qu'elle sombrait dans le sommeil.

— Vous resterez avec elle ? lui demanda-t-il.

— Bien sûr.

Impulsivement, elle le rejoignit et repoussa la mèche qui lui tombait sur le front avant d'encadrer son visage de ses mains.

— Je suis désolée, chuchota-t-elle. Je suis tellement désolée, Anthony.

Se hissant sur la pointe des pieds, elle l'embrassa sur les lèvres.

Il posa les mains sur les siennes et les tint pressées quelques instants contre ses joues. Puis il les relâcha après les avoir serrées brièvement.

— On a besoin de moi, dit-il.

Ce ne fut qu'après son départ, alors qu'elle était assise dans la chambre silencieuse, les yeux fixés sur l'enfant endormie, que Charity commença à être assaillie par un terrible sentiment de culpabilité.

La journée fut éreintante. Anthony était certes accoutumé aux responsabilités, lui qui avait mené une vie indépendante ces huit dernières années. Toutefois, se retrouver duc de Withingsby trois jours après son retour à Enfield Park, avec des dizaines de personnes qui attendaient ses décisions, était une épreuve. Il lui fallut prendre des dispositions pour les obsèques, écrire des lettres, prévoir l'accueil des personnes qui viendraient de loin, recevoir les premières visites de condoléances, s'occuper des inévitables problèmes domestiques et des affaires courantes du domaine, assurer au comte de Tillden et à sa famille qu'ils pouvaient, bien sûr, prolonger leur séjour, et faire face à d'autres tâches innombrables.

Anthony devait aussi affronter le chagrin, le sien et celui de ses frères et sœurs. Charles semblait le plus inconsolable. Dans l'après-midi, il surprit son frère cadet dans le jardin d'hiver, en train de sangloter, le visage entre ses mains. Assise près de lui, lady Marie Lucas lui tapotait le dos d'une main délicate, tandis que de l'autre elle se tamponnait les joues avec un mouchoir en dentelle.

Dispensée de rester dans la nursery ou dans la salle d'études, Augusta ne quitta pas Charity de toute la journée. Elle vint néanmoins s'asseoir un court instant sur les genoux d'Anthony après la visite du pasteur et de sa femme.

— Vous allez vraiment rester avec moi ? lui demanda-t-elle.

— Oui, fit-il en refermant les bras autour d'elle.

— Et vous allez vraiment être comme un papa ? Comme William est le papa d'Anthony et de Harry ?

— Veux-tu un papa ? s'enquit Anthony. Ou préférerais-tu un grand frère ?

— Je veux un papa, répondit-elle sans hésitation.

— Alors, c'est ce que je suis.

Anthony se rappela fugitivement la vie qu'il menait jusqu'alors, et les positions qu'il défendait avec fermeté encore une semaine plus tôt. Mais cette existence était révolue. Il acceptait ce fait. Ce n'était pas quelque chose contre quoi il pouvait se battre. D'ailleurs, en avait-il seulement envie ? Certaines réalités s'imposaient trop durement pour être niées.

— Et Charity, elle sera comme ma maman ? risqua Augusta.

Anthony ferma les yeux. Comment protéger une enfant contre ce qui apparaissait comme de la pure cruauté ? Comment même pourrait-elle comprendre ?

— Est-ce que tu la veux comme maman ?

— Jane et Louisa et Martin, ils ont Marianne. Et Anthony et Harry, ils ont Claudia. Maintenant, moi aussi, j'ai quelqu'un. Elle est à moi toute seule.

— Elle veillera sur toi, assura-t-il avant de l'embrasser sur le front. Elle t'aime.

— Je sais. Elle me l'a dit. Père aussi, il m'aimait. Il l'a jamais dit, mais Charity, elle m'a expliqué qu'il y a des gens qui ne savent pas le dire ou qui ne savent pas le montrer, mais que ça veut pas dire qu'ils vous aiment pas. Il s'est toujours occupé de moi et il vous a ramené à la maison pour vous occuper de moi et être comme un papa quand il serait parti. Je l'ai bien vu ce matin qu'il m'aimait. Il voulait que je l'embrasse. Sa figure était toute froide.

— Oui, il t'aimait, confirma Anthony. Tu étais sa petite fille chérie. Et maintenant, tu es la mienne.

Combien de temps son père avait-il passé avec elle, cette enfant qui avait tué sa femme ? Très peu, certainement. Augusta enviait les enfants de William parce qu'ils avaient un papa. Pourtant, le souvenir qu'elle garderait de leur père ne serait pas entaché d'amertume. Charity y avait veillé.

Ce moment privilégié fut bref. Il y eut ensuite une foule de gens à voir et de détails à régler qui occupèrent tout le temps d'Anthony jusqu'au dîner. Durant le repas, il se demanda vaguement comment tous les convives, hormis sa femme et Augusta, avaient pu se procurer aussi rapidement des vêtements noirs. Tous étaient en grand deuil. Charity portait l'une de ses robes marron qui lui donnait un air adorablement modeste. Saisissant des bribes de conversation, il comprit que la couturière de Claudia confectionnait en urgence la robe noire que sa femme porterait le lendemain.

Depuis sa position au haut bout de la table, Anthony regarda autour de lui. Que de changements radicaux en une semaine ! Dire que, quelques jours plus tôt, il s'imaginait pouvoir revenir à Enfield Park sans en être aucunement affecté ! Il avait néanmoins eu un pressentiment. Tout au fond de lui, il avait su qu'il lui fallait emmener Charity s'il voulait avoir une chance de conserver son identité. Ce qu'il n'avait pas compris, en revanche, ou n'avait pas voulu admettre, c'était de quoi était constituée cette identité. Il ignorait alors qui il était. À présent, il le savait. Il était Anthony Earheart, inextricablement lié à cette famille. Et il l'avait toujours été, y compris durant les huit années de l'exil qu'il s'était imposé.

Il ne s'était jamais libéré d'eux. Pourtant, étrangement, en ce jour où il se voyait confisquer toute possibilité de choix, il éprouvait un sentiment de liberté qu'il n'avait jamais connue auparavant. Et ce n'était pas parce que son père avait disparu et qu'il ne pourrait plus exercer de pouvoir sur lui. Au contraire. C'était parce qu'il était devenu à la fois lui-même et le fils de son père. Lequel, comme il en avait pris conscience ce matin, l'avait laissé libre de vivre avec ces deux identités. Au dernier moment, son père lui avait donné de l'amour et l'avait libéré.

« Votre femme sera une bonne mère et une bonne épouse. Vous avez bien choisi. L'amour sera réciproque dans votre foyer… »

« Oui, oh oui ! » songea Anthony en portant le regard sur sa femme, sa duchesse, qui parlait doucement à une comtesse de Tillden aux yeux embués de larmes. Mais il lui faudrait la conquérir et non lui donner des ordres. S'il l'aimait – et c'était le cas –, il devait lui rendre sa liberté, comme prévu depuis le début. Et il devait espérer qu'elle choisirait librement de rester avec lui, d'être sa femme, de porter ses enfants, et de l'aimer comme il l'aimait jusqu'à la fin de leurs jours.

Il n'était pas dénué de tout espoir. Charity possédait plus de chaleur, de charme, d'amour que quiconque – Dieu que les premières impressions pouvaient se révéler trompeuses ! Il se rappelait encore la douceur de ses mains autour de son visage, la profonde compassion qu'il avait lue dans son regard, le baiser dont elle l'avait gratifié. Oui, il voulait rester confiant. Cependant, ces derniers jours, il avait perdu une partie de son assurance et de son arrogance, entre autres, une certaine anxiété tempérait donc ses espoirs.

Enfin, un peu après le dîner, il fut libre. Il veillait son père, qui paraissait dormir paisiblement, et puis William était arrivé, lui avait pressé l'épaule et avait proposé de le remplacer.

— Va te reposer un peu, Anthony. Tu as l'air prêt à t'effondrer.

Anthony avait hoché la tête et s'était levé. Puis, d'un geste impulsif, il avait serré son frère dans ses bras. Ce dernier lui avait rendu son étreinte.

Augusta était couchée, sous la surveillance de sa nourrice, apprit Anthony. Comme il s'étonnait de ne pas trouver Charity dans le grand salon, avec les autres membres de la famille, ceux-ci l'informèrent qu'elle était allée marcher.

— Je lui ai proposé de l'accompagner, ajouta Charles, mais elle a refusé. Elle semblait épuisée. Elle a été très présente auprès d'Augusta aujourd'hui.

— Elle ne refusera pas votre compagnie, assura Claudia avec un sourire. Elle vous a observé avec inquiétude toute la journée. Je crois qu'elle a parlé d'aller jusqu'au lac.

— En effet, confirma Marianne. Et il est vrai qu'elle n'a pas quitté Augusta. Son expérience de gouvernante a dû lui être fort utile, j'imagine.

Si Marianne avait mis de l'eau dans son vin s'agissant de Charity, elle avait été cependant incapable de retenir cette petite pique finale.

Un instant plus tard, Anthony repéra sa femme au bord du lac. La soirée ressemblait beaucoup à celle de la veille, sauf que cette fois, Charity avait un châle sur les épaules. Assise sur la berge, elle contemplait le reflet de la lune dans l'eau. Son mari s'assit près d'elle.

— Fatiguée ? demanda-t-il en s'emparant de sa main.

— Un peu.

Si elle offrait un spectacle serein, assise ainsi au bord de l'eau, il la sentait tendue.

— Vous en avez fait beaucoup trop, dit-il. Je suis désolé. Cela ne faisait pas partie de notre accord, n'est-ce pas ?

Elle parut se raidir davantage. Puis déclara d'une voix sans timbre :

— Tout est ma faute.

— Pardon ? dit Anthony, qui inclina la tête afin de scruter son visage.

— Je l'ai tué. Avec ma « croisade », comme vous l'avez nommée. Je l'ai obligé à aller dans la bibliothèque. Je lui ai imposé cette scène pleine d'amertume et de rancœur, alors que cette histoire ne me concernait en rien. Comme vous venez de me le rappeler, nous avions conclu un accord. Je ne suis pas vraiment votre épouse, et il ne s'agit pas vraiment de ma famille. Ce qui ne m'a pas empêchée d'intervenir. À cause de moi, il a subi une pression telle que quelques heures plus tard il en est mort.

Bonté divine !

— Non, protesta Anthony en lui serrant la main avec force. Non, Charity, vous n'êtes en aucune façon responsable de sa mort. On m'a rappelé à Enfield Park parce qu'il n'avait plus longtemps à vivre. Son médecin m'avait prévenu, il y a deux jours, que son cœur pouvait lâcher à n'importe quel moment. C'est ce qui est arrivé tôt ce matin. Il est mort. Et cela n'a rien à voir avec vous.

— On lui avait conseillé de se ménager.

— Un avis qu'il n'a cessé d'ignorer. Il se savait mourant, Charity. C'est pour cette raison qu'il a ravalé sa fierté et m'a rappelé ici. Il entendait toutefois rester debout et mourir comme il avait vécu. Son vœu a été exaucé. Vous n'avez pas précipité sa mort. En revanche, vous avez fait quelque chose de vraiment magnifique.

— Je l'ai tué…

— Je lui ai dit que je l'aimais, la coupa Anthony. Que je l'avais toujours aimé. Et j'étais sincère, bien sûr, même si je ne l'avais pas vraiment compris avant que vous m'obligiez à regarder la vérité en face. Il m'a parlé. Il ne m'a pas dit qu'il m'aimait, pas en ces termes. En revanche, il m'a appelé son fils, son fils préféré. Et il a posé la main sur ma tête. Cela peut sembler anodin, Charity, mais je serais incapable de décrire ce que j'ai ressenti à ce moment-là. Il a essayé de me caresser les cheveux, hélas, il était trop faible. Il aurait pu hurler qu'il m'aimait, l'effet n'aurait pas été plus puissant que le contact de sa main. Il m'a touché parce que vous l'aviez obligé à admettre quelque chose. Il a failli attendre qu'il soit trop tard – et moi aussi. Si cela a eu lieu, c'est parce que vous nous avez obligés à cette confrontation, hier soir. Vous l'avez fait juste à temps.

Si elle garda les yeux rivés sur l'eau sans mot dire, il devina à un infime relâchement de sa main qu'elle se détendait un peu.

— Il avait raison, vous savez, reprit Anthony après un silence. J'aimais ma mère et je lui en voulais. Je me sentais forcé de l'aimer. Elle se reposait énormément sur moi, même quand j'étais très jeune. Je n'avais que vingt ans quand elle est morte. Elle était très malheureuse. Elle m'avait parlé de l'homme qu'elle avait aimé et qu'elle voulait épouser. Malheureusement, on l'avait obligée à épouser mon père. Elle m'a raconté aussi qu'il lui imposait des relations lorsqu'elle n'était pas enceinte. En pleurant, elle me disait que bientôt elle serait de nouveau enceinte, parce qu'il venait dans sa chambre toutes les nuits.

Anthony s'interrompit. Il se sentait déloyal de prononcer ces mots, et même de simplement les penser. Mais peut-être le devait-il à son père.

— Il avait raison, répéta-t-il. Elle n'aurait pas dû m'accabler de ses malheurs. Elle n'aurait pas dû me parler de sa vie conjugale. Ses confidences, la nécessité de la réconforter, de le haïr, lui, étaient un lourd fardeau pour moi. Je ne m'en suis rendu compte que la nuit dernière.

— Votre mère exigeait trop de votre amour, murmura Charity, et votre père en exigeait trop peu. Malheureusement, il nous est difficile de considérer nos parents comme de simples personnes. Nous attendons d'eux qu'ils soient parfaits. Mais il l'aimait, c'est évident.

— Peut-être qu'elle était autant en tort que lui. Peut-être même davantage. Durant toute leur vie conjugale, elle l'a puni d'avoir été contrainte à un mariage arrangé. Elle n'a pas fait le moindre effort pour tenter de rendre cette union supportable. Qu'en pensez-vous ?

— Prenez garde à ne pas laisser vos sentiments se transformer en hostilité, répondit Charity. Votre mère était malheureuse, ne l'oubliez pas. Et en dépit de ce qu'elle vous a confié, vous ne pouvez pas savoir ce qui s'est réellement passé dans l'intimité du mariage de vos parents. Personne ne peut le savoir sauf eux, et ils sont morts tous les deux.

— Il est néanmoins possible qu'elle nous ait délibérément éloignés de lui. Il était réservé, sévère et, comme il l'a dit hier soir, il n'aurait jamais dit quoi que ce soit contre elle. Il ne l'a jamais fait, je vous l'assure. Elle nous a appris à le craindre, à le haïr, à voir en lui un homme dépourvu de cœur.

— Anthony, vous aimiez votre mère. Souvenez-vous-en. Elle a eu une vie difficile. Tous ces enfants, toutes ces pertes…

— Je me demande si vous avez un jour pris quelque chose à la vie, Charity. Avez-vous toujours été celle qui donne ? Vous avez fait à ma famille des dons extraordinaires.

Charity libéra alors sa main et se releva.

— Bien sûr que je prends aussi, répliqua-t-elle en secouant ses jupes pour en faire tomber les brins d'herbe. Ne vais-je pas prendre de vous une maison, une voiture, des domestiques, et six mille livres de rente par an ? Ma vie ne sera que plaisir et sécurité. Je suis impatiente d'y être.

Anthony se releva à son tour.

— Vous êtes ma femme, et c'est la raison pour laquelle vous vivrez confortablement jusqu'à la fin de vos jours. Je n'appelle pas cela « prendre ». Cela relève de la nature même du mariage.

Charity paraissait à nouveau tendue, et surtout terriblement lasse. Ce n'était pas le moment de chercher à lui plaire, comme il l'avait prévu une fois ces quelques jours difficiles derrière eux. Après les obsèques.

— Vous êtes fatiguée, et moi aussi. Laissez-moi vous emmener vous coucher.

— Avec vous ? demanda-t-elle. Comme la nuit dernière ?

— Oui, si vous le souhaitez. Ou pour faire l'amour d'abord si vous préférez. Ce ne serait pas manquer de respect à la mémoire de mon père. L'élan vital a toujours besoin de se réaffirmer face à la mort.

— Vous avez une épaule confortable, avoua-t-elle avec un demi-sourire. Et des bras protecteurs. J'ai dormi très paisiblement la nuit dernière. Et vous aussi. Juste pour cette nuit, alors, si vous le voulez bien.

En réponse, Anthony glissa le bras autour de sa taille, et elle s'appuya contre lui tandis qu'ils retournaient vers la maison.

Finalement, ils firent l'amour avant de dormir. Par un accord tacite, sans échanger de paroles. Ils s'aimèrent lentement, tendrement, profondément. Charity soupira d'aise après avoir joui et, pour la première fois de sa vie, Anthony laissa consciemment sa semence se répandre dans la femme qu'il honorait.

Anthony l'avait délivrée de ce qui était assurément son principal tourment. Charity s'était considéré comme responsable de la mort de son beau-père. À tort, bien sûr. Son mari l'avait à peu près rassurée sur ce point.

Son autre sujet d'anxiété avait beau être moins dramatique, elle ne pouvait en parler à personne, et elle ne parvenait pas à se raisonner. Au contraire. Son sentiment de culpabilité paraissait s'accentuer au fil des heures, alimenté par des rappels toujours plus nombreux.

« Je vous ai prise pour une femme intéressée, une aventurière… »

C'était ainsi que cela avait commencé. Oui, elle était bel et bien une femme intéressée. Elle s'était rendue coupable d'un affreux péché, de plusieurs même. Ceux-ci s'étaient multipliés à une vitesse alarmante. Elle avait transformé en mascarade l'une des institutions les plus sacrées qui soient ; elle s'était mariée et elle avait répété les formules consacrées en sachant pertinemment qu'elle n'avait pas l'intention de respecter la plupart d'entre elles. Tout cela, elle l'avait fait pour de l'argent.

Oh, bien sûr, elle pouvait essayer de se justifier, de se persuader qu'elle avait agi pour le bien de Philip, de Penny et des enfants ! Toutefois, lorsqu'il fallait appeler un chat un chat, elle devait admettre qu'elle l'avait fait pour de l'argent.

C'est ainsi que ce premier grand péché l'avait conduite à toute une série de mensonges. Son beau-père avait deviné une partie de la vérité, en revanche, il n'avait pas réalisé que ce mariage ne serait que temporaire. Il était mort en croyant vraisemblablement que le duché aurait bientôt un nouvel héritier. Peut-être aussi avec l'assurance réconfortante qu'Augusta aurait non seulement un père de substitution pour veiller sur elle, mais également une mère.

Tromper ainsi cette enfant la rongeait. Le jour de la mort du vieux duc, elle avait compris à quel point sa fille l'aimait. C'était inattendu et pourtant indéniable. Augusta ne la quittait plus, hormis durant les quelques instants qu'elle passait avec Anthony. Ne risquait-elle pas de lui causer un mal irréparable ? s'inquiétait Charity.

Et puis, il y avait Charles, qui se montrait aussi affectueux qu'un frère, ainsi que Claudia et William, presque aussi gentils que lui. Même Marianne avait commencé à se montrer plus aimable. Quant aux enfants, ceux de Marianne comme de Claudia, ils semblaient toujours ravis de la voir.

Elle avait l'impression d'être une usurpatrice. Et elle en était bel et bien une. Tous les domestiques ne l'appelaient-ils pas « Votre Grâce » et ne la traitaient-ils pas avec déférence ? Et les voisins venus offrir leurs condoléances ne s'adressaient-ils pas à elle par son titre et ne lui montraient-ils pas un respect mêlé de considération ?

Oui, elle était une usurpatrice.

Oui, elle était une femme intéressée.

Et puisqu'elle était d'humeur à appeler un chat un chat, autant reconnaître qu'elle était une pécheresse.

Il n'y avait qu'une chose à faire…

La décision s'imposa progressivement à elle dans les jours qui précédèrent les obsèques, jusqu'à devenir irrévocable. Tous les torts ne seraient pas réparés, surtout pas ceux envers Augusta, mais ce serait la preuve de son chagrin et de sa repentance. Elle espérait qu'avec le temps, sa conscience finirait par s'apaiser.

C'est ainsi que, tard dans l'après-midi, le jour même de l'enterrement, alors que la plupart des invités étaient partis et que ceux qui restaient étaient réunis dans le grand salon, alors qu'Augusta dormait dans la nursery après les émotions de la matinée, alors qu'Anthony était allé faire un tour à cheval avec Charles pour se détendre, Charity se rendit à pied au village, un sac de voyage à la main. Elle avait vérifié l'heure à laquelle passait la malle-poste.

Elle rentrait chez elle, seule. Elle avait laissé une lettre à l'intention de son mari. Sans mentionner sa destination car il aurait demandé à son avoué de lui procurer tout ce qui était stipulé dans le contrat et aurait insisté pour régler tous ses frais. Et peut-être aurait-elle été incapable de résister.

Elle s'était mariée et elle avait rempli tous les devoirs qui lui incombaient pendant la durée de cette union. Avec le temps, elle parviendrait peut-être à se pardonner d'avoir consenti à jouer un rôle dans cette mystification. En revanche, elle serait incapable de se regarder de nouveau dans un miroir si elle tolérait d'être payée pour cela.

Se marier, ce n'était pas accepter un emploi.

Se marier, c'était s'impliquer, prendre soin, aimer... s'engager.

Elle avait jugé qu'Anthony se trompait lorsqu'il lui avait dit qu'elle donnait et qu'elle ne prenait pas. Mais au fond, il avait peut-être raison. Elle était incapable de devenir celle qui prenait.

Elle y perdrait son âme.

17

Lorsqu'il y repensa plus tard, Anthony trouva inconcevable que sa femme l'ait quitté l'après-midi des obsèques de son père et qu'il ne s'en soit aperçu que le lendemain matin.

Il était rentré un peu rasséréné après une longue promenade à cheval en compagnie de Charles, avec qui il avait beaucoup parlé. Il avait bien conscience que ces quelques jours avaient été très éprouvants pour toute la famille. Charity s'était retirée dans sa chambre pour se reposer, lui avait-on dit. Il espérait qu'elle réussirait à dormir, car elle en avait besoin. Durant le reste de la journée, il s'était occupé des invités encore présents. Il n'était pas monté chercher sa femme pour le dîner, mais avait envoyé une servante la prévenir. On lui rapporta que Sa Grâce avait congédié sa femme de chambre pour la soirée, et qu'elle demandait à ne pas être dérangée.

Anthony ne la dérangea donc pas, et présenta des excuses au nom de sa femme à ses invités. Charity s'était dépensée sans compter depuis son arrivée à Enfield Park. Tous avaient eu recours à elle, en particulier Augusta et lui, et elle devait être épuisée. Il n'alla pas la voir de peur de troubler son repos et, pour la même raison, il s'abstint également de frapper à sa porte au moment de se coucher. Il pénétra néanmoins sur la pointe des pieds dans son dressing et constata qu'aucun rai de lumière ne filtrait sous la porte de sa chambre.

Ce ne fut que le lendemain matin, lorsqu'il entra assez tardivement dans la salle du petit déjeuner après avoir réglé quelques affaires et appris que Charity n'était pas encore descendue, qu'il se rendit dans sa chambre. Il découvrit alors la lettre qu'elle avait laissée sur son oreiller. En vérité, ce n'est pas sur l'oreiller qu'il la vit, mais dans la main de sa femme de chambre. Une lueur affolée dans le regard, elle salua Anthony d'une révérence, et lui tendit la lettre en lui expliquant où elle l'avait trouvée. Il la congédia d'un signe de tête, et elle s'éclipsa en hâte.

Votre Grâce, écrivait sa femme, *je prendrai la malle-poste au village cet après-midi. J'espère que vous ne découvrirez cette lettre que trop tard pour tenter de me rattraper. Je sais que vous souhaiterez le faire parce que nous avons signé un accord, et qu'étant un gentleman, vous voudrez l'honorer. Mais ne venez pas, s'il vous plaît. Et ne tentez pas de me retrouver. Je vous libère des obligations stipulées dans ce contrat. Je ne souhaite pas être rémunérée pour ce que j'ai fait. Je trouverais cela déplaisant et affligeant.*

Anthony ferma les yeux et prit une longue inspiration avant de poursuivre sa lecture.

Je prends avec moi autant d'effets personnels que je suis capable d'en porter. Je ne peux résister à l'envie d'emporter ma robe de bal. Je sais que vous ne m'en voudrez pas. Et mes perles, aussi. C'était un cadeau de mariage, et il y a eu un mariage. Je ne me sens donc pas coupable de les garder. Elles sont tellement belles ! J'ai pris aussi un peu d'argent dans le tiroir supérieur de votre bureau. J'en aurai besoin pour acheter mon billet ainsi qu'un peu de nourriture pendant le voyage. Je ne pense pas que vous m'en voudrez pour cela non plus. C'est tout ce que j'accepterai jamais de vous. Je vous en prie, dites à Augusta que je l'aime. Elle ne vous croira pas mais, je vous en supplie, trouvez un moyen de la persuader que c'est la vérité. Je suis, Votre Grâce, votre servante obéissante, Charity Duncan.

Charity *Duncan*. Ce fut comme une gifle. Anthony froissa la lettre dans son poing avec l'impression abominable qu'il allait perdre connaissance. Elle était Charity Earheart, duchesse de Withingsby ! Elle était sa femme, il devait la protéger et l'entretenir tant qu'il vivrait, et même audelà si elle lui survivait. Qu'elle choisisse de vivre avec lui ou pas, elle resterait sa femme. Elle faisait allusion à l'honneur. Comment pouvait-elle s'attendre qu'il conserve son honneur alors qu'elle lui infligeait cela ?

Où diable avait-elle pu aller ? L'esprit en déroute, Anthony s'efforça de réfléchir à une destination éventuelle et constata, affolé, qu'il n'avait pas la moindre idée de l'endroit où aller la chercher. Il n'avait que l'adresse de son ancien logement, à Londres. Elle avait toutefois dû donner son congé, et il était peu probable qu'elle ait décidé d'y retourner. Personne ne serait capable de lui dire où elle avait pu se rendre. Il doutait même qu'elle ait parlé à quiconque d'Enfield Park.

Elle était partie hier après-midi par la malle-poste. Bonté divine ! Personne ne l'avait donc vue quitter la maison, à pied certainement, et n'avait songé à en parler ou à signaler qu'elle n'était pas revenue ?

Le premier réflexe d'Anthony fut de partir à sa recherche toutes affaires cessantes. Dans son affolement, il en oubliait qu'il ignorait quelle direction prendre. Il s'arrêterait à l'auberge. L'aubergiste connaîtrait peut-être sa destination. Ce ne serait certainement pas sa destination finale, mais il essaierait de suivre sa trace.

De nouveau, il ferma les yeux et s'appliqua à respirer lentement. Le premier réflexe n'était pas forcément le meilleur. Il ne pouvait pas disparaître aussi brusquement. Il avait encore des obligations à remplir. Certains invités repartaient après le petit déjeuner, et il lui fallait les saluer. Il avait aussi promis à Charles de s'entretenir avec le comte de Tillden avant son départ. Et puis, il était convenu avec William qu'ils se retrouveraient dans la journée pour commencer à se répartir les tâches relevant de la gestion du duché. Anthony avait donc accepté de se rendre à la résidence de la douairière afin qu'Augusta puisse jouer avec les garçons. Et ce n'était là qu'une partie de toutes les choses qui réclamaient son attention.

En outre, Charity ne voulait pas qu'il parte à sa recherche. Elle ne voulait pas de son soutien financier. Elle voulait couper tout lien avec lui.

Si Anthony ignorait quelle somme il conservait dans le tiroir de son bureau, il était prêt à parier que Charity avait calculé avec soin ce dont elle aurait besoin pour son billet et sa nourriture, et qu'elle n'avait pris que le strict nécessaire. Si elle avait emporté les perles, il ne faisait aucun doute qu'elle n'avait pas pris le collier orné de la topaze qu'il avait laissé, peut-être imprudemment, dans une simple boîte posée sur son bureau. Ce collier, il avait eu l'intention de lui redonner dès qu'ils se retrouveraient en tête à tête, de la part de son père et de lui-même.

Charity ne voulait rien de lui. Elle ne voulait pas de lui. Elle préférait la liberté, l'indépendance, la pauvreté et une vie de simple gouvernante plutôt que de lui être redevable de quoi que ce soit.

Anthony en était blessé jusqu'à l'âme.

Il ne s'était pas trompé lorsqu'il avait dit à Charity que sa nature l'incitait à donner. Elle donnait de sa personne avec une générosité attentive et joyeuse, sans attendre une quelconque contrepartie. Pour autant, ne comprenait-elle pas que donner sans jamais accepter de recevoir n'était pas entièrement dépourvu d'égoïsme ? N'avait-elle pas anticipé ce qu'il ressentirait à la lecture de sa lettre ? S'était-elle imaginé qu'il pousserait un immense soupir de soulagement ? Qu'il l'oublierait sur-le-champ et reprendrait gaiement le cours de sa vie ?

L'espace d'un instant, Anthony la détesta.

Il raccompagna les invités jusqu'au perron, après leur avoir expliqué que sa femme était souffrante et qu'elle leur présentait ses excuses. Puis il invita le comte de Tillden à le rejoindre dans la bibliothèque et lui expliqua que lord Charles Earheart allait recevoir une somme d'argent considérable, comme le prévoyait le testament de leur père ; que lui-même se préparait à faire don à son frère d'un des domaines du duché, certes beaucoup plus petit qu'Enfield Park, mais très prospère ; que lord Charles lui avait fait part, la veille, de son intention de quitter l'armée pour vivre en gentleman sur ses terres ; qu'il avait demandé à son frère aîné la permission, accordée, de courtiser lady Marie Lucas ; et qu'il sollicitait maintenant, toujours par l'intermédiaire de son frère aîné, l'autorisation de présenter cette même requête au comte, père de la jeune fille.

Anthony ne jugea pas nécessaire, ni même sage, de préciser que Charles avait depuis toujours un faible pour lady Marie, qu'il l'aimait passionnément depuis au moins deux ans, et que cet amour était partagé. Cet amour étant sans espoir puisque lady Marie devait devenir marquise de Staunton, le jeune homme s'était engagé précocement dans la cavalerie.

Tout d'abord, le comte de Tillden tempêta et fulmina, outré qu'on lui offre un fils cadet en lieu et place d'un fils aîné. Cependant, lord Charles étant fils et frère de duc, et sous peu riche propriétaire terrien, le comte finit par accepter de s'entretenir avec lui. Il attendit dans la bibliothèque pendant qu'Anthony en personne partait à la recherche de son frère. Il n'eut aucun mal à le trouver. Le visage pâle, la mâchoire serrée, le regard anxieux, Charles faisait les cent pas non loin de la porte.

— Il consent à t'écouter, lui dit Anthony.

Comme son frère prenait une profonde inspiration, il ajouta :

— N'oublie pas qui tu es, Charles. Personne ne t'est supérieur. Tu es le fils de notre père. Bonne chance !

Charles se dirigea d'un pas résolu vers la bibliothèque, affichant le courage de celui qui s'attend à trouver derrière la porte le bourreau, sa hache et son billot.

À Augusta, Anthony ne pouvait pas simplement raconter que Charity était souffrante. Il devait lui dire au moins une partie de la vérité. Alors qu'ils étaient assis tous les deux dans un fauteuil bas, dans la nursery, il l'entoura de son bras et la serra contre lui. Il lui dit que Charity avait dû partir précipitamment chez une de ses tantes qui était tombée malade et avait besoin d'elle. Il la rejoindrait dès qu'il le pourrait afin de s'informer de la durée de son séjour. Si c'était possible, il la ramènerait. Malheureusement, il arrivait que certaines maladies durent assez longtemps…

Il se méprisait de ne pas lui dire l'entière vérité. S'il ne parvenait pas à retrouver Charity, ou à la persuader de revenir avec lui et d'être véritablement sa femme, que se passerait-il ? Il serait obligé de mentir davantage ou d'avouer qu'il avait menti aujourd'hui. Pour autant, il se sentait incapable de lui avouer que Charity n'avait jamais eu l'intention de rester à Enfield Park, ni d'endosser le rôle de mère à titre permanent. Et puis, dire la vérité ne rendrait pas justice à Charity. Elle passerait pour un être dépourvu de cœur, ce qui n'était absolument pas le cas.

Deux jours s'écoulèrent avant qu'Anthony puisse quitter Enfield Park pour se lancer à la poursuite de sa femme. Tillden était parvenu à un accord avec Charles, et le jeune couple s'était vu accorder quinze minutes de tête-à-tête, au cours duquel ils étaient censés s'engager l'un vis-à-vis de l'autre. Même si, évidemment, il ne saurait être question de fiançailles officielles avant un an, lorsque la période de deuil de Charles serait terminée. Lord et lady Twynham étaient retournés chez eux avec leurs enfants. Augusta, dispensée de leçons pendant quelque temps, était accueillie à la résidence de la douairière par William et Claudia. À tous, Anthony avait simplement fait savoir que sa femme avait dû partir précipitamment et qu'il la rejoignait pour la ramener. Personne ne tenta d'en savoir davantage. Il faut dire que durant ces deux jours il avait dû apparaître aussi aimable et gracieux que son père durant toute son existence.

Il entreprit donc ce voyage dont il ignorait totalement où il le mènerait.

La malle-poste laissa Charity à trois miles de la maison. Après avoir un peu peiné pour couvrir cette distance avec son bagage, elle passa la porte, qui était grande ouverte. Et, sans avoir été annoncée, elle entra dans la pièce à vivre où les enfants finissaient manifestement de goûter. Tous imploraient en même temps Pénélope de leur permettre de retourner jouer dehors. David promettait avec une mauvaise foi criante de ne pas se salir, Howard assurait que c'était par accident que ses culottes avaient été déchirées puisqu'il avait fait très attention, et Mary claironnait qu'elle, elle ne s'était pas salie, et qu'elle, elle n'avait pas déchiré ses culottes, et qu'il n'y avait donc aucune raison que Penny la contraigne à rester à l'intérieur. Howard était en train de souligner le fait, irréfutable, que Mary ne portait même pas de culottes lorsque cette dernière aperçut Charity sur le seuil. Elle poussa un cri strident.

Ce fut alors une explosion de cris, de rugissements, d'exclamations, de rires et d'embrassades. Personne, dans la famille Duncan, n'avait jamais retenu la leçon que parler tous ensemble avait pour résultat que personne ne s'entendait.

— Eh bien, je suis revenue à la maison pour y rester, parvint enfin à dire Charity. Vous avez tous grandi d'au moins un pouce, et si vous pouvez juste me permettre de m'asseoir et de pleurer un bon coup, je serai de nouveau moi-même en un rien de temps.

Elle joignit le geste à la parole. Tandis que Pénélope se précipitait pour aller chercher la théière et une tasse propre, que Mary apportait une assiette de scones – ou ce qu'il en restait – et que Howard entreprenait de lui raconter qu'il avait déchiré ses culottes par accident et qu'on l'accusait à tort de ne pas être soigneux. David tendit à sa grande sœur un mouchoir propre, quoique très chiffonné.

C'était un soulagement indescriptible d'être à la maison. Évidemment, Charity ne leur avoua pas la vérité. Elle se consola toutefois à la pensée que, désormais, elle ne serait plus obligée de mentir, ou alors très peu. Elle leur raconta qu'elle n'avait pas aimé son nouvel emploi et qu'elle avait donc démissionné. Et qu'elle resterait désormais à la maison, ce dont Philip se réjouirait sûrement, même si cela signifiait qu'il devrait assumer seul l'entretien de toute la famille.

En vérité, Charity n'était pas sûre qu'elle resterait définitivement. Peut-être que d'ici quelque temps elle tenterait de nouveau de trouver un emploi. Pour le moment cependant, elle voulait prendre le temps de panser ses plaies, entourée des siens. Elle s'efforcerait de se convaincre que faire ce qui s'imposait était une vertu en soi, qui lui apporterait un jour paix et contentement. Elle avait indubitablement fait ce qui s'imposait.

Pénélope ne cacha pas son soulagement de la revoir. Elle aimait certes ses frères et sœur et elle s'occupait très bien d'eux, mais elle ne possédait pas la fermeté quasi maternelle de Charity. En outre, elle avait un prétendant potentiel. C'était ce même gentleman qui, un jour qui paraissait lointain, avait demandé la main de Charity. Penny était manifestement très désireuse d'accepter que M. Miller la courtise, elle tenait toutefois à être absolument certaine que sa sœur ne voulait pas de lui.

— Si j'avais voulu de lui, Penny, je l'aurais accepté lorsqu'il s'intéressait à moi, assura Charity. C'est-à-dire, avant que tu sois suffisamment grande pour qu'il constate que tu étais la plus jolie.

— Je ne suis pas la plus jolie ! protesta sa sœur en rougissant. Mais peut-être que tu avais refusé uniquement parce que nous avions besoin de toi.

C'était en partie vrai. Il était également vrai que Charity n'éprouvait pas des sentiments très profonds pour cet homme.

— Je n'ai pas l'intention de me marier, déclara-t-elle. Je vais rester ici jusqu'à ce que les autres soient adultes, puis je mènerai l'existence agréable d'une tante célibataire.

Et si elle attendait un enfant ? Eh bien, c'était une complication qu'elle affronterait le cas échéant.

Charity retrouva donc sa place au sein du foyer. Elle écrivit à Philip pour l'en informer. Il en serait heureux, elle le savait. Elle, en revanche, à cause de leur situation financière, ne s'en réjouissait pas vraiment. Elle avait toutefois appris que les miracles, lorsqu'ils survenaient, n'étaient pas toujours de bonnes choses. D'une manière ou d'une autre, la famille Duncan se débrouillerait, son vœu le plus cher étant que Philip finisse par épouser Agnès et fonde sa propre famille.

Elle essayait de ne pas penser à Enfield Park et à ceux qui y vivaient. Plus que tout, elle essayait de ne pas penser à *lui*. C'était impossible, bien sûr. Parfois, elle avait l'impression qu'Anthony était une partie d'elle-même, comme si leur union physique avait entraîné celle de leurs âmes. Elle réussissait néanmoins à maintenir cette impression juste en deçà de la pensée consciente, pendant quelques minutes chaque fois, et plusieurs fois chaque jour. La nuit, c'était autre chose, évidemment.

Elle veillait à être toujours occupée. Il y avait beaucoup de choses à faire non seulement à la maison, mais aussi à l'extérieur. Notamment, des visites aux voisins et aux amis, qu'elle n'avait pas vus depuis près d'un an. Elle était très heureuse d'être de retour.

Le nombre de femmes vêtues de marron qui avaient voyagé par la malle-poste était incroyable. Elles en étaient descendues à différents endroits avant de disparaître à pied, en charrette, en voiture privée ou autre. Anthony perdit plusieurs jours à suivre les pistes les plus prometteuses avant de découvrir qu'elles ne menaient nulle part. Finalement, il se retrouva face à un double choix : soit rentrer à Enfield Park, soit poursuivre jusqu'à Londres. Charity ne serait sûrement pas retournée à Enfield Park. Toutefois, si elle avait choisi Londres, quelles étaient ses chances de la retrouver ?

Lorsqu'il se rappela la lettre de recommandation écrite par le pasteur de son ancienne paroisse, il eut une lueur d'espoir. Mais il eut beau se creuser les méninges, il fut incapable de se rappeler le nom du village, sinon qu'il se trouvait dans le Hampshire. La lettre avait été détruite. En outre, Charity avait quitté cet endroit parce qu'elle n'y avait plus de domicile. Il était peu probable qu'elle ait décidé de s'y rendre.

Anthony décida de poursuivre jusqu'à Londres, et d'aller là où Charity habitait avant de l'épouser. Il n'était pas très optimiste, mais il fallait bien commencer les recherches quelque part. Même cette démarche ne fut pas aisée car il ne se souvenait pas précisément de l'adresse. Dieu merci, son cocher en avait gardé un souvenir un peu plus précis. La première rue dans laquelle il le conduisit n'était pas la bonne, en revanche, tous deux reconnurent la rue suivante, puis l'immeuble.

Non, Mlle Duncan ne vivait plus ici, répondit le logeur lorsque Anthony l'interrogea. Non, il ne savait pas où elle était allée. Et, non, elle n'était pas revenue la semaine dernière. Les réponses étaient celles auxquelles Anthony s'attendait, pourtant, c'est en les entendant qu'il se rendit compte qu'il avait espéré de toutes ses forces se tromper. Dans quelle direction se tourner, désormais ? Devant lui s'ouvrait un vide affreux. Il ne voyait pas ce qu'il pouvait faire d'autre, hormis fouiller l'Angleterre de fond en comble, en commençant peut-être par le Hampshire.

— M. Duncan saura peut-être où elle est, monsieur, hasarda l'homme alors qu'Anthony tournait les talons. Si ça vous dit de revenir ce soir quand il aura fini son travail.

« M. Duncan ? » Anthony dévisagea l'homme, interdit. Le père de Charity ? Il était mort. Son mari ? Son frère ? Elle n'avait pas de frère. C'était donc son mari ! Il serra les poings, la bouche soudain sèche.

— C'est ce que je vais faire, s'entendit-il dire. Merci, ajouta-t-il en tendant à l'homme un souverain.

« Mais elle était vierge ! » songea-t-il, hors de lui, en remontant dans sa voiture.

Une chose au moins était sûre : Charity Earheart, duchesse de Withingsby, avait proféré un ou deux mensonges dès le début. Non seulement elle n'était pas une discrète souris grise, mais elle n'était pas non plus... Bon sang, il ne savait rien d'elle ! Rien du tout. À part qu'elle était sa femme. À part qu'il l'aimait.

Il rongea son frein durant toute la journée. Enfin, il pénétra de nouveau dans l'immeuble, où on l'informa que M. Duncan était rentré de son travail à peine cinq minutes plus tôt. Anthony gravit l'escalier et frappa avec le pommeau de sa canne sur la porte indiquée par le logeur.

Un jeune homme à la mine fatiguée ouvrit la porte. Sa ressemblance avec Charity était indubitable. Après avoir dévisagé le visiteur d'un air surpris, il murmura :

— Oui ?

— Monsieur Duncan ?

— Oui, répondit le jeune homme, non sans circonspection.

— Vous avez une… sœur, je crois, dit Anthony. Charity.

À présent, le jeune homme fronçait les sourcils.

— Et quand bien même, monsieur ? Que voulez-vous à ma sœur ?

Anthony soupira.

— Il se trouve que Charity est ma femme. Puis-je entrer ?

Sans attendre sa réponse, Anthony passa devant M. Duncan, qui le suivit des yeux, l'air abasourdi.

— Je suppose, reprit Anthony en lui faisant face, qu'il y a une dizaine d'autres frères et sœurs quelque part. Cela expliquerait certaines choses…

Par exemple, la facilité de Charity à se lier avec la plupart des membres de la famille Earheart, et à les comprendre intuitivement.

— Qui êtes-vous ? demanda M. Duncan.

— Anthony Earheart…

— Son dernier employeur, le coupa le jeune homme, dont le froncement de sourcils s'accentua. Vous êtes un homme marié, monsieur, père de quatre jeunes enfants. Si j'ai devant moi la raison pour laquelle elle a été contrainte de quitter son emploi de toute urgence, alors...

— Oui, je suis effectivement marié. J'ai épousé votre sœur le lendemain de notre entrevue dans mon domicile d'Upper Grosvenor Street. Nous n'avons pas encore quatre enfants, ni même un seul, mais je ne perds pas espoir. Beaucoup de choses dépendent de ma capacité à la retrouver. Elle semble croire qu'en s'évaporant dans la nature, elle peut annuler notre mariage.

M. Duncan le regardait comme s'il venait de tomber du ciel.

— Vous avez épousé Charity ? finit-il par articuler d'une voix faible. Et elle vous a quitté ? Elle se cache ? Que diable...

— Je me sens obligé d'ajouter que j'aime ma femme. Je pense que vous savez où elle est. En train, sans doute, de s'occuper d'une pléthore d'enfants.

— Vous l'aimez, dites-vous ? Et pourtant, elle a pris la fuite après seulement quelques semaines de mariage ? J'avoue être stupéfait, monsieur. Et pas du tout enclin à vous donner la moindre information qui risquerait de mettre ma sœur en danger.

Anthony soupira de nouveau.

— Votre instinct fraternel vous honore. Je vous aurais méprisé si vous vous étiez jeté à mon cou sans autre forme de procès en m'appelant votre frère. Je vous informe que lord Rowling est assis dans ma voiture, devant la porte, et qu'il est sans doute à bout de patience. Lord Rowling était témoin à notre mariage. Le certificat de mariage est également dans ma voiture. Je me propose d'aller chercher l'un et l'autre si vous me promettez de ne pas verrouiller la porte dès que j'aurai tourné les talons. Car j'entends bien retrouver ma femme.

— *Lord* Rowling ? répéta le jeune homme, les yeux ronds.

— Lord Rowling, confirma Anthony. Si tout le reste échoue, Duncan, j'invoquerai mon rang. Car voyez-vous, en plus d'être Anthony Earheart, je suis duc de Withingsby. Votre sœur, mon cher, est la duchesse de Withingsby, mon épouse. Je vais chercher mes preuves, puis je vous raconterai toute l'histoire. Si vous avez toujours soupçonné votre sœur d'avoir un grain de folie, je me ferai un plaisir de confirmer vos pires craintes.

Sur ce, il ressortit sous le regard ébahi de Philip Duncan.

18

Les enfants jouaient sur la pelouse devant la maison. C'est-à-dire que les garçons combattaient des ennemis invisibles avec une énergie guerrière. Mary, elle, oscillait doucement sur la balançoire accrochée à une branche et s'éventait avec le livre qu'elle avait eu l'intention de lire. La journée était chaude.

Tous virent la voiture à peu près au même instant. Ils observèrent avec un mélange d'étonnement et d'admiration le luxueux véhicule aux portières armoriées, conduit par un cocher en livrée, tout comme le valet de pied. Leurs yeux s'arrondirent lorsque ladite voiture ralentit, bifurqua et s'engagea dans l'allée qui menait à la porte de leur propre maison.

Ils n'attendirent toutefois pas qu'elle atteigne sa destination. Prenant tous les trois leurs jambes à leur cou, ils se précipitèrent à l'intérieur, plus impatients les uns que les autres d'annoncer cette nouvelle stupéfiante à leurs sœurs aînées. Seule Pénélope se trouvait dans la pièce à vivre, occupée à sa broderie. Charity était dans le jardin de derrière, en train de cueillir des fleurs pour remplacer celles, un peu défraîchies, qui ornaient les pièces du rez-de-chaussée. Il leur faudrait donc se contenter de Pénélope.

Un concert de voix surexcitées précéda l'entrée en trombe des enfants, qui se ruèrent vers leur sœur, le doigt pointé vers la porte.

— Pitié ! s'écria Pénélope. Un à la fois, s'il vous plaît. Qu'avez-vous vu ? Qui vient ? Est-ce M. Miller ?

D'un geste discret, elle vérifia que ses boucles étaient en ordre.

Le tohu-bohu cessa brusquement quand une voix retentit depuis le seuil de la maison – ils avaient laissé la porte grande ouverte, évidemment. C'était une voix masculine. Une voix familière. Tous échangèrent des regards interloqués, Pénélope y compris.

— Philip ?

— C'est Philip ?

— Non, pas Philip. C'est impossible !

Tous parlaient en même temps. Ils n'eurent pas le temps de retourner en courant dans l'entrée que leur frère s'encadrait sur le seuil, un grand sourire aux lèvres.

— Je croyais que tout le voisinage s'était donné rendez-vous ici, lança-t-il. Quel boucan !

Les enfants n'eurent pas le temps d'emplir leurs poumons pour accueillir leur aîné comme il le méritait, car celui-ci s'avança dans la pièce et un inconnu apparut derrière lui. C'était un gentleman séduisant, à l'expression hautaine, vêtu d'un habit noir austère mais impeccablement coupé. Son regard fit lentement le tour de la pièce, s'attardant tour à tour sur chacun d'eux.

Pour la première fois de leur vie, les petits Duncan demeurèrent complètement immobiles et totalement muets. Qui sait, peut-être que le diable en personne avait décidé de leur rendre visite.

— Bonjour, Penny, salua leur frère. Et bonjour, David, Howard et Mary. Bonté divine, comme vous avez grandi tous les trois ! Puis-je vous présenter le duc de Withingsby ?

S'il était possible d'être plus immobile qu'immobile, plus muet que muet, les Duncan le furent durant quelques secondes. Se ressaisissant la première, Pénélope exécuta une révérence. Mary l'imita, et les garçons inclinèrent la tête pour saluer cette apparition aussi improbable qu'impressionnante : un duc en chair et en os.

— Nous arrivons de Londres, expliqua Philip. Sa Grâce a une affaire importante à régler ici. Où est Charity ?

Sa Grâce s'était avancée dans la pièce et regardait à présent par la fenêtre, les mains nouées dans le dos.

— Elle est...

Pénélope n'eut pas à terminer sa phrase. Charity, les bras chargés de fleurs, venait d'apparaître sur le seuil. Dès qu'elle vit son frère, ses yeux s'illuminèrent.

— Oh, Philip, quelle merveilleuse surprise ! Tu ne nous as pas prévenus, espèce de brigand ! Tu es la dernière personne que je m'attendais à voir. Que fais-tu là ? Attends, laisse-moi poser ces fleurs que je puisse te serrer dans mes bras.

— Peut-être pas la dernière personne, Charity, rectifia son frère, l'air embarrassé. Peut-être y a-t-il quelqu'un d'autre que tu t'attends encore moins à voir que moi.

Charity le dévisagea, perplexe, jusqu'à ce qu'un mouvement du côté de la fenêtre attire son attention. Elle tourna vivement la tête et se pétrifia. Sa Grâce n'avait pivoté qu'à demi et la regardait par-dessus son épaule, les sourcils levés.

Ce fut Pénélope qui rompit le silence.

— Charity, connais-tu le duc de Withingsby ? Il est venu avec Philip pour une affaire...

— C'est mon mari, l'interrompit Charity d'un ton égal.

Les petits Duncan ne seraient plus jamais les mêmes. Des statues de marbre auraient pu envisager de les prendre comme modèles.

— Peut-être m'accordera-t-on un court instant en tête à tête avec ma femme ? hasarda le duc d'un ton tout aussi égal.

— Nous allons sortir admirer les nouvelles plantations dans le jardin, décréta Philip en indiquant la porte à ses frères et sœurs.

Ils défilèrent devant lui sans mot dire. Mais à peine eut-il refermé la porte derrière lui qu'un concert d'exclamations retentit, qui décrut progressivement comme ils s'éloignaient de la maison.

— Eh bien, Charity...

Curieusement, elle avait l'impression de se retrouver devant un étranger. Anthony paraissait déplacé dans cet environnement familier. Il lui rappelait l'homme qui l'avait interrogée lorsqu'elle avait postulé pour l'emploi de gouvernante. Elle lui trouva de nouveau l'air démoniaque... et l'allure très virile.

Après avoir posé les fleurs sur la table la plus proche, elle croisa les mains devant elle.

— Comme vous pouvez le constater, Votre Grâce, je vis dans une maison confortable, et je jouis de la compagnie de nombreux frères et sœurs. Nous ne sommes pas riches, nous ne sommes pas miséreux non plus. Vous n'avez donc aucune raison de vous inquiéter pour moi.

Elle aurait voulu le bombarder de questions : Lui avait-elle manqué ? Comment allait Augusta ? Comment allaient Harry, Claudia et William ? Lui avait-elle manqué ? Charles et lady Marie avaient-ils eu le cœur brisé lorsque cette dernière était rentrée chez elle ? Lui avait-elle manqué ? Y avait-il de l'espoir pour les deux jeunes gens ? *Lui avait-elle manqué ?*

— Je n'ai pas à m'inquiéter pour vous ? reprit-il. Pour ma propre épouse...

— Je ne suis pas vraiment votre épouse, le coupa Charity. Ce n'était qu'un arrangement temporaire. L'objectif a été atteint et je suis rentrée chez moi. Il était inutile que vous me suiviez.

— Vous n'êtes pas vraiment mon épouse ? Pourtant, il y a eu un mariage. Il y a un registre d'église pour le prouver. Il y a eu une alliance, que vous ne portez plus, apparemment. Vous avez vécu chez moi et vous avez été reçue par ma famille. Vous avez partagé mon lit à plusieurs reprises. Si vous vouliez bien m'expliquer ce que serait une véritable épouse ?

— Vous êtes injuste. Notre accord...

— Notre accord stipulait que vous me rendriez un service, et qu'en retour vous seriez pour toujours mon épouse et je subviendrais à vos besoins de la manière appropriée à votre rang.

— Mais je ne peux pas accepter, protesta Charity. Le paiement est excessif comparé au service rendu, Votre Grâce. Et je ne veux pas être rémunérée pour être votre femme. Cela ressemble dangereusement à un paiement pour être votre... votre catin.

La flamme qui s'alluma dans le regard d'Anthony était effrayante. Et lorsqu'il esquissa un pas vers elle, elle dut prendre sur elle pour ne pas reculer.

— Ma catin ? articula-t-il d'un air farouche. Ma catin, madame ? Une catin déploierait une vaste palette de talents au lit, et elle serait payée pour me donner entière satisfaction. Une catin ne porterait pas mon nom. Elle ne serait pas invitée à faire la connaissance de mon père et de ma famille. Elle ne se retrouverait pas dans mon lit, sous mon toit. Une catin ne se verrait pas entretenue comme il sied à une duchesse jusqu'à la fin de ses jours. Vous n'êtes pas ma catin, *Votre Grâce* ! Vous n'êtes pas assez habile pour cela. Vous êtes ma femme.

Charity rougit furieusement. Et se sentit stupidement humiliée. Elle ne l'avait pas satisfait ?

Sans réfléchir, elle répliqua d'un ton guindé :

— Si je ne vous ai pas donné satisfaction, sachez que j'en suis désolée, Votre Grâce.

Anthony la dévisagea, les yeux ronds. Puis son regard changea. Charity tressaillit quand, rejetant la tête en arrière, il éclata d'un rire sonore. Elle ne l'avait jamais entendu rire ainsi.

— Je suis heureuse de constater qu'au moins, je vous amuse, déclara-t-elle avec dignité.

— Si vous ne m'avez pas donné satisfaction ? Au lit, vous voulez dire ? Vous êtes encore très innocente, mon ange, sinon vous sauriez, sans l'ombre d'un doute, que vous m'avez donné entière satisfaction.

À présent, Charity devait s'efforcer de dissimuler une joie aussi ridicule que méprisable.

— Je n'accepterai pas d'argent de vous, s'entêta-t-elle. Je vous remercie de vous être donné la peine de me retrouver, mais vous n'avez aucun souci à vous faire. Vous devez retourner à Enfield Park. Augusta a besoin de vous.

Tandis qu'elle parlait, il s'était rapproché. Il s'arrêta à un pas d'elle, ce qui ne fit qu'accroître la nervosité de Charity. Il n'était toutefois pas question de lui faire le plaisir de reculer.

— C'est de vous qu'Augusta a besoin, répliqua-t-il. Elle a grand besoin de vous, Charity.

Le procédé était déloyal. Injuste.

— Mes frères et ma sœur ont besoin de moi, eux aussi, Votre Grâce. En outre, une maison, des domestiques, une voiture et six mille livres de rente par an ne seraient pas utiles à Augusta.

— Enfield Park a besoin de vous. D'une duchesse. Il n'y en a pas eu depuis trop longtemps.

La terrible morsure de l'envie, mêlée de regret, l'attaqua sans prévenir, et elle craignit qu'il ne la lise sur son visage. Elle fronça les sourcils.

— Enfield Park a besoin d'un héritier, ajouta-t-il. Un héritier en ligne directe.

— C'est donc cela ! s'exclama Charity, indignée. Vous envisagez de modifier l'accord original.

Ce n'était pas dans notre pacte, Votre Grâce. Vous avez dit...

— Et moi aussi, j'ai besoin de vous, l'interrompit-il. J'ai tellement besoin de vous que je suis pris de panique à l'idée que, peut-être, je n'arriverai pas à vous convaincre de revenir avec moi à Enfield Park. J'ai tellement besoin de vous que j'ai du mal à imaginer le reste de ma vie si je devais la vivre sans vous. J'ai tellement besoin de vous que... Eh bien, les mots parlent d'eux-mêmes. J'ai besoin de vous.

— Pour veiller sur Augusta ? Pour m'occuper d'Enfield Park ? Pour vous donner un héritier ?

Charity n'osait croire aux paroles d'Anthony. Elle n'osait espérer.

Son cœur tomba comme une pierre dans sa poitrine lorsqu'il répondit simplement :

— Oui.

Puis il enchaîna :

— Et pour être mon amie, ma confidente, mon réconfort. Et mon amante.

— Ce... cela ne faisait pas partie de notre accord, articula-t-elle à mi-voix.

Elle devait lutter pour ne pas s'effondrer. Ses yeux se posèrent sur des mains qui lissaient les revers de la redingote sombre d'Anthony comme pour en ôter des peluches. Sauf qu'il n'y avait pas de peluches. Et que c'étaient ses mains à elle. Elle ne put les écarter car il les enveloppa des siennes.

— C'est vrai, admit-il. Mais vous n'avez pas joué franc-jeu, Charity. Vous ne m'aviez pas dit que vous n'étiez pas une discrète petite souris. Vous ne m'aviez pas dit que vous étiez belle, pleine de charme, attentive aux autres, courageuse et... merveilleuse au lit.

Charity essaya de retirer ses mains, en vain.

— Vous ne m'aviez pas dit non plus que vous étiez une voleuse, ajouta-t-il. J'ai dû partir à votre recherche pour retrouver ce que vous m'aviez dérobé.

— Mais les perles…

Charity serait morte de honte sur-le-champ si elle l'avait pu. Elle avait sincèrement cru que les perles étaient un cadeau.

— Les perles sont à vous, mon ange. C'était un cadeau de mariage. Ce que vous avez volé, Charity, c'est mon cœur. Je suis venu le reprendre si tout le reste échoue. Je préférerais cependant que vous le gardiez et que vous le rameniez à Enfield Park avec vous.

— Oh…

— Et je n'ai pas joué franc-jeu, moi non plus, continua Anthony. Je ne peux pas nier les termes de notre accord. Ils figurent par écrit dans un document que nous avons signé tous les eux. S'il le faut, je respecterai mon engagement. Je préférerais néanmoins, et de loin, déchirer ce document. Je l'ai apporté, il est dans la voiture. J'ose espérer que nous le déchirerons ensemble. Le choix est entre vos mains : si vous voulez être véritablement ma femme, nous en ferons des confettis. Dans le cas contraire, il demeurera tel qu'il est.

Les yeux plongés dans les siens, Anthony maintenait les mains de Charity plaquées contre son torse.

— On a besoin de moi ici, murmura-t-elle.

— Pas nécessairement ici, rétorqua-t-il. Votre sœur et vos frères cadets ont besoin de vous, soit. Peut-être qu'ils se plairaient à Enfield Park.

Peut-être qu'ils aimeraient Augusta qui, elle, les adorerait, c'est certain. Votre sœur plus âgée pourrait, elle aussi, se plaire à Enfield Park.

— Penny aime M. Miller.

— Et si M. Miller aime Pénélope, je conçois qu'Enfield Park soit une perspective bien moins attrayante que la maison de M. Miller. Je suppose que c'est un parti acceptable ? Mais c'est à votre frère d'en décider. En parlant de votre frère, nous avons eu tous les deux une longue conversation. Il est aussi têtu qu'une mule et aussi fier que... Peu importe. Il n'est toutefois pas de taille face au duc de Withingsby, mon ange. Je ne suis pas le fils de mon père pour rien. Je peux me montrer formidablement impérieux lorsque tel est mon bon plaisir. Certains diraient, bien sûr, que je ne cesse jamais de l'être.

» Quoi qu'il en soit, votre frère reviendra ici, où est sa place. Les dettes qui l'ont obligé à prendre un emploi sans intérêt seront réglées. Il n'a pas évoqué ces dettes, bien entendu, mais je ne suis pas né de la dernière pluie. J'ai cru comprendre qu'un parangon de beauté et de charme vivait dans les environs ? Une demoiselle Gladstone ?

— Agnès, oui.

— Je ne crois pas beaucoup me tromper en disant qu'elle sera Mme Duncan sous peu. En conséquence, je ne prendrai la peine que de retenir son prénom. Je me suis occupé de tout, comme vous pouvez le constater, mon ange. Attendez-vous un enfant ?

Charity devint écarlate – nul besoin d'un miroir pour le vérifier.

— Non, répondit-elle.

— Ah… je dois avouer une légère déception, dit Anthony en souriant. Cela dit, rectifier cette situation nous occupera lorsque nous serons de retour à Enfield Park. Non pas que j'aie l'intention de vous infliger une grossesse annuelle durant les vingt années à venir. Nous trouverons un moyen pour empêcher cela. Mais…

Il s'interrompit brusquement, laissa retomber ses mains, fit un pas en arrière et se détourna à demi.

— Mais je jacasse, murmura-t-il. Je suis tellement nerveux que je ne sais pas ce que je raconte. Est-ce que je suis complètement incohérent ? Est-ce que je vous harcèle ? Charity, voulez-vous être ma femme ?

— Ce n'est donc pas par obligation ? C'est parce que vous avez compris la nature déplaisante de cet accord ?

Le son qu'il émit ressemblait curieusement à un gémissement.

— Vous m'aimez vraiment ? chuchota-t-elle.

— Bon sang ! s'exclama-t-il. Est-ce que j'ai oublié de le dire ? Alors que j'étais venu pour cela ?

— Je vous aime, moi aussi. Je vous aime tellement que, depuis mon retour ici, j'avais l'impression que vous étiez tout le temps… là.

Charity se frappa la poitrine, à l'endroit du cœur.

— Je vous ai dit que vous me l'aviez volé, répliqua-t-il.

Et il la gratifia d'un sourire si chaleureux qu'elle sentit ses jambes flageoler. Il la prit alors dans ses bras.

— Oh, Anthony ! gémit-elle en pressant le visage contre son épaule. Qu'est-ce que j'essaie de dire ?

— Je n'en ai aucune idée. Tout n'a-t-il pas été dit ? Je me contenterai d'un baiser en échange de tout ce que nous aurions pu omettre. Si vous vouliez juste me regarder…

Charity s'exécuta et noua les bras autour de son cou.

— Vous feriez bien d'agir pendant que nous avons encore un peu de temps pour nous. Je n'ai jamais vu mes frères et sœurs réduits au silence comme ils l'ont été à votre entrée. Ils n'ont jamais approché un duc de près ou de loin, surtout un duc à l'air aussi impérieux. Il y a quelques minutes, ils ont découvert que leur sœur – leur sœur ! – était duchesse. Mais nous sommes faits d'une étoffe solide, nous les Duncan. Le choc sera vite surmonté, et ils vont surgir d'un moment à l'autre pour poser un million de questions… à chacun de nous. Vous êtes prévenu. Ce n'est pas une tâche facile à laquelle vous venez de vous atteler.

— Mon Dieu ! souffla Anthony en levant les yeux au ciel. En ce cas, Votre Grâce, passons à ce baiser. De toute évidence, j'ai besoin de stimuler mon courage.

— C'est précisément ce que j'essayais de dire.

Durant un long moment, Charity n'eut pas le loisir de dire quoi que ce soit d'autre.

Puis un bruit de voix animées se fit entendre, se rapprochant inéluctablement.

AVENTURES & PASSIONS

2 juin

Darlene Marshall

Tourmentes - La fille du pirate

Inédit

Enlever un Anglais fait partie du métier pour le capitaine Mattie Saint-Armand. Elle a besoin d'une diversion, et un Blanc naïf détournera d'elle l'attention des autorités pendant qu'elle libérera des esclaves. Oliver Woodruff voulait visiter les Caraïbes avant de se ranger mais il ne s'attendait pas à tomber sur Mattie la Maraudeuse. Il est néanmoins prêt à l'aider, troublé par l'étrange beauté de cette femme. Cependant, l'un et l'autre sont persuadés que leur relation est condamnée d'avance par les préjugés sociaux. Il faudra le danger, l'aventure, et le perroquet Roscoe, pour les convaincre que la passion qui les unit est plus qu'un simple interlude.

✦

Kinley MacGregor

Les MacAllister - Le retour du guerrier

Inédit

Rejeté par ses parents dès sa naissance, Sin MacAllister méprise ses racines écossaises. Pour démasquer les ennemis du roi Henry, il est contraint de retourner dans les Highlands qu'il abhorre au bras d'une beauté rousse dont la chevelure est aussi flamboyante que le tempérament. Pour survivre, Sin a toujours compté sur son cœur dur et froid. Cependant, sa nouvelle épouse éveille en lui un désir qui met en péril tous ses principes.

Johanna Lindsey

Il était une fois une princesse

Inédit

Il était une fois, dans une obscure taverne du Mississippi, une belle princesse en exil, obligée de danser pour le plaisir des hommes. Ignorant que du sang royal coule dans ses veines, elle est en butte à un superbe démon aux yeux mordorés, venu d'un pays lointain pour la ramener chez elle. Le prince a traversé l'océan pour retrouver sa future épouse, à laquelle il est fiancé depuis toujours. Mais la fougueuse diablesse le repousse et allume dans son cœur le feu de la passion. Stefan Barany n'a donc plus qu'à conquérir la jeune Tatiana qui a juré de ne jamais se soumettre.

✦

Jo Goodman

Le murmure du vent

Inédit

Le relais d'étape de la petite ville de Falls Hollow est tenu par Laurel Morrison, une jeune femme au caractère bien trempé. L'arrivée du chemin de fer menace l'activité de Laurel qui accueille les voyageurs des diligences en partance pour la ville minière. Un jour, le convoi qui achemine la paye des ouvriers est attaqué, l'argent volé. La société des mines mandate Call Landry pour mener l'enquête. Ce dernier s'installe à Falls Hollow et prend goût à sa mission comme aux habitants, sans s'avouer que c'est surtout la beauté farouche de Laurel qui, chaque jour, l'enflamme davantage...

Eloisa James

Les Wilde - Le dernier amour du duc

Inédit

Le duc de Lindow a un château plein de courants d'air, huit enfants, et pas d'épouse. Ophelia, jeune baronne, a une belle demeure, une fille bien élevée, et pas de mari. Un seul regard suffit au duc pour tomber éperdument amoureux, mais la belle n'a que faire de sa flopée d'enfants et de son duché. Quand il revoit Ophelia, le duc réalise que c'est à elle et à elle seule qu'il passera la bague au doigt. Parviendra-t-il à convaincre l'élue de son cœur que la passion qui les anime fera de leur union un sublime conte de fées dans un superbe château, au milieu d'une ribambelle d'adorables enfants ?

✦

Elizabeth Hoyt

Les trois princes - Puritaine et catin

Bibliothèque idéale

La famille du comte de Swartingham a été décimée par la variole. Seul survivant, marqué par les stigmates de la maladie, il s'est réfugié dans son village natal. Féru d'agronomie, il embauche une jeune veuve, Anna Wren, pour l'aider à retranscrire ses notes. Immédiatement attiré par la simplicité et la délicatesse d'Anna, le comte sait que, du fait de sa disgrâce physique, il ne pourra jamais être aimé d'une honnête femme. Pourtant, malgré le mauvais caractère de lord Swartingham, Anna n'est pas insensible à son charme. Décidée à le conquérir, elle met sur pied un plan de séduction fort audacieux...

13220

Composition
FACOMPO

Achevé d'imprimer en Italie
par GRAFICA VENETA
le 5 avril 2021

Dépôt légal : mai 2021
EAN 9782290262122
OTP L21EPLN003061N001

ÉDITIONS J'AI LU
87, quai Panhard-et-Levassor, 75013 Paris

Diffusion France et étranger : Flammarion